情定悍嬌妻 5 完

風文創 560

新蟬 著

目錄

第五十一章

寧櫻睡得香，有人拉著她坐起身她也沒多大的感覺，對方不死心，竟捏她的鼻子。

寧櫻皺了皺鼻，被迫地睜開眼。惺忪間，入眼的是一張俊美無儔的臉，劍眉入鬢，鼻若懸膽，如朗星的眸子正目不轉睛地盯著她，她有一刻的恍惚，蹙著眉頭，無言。

譚慎衍失笑。若不是晚上還有正事做，他萬萬不忍心叫醒她，手托著她後背，替她拂去寢衣沾上的少許瓜子，低聲道：「昨晚沒睡好？」

寧櫻搖頭，聲音還帶著一絲茫然，如實道：「三晚沒睡了。」

譚慎衍揀瓜子的手一頓，忽然笑道：「是嗎？我也是。」

前些日子他是忙，韓家背後牽扯好些人，他得理清楚其中的關係。水至清則無魚，他不可能將所有人連根拔起，朝堂烏煙瘴氣不說，空出來的官職被人趁虛而入亦是壞事，故而因為韓家入獄的官員不多；隨後想著兩人成親，得償所願，高興得睡不著，昨晚在老侯爺屋裡守了一夜，薛太醫說老侯爺不到一個月可活，他知道，老侯爺時日無多，能撐到現在，不過是想看他成家立業，老侯爺才走得安心罷了。

「是嗎？前面的客人散了？」

屋內燈火通明，倒是不知外面什麼時辰了。她揉了揉額頭，捣著嘴打了個哈欠，腦子漸漸恢復清明。譚慎衍身上穿的是和她同花色的寢衣，髮髻上的玉冠已取下，應該是洗漱過了，床上的棗和花生全被掃到床尾。

寧櫻身子一倒，臉朝著裡面，面紅耳赤道：「睡了吧！」她太累了，接下來的事怕沒什麼精神做，拉著被子，往裡挪了挪，那一關終究是要來的，早做早了事。

思及此，她又轉過身，卻聽他道：「別動。」

譚慎衍的目光落在她白皙的脖頸紅印上，皺了皺眉，手掀起她寢衣一看，後背密密麻麻的紅印子，想來是方才睡覺壓著留下的，他站起身，轉身走向衣櫃旁的小抽屜。

寧櫻不解，定定地凝視著他，見他拿著個藥瓶折身回來，她的臉更是紅成了柿子。不怪她想岔了，上輩子譚慎衍在床笫間能磨得人欲生欲死，她身子承受不住，他私底下拿了藥膏給金桂讓她交給自己，如今兩人還沒行房，譚慎衍便將東西拿出來，寧櫻扭捏地縮了縮身子。

譚慎衍見她盯著自己手裡的瓷瓶，面色紅了白，白了紅，極為精彩，想起什麼，他勾唇笑道：「妳後背起了紅印，我給妳上點藥。」

算是解釋他為何拿瓷瓶，寧櫻更是脹得滿臉通紅，連脖子都紅了，瞪了譚慎衍一眼，提高聲音道：「又不疼，待會兒就好了。」

她別開臉，極力想散去臉上的潮紅。

譚慎衍低低笑起來，脫了鞋子爬上床，拉著寧櫻坐起身，讓她背朝著他。譚慎衍的手抹取些藥膏，放下瓷瓶，雙手搓了搓，隨即掀起寧櫻的衣衫，雙手貼了上去。聽寧櫻難受地嚶嚀一聲，他笑道：「知道疼了吧？妳皮膚嫩，這會兒不上藥，明早起床就瘀青了。」

說著話，手掌從上到下揉捏著寧櫻的後背。寧櫻身材勻稱，腰肢纖細，看似沒肉，入手的手感卻極好，從上往下塗抹了一遍。譚慎衍又沾取些藥膏，這次是從下往上，清涼的感覺從後背蔓延至四肢百骸，寧櫻不舒服地動了動，他手掌粗糙，掌心老繭刮著肌膚甚是不舒服，尤其他伸出腿圈著自己，讓她感覺他的胸膛貼著自己後背，藥膏是涼的，他的胸膛是熱的，冷熱交織，她左右扭了扭身子。

「好了嗎？」

譚慎衍最初心無旁騖，這會兒聽著寧櫻如黃鶯般清脆悅耳的嗓音卻有些心猿意馬，手沿著她的腰肢往上，塗抹藥膏的位置偏離了後背，驚覺寧櫻身子一顫，他雙手滑到她胸前，立即握住兩處豐盈，雙手包裹她的柔軟，豐盈得他握不住，呼吸緊了緊，手沿著她玲瓏的曲線轉了一圈，竟覺得口乾舌燥，所有的躁熱凝聚於小腹，他雙腿一勾，讓她靠自己更近些，湊上前沙啞地喊了聲。「櫻娘。」

「嗯？」寧櫻挺直了脊背，臉色發燙，燙得似能冒出煙來。她知曉今晚兩人是要行房的，心裡倒不是抗拒，只是抹不開面子。她垂下眼，大紅色衣襟被往上拉起了縐褶，她羞赧地扶著他的手，無所適從。

譚慎衍如何敏銳，怎會不懂她的意思，她沒反對，便意味著默認了，洞房花燭，他怎可能放過她？雙手緊了緊，翻過寧櫻的身子，欺上她的紅唇，目光深不見底。「櫻娘。」

寧櫻最初是想早點睡覺，現在聽著他的聲音不對，心亂如麻。第一夜會疼，她心裡不是不怕的，等她反應過來，便有些後悔了。但譚慎衍好似有意不肯放過她，兩人雙唇分開，她身子軟成了一灘水，微瞇著眼，不適應屋內紅燭的亮光，又往裡挪了挪，抬眼望著身上的男子。

譚慎衍生得好看，皮膚不如京中男子保養得白，卻也不似武將風吹日曬得黑，剛剛好。他又在她唇上輕啄了兩下，以迅雷不及掩耳之勢褪下她的衣衫。為了方便行房，沐浴時，金桂沒給她挑內衫，屋內燭火通明，她白皙的肌膚泛著旖旎的紅光，她想，索性一不做、二不休，閉上眼，一副從容就義的口吻道：「快些吧！」

譚慎衍悶聲一笑。一輩子第一次就一回，他可不會草草了事，唇滑至她瑩潤白皙的胸口，輕輕咬了一口。

寧櫻渾身一麻，聲音軟綿綿地道：「譚……」

語聲未落，他陡然含住那枚粉櫻，唇齒輕輕刮著，寧櫻氣血上湧，臉紅得能滴出血來。

「櫻娘，叫我相公。」

寧櫻此時哪有心氣拒絕，只想譚慎衍放過她，便依著他的意思喊了聲相公。

聲音柔若無骨，譚慎衍聽得身子一直，目光幽幽地凝視著寧櫻精緻的眉眼，手沿著她緊致的曲線緩緩往下，不一會兒便感受到手心一片濕潤。他眸色一沈，褪去身上的衣衫，磨蹭一番，遲疑地往裡。

屋內的光影漸漸變得模糊，猛地刺痛讓她喊出了一聲。譚慎衍放鬆了力道，雙手狠狠掐著她腰肢，低頭吻寧櫻的唇。「別怕，第一回總是疼的，我儘量輕些。」

他忍得辛苦，額頭隱隱起了汗珠，但寧櫻掙扎得厲害，雙手揪著兩旁的枕頭。「不來了，元帕染紅了就好。」

新婚之夜，元帕是檢查女子成婚前乃清白之身的象徵，她逃不過，如今既能應付過去，她自然不願意再吃苦。

譚慎衍眸色一暗，緩緩退出身來，寧櫻身子一鬆，誰知還未分離，他便再次沈身，這一次，他沒有疼惜，沈根沒入，激得寧櫻身子一縮，眼角起了淚花，水光瀲灩的眸子惡狠狠瞪著譚慎衍，抬腳踢了踢。

譚慎衍不為所動，牢牢固定住她的腰肢，不讓她逃離了去。「待會兒就好了。」

他知道她怕疼，他已忍了兩年，好不容易能光明正大欺負她，怎麼可能放過這個機會，而且她這會兒說的話是做不得數的。

寧櫻身子不住戰慄著，起初是疼，後來就有些說不清、道不明的感覺在裡面了。她不受控制地張著嘴，大口大口喘著氣，嗚咽出聲，紅燭帳內，盡是她的嗚咽聲，漸漸地心頭蔓延起一股快意，她雙腿繃得直直的，伸出手，攀上譚慎衍手臂，嚶嚶大叫起來。

譚慎衍目光越發深沈，風馳電掣的撞擊中，他小腹下一熱，加快撞擊的速度，在她的喊叫中，身子一沈，任由「大雨」傾盆而下……

大門外，金桂頭低得都快貼著胸了，饒是經歷過人事的聞嬤嬤也被屋內寧櫻的喊聲弄得紅了臉。最初那聲音夾雜著痛苦和怒意，慢慢地聲音如泣如訴，委婉歡愉，伴著男子粗重的喘息，叫人臉紅心跳。

屋內的動靜沒了，聞嬤嬤鬆了一口大氣，但看金桂如釋重負地呼出口氣，沿著走廊走了十來步，吩咐外面的人備水，才剛折身回來，誰知屋裡又傳來了動靜。

金桂蹙了蹙眉，瞅著天色，望著聞嬤嬤，詢問她的意思。

聞嬤嬤也無措了一瞬。寧櫻今年才十五歲，哪承受得住兩回恩愛？可主僕有別，這會兒譚慎衍正在興頭上，她們當奴才的哪敢阻止他，何況還是這種羞人的事？想了想，聞嬤嬤朝金桂搖了搖頭，只道忘記和寧櫻說了，明日新婦要給公婆敬茶，起晚了，會惹來閒話，且今晚的事若傳出去，還以為寧櫻是個輕浮放蕩的人，對寧櫻的名聲不好。

兩人只得繼續守著，待屋內的聲音停下，聞嬤嬤擔心譚慎衍不懂節制繼續纏著寧櫻，抬手敲了敲門。「世子爺，可要備水？」

「嗯。」

聲音淡淡的，還殘留著激情後的沙啞，聞嬤嬤老臉一紅，急忙朝金桂擺手。

寧櫻實在太睏了，任由人搓圓又捏扁，全身已無力氣，眼圈下是濃濃的黑色。譚慎衍屏退了下人，抱著寧櫻去後罩房洗漱，回來時，床榻上的被子、褥子已換得乾淨整潔，他這才擁著寧櫻入睡，臉上露著饜足的笑。

天明寧櫻不見醒，聞嬤嬤搖頭，只得硬著頭皮敲門。裡面傳來譚慎衍的回話，聞嬤嬤急忙讓金桂、銀桂進屋服侍寧櫻洗漱梳妝。

寧櫻睡得不好，加上昨晚譚慎衍纏了兩回，渾身使不上力氣，坐在梳妝檯前，由著金桂折騰，譚慎衍去後罩房換洗，出來時一身清爽，倒是不見疲態。

寧櫻微瞇著眼，掃了譚慎衍兩眼。他一身大紅色纏枝牡丹直裰，身形筆挺，英姿煥發，她又瞅了眼銅鏡裡的自己，面色泛白，眼角黑青，和譚慎衍形成鮮明的對比。

譚慎衍見寧櫻噘著嘴，如扇的睫毛在白皙的臉上投下一圈暗影，襯得臉色越發不好，昨晚是他沒忍住，朝寧櫻道：「給父親和繼母敬茶完我們就回來，到時候妳再接著睡。」

他能把敬茶推遲到明天，但為了寧櫻的名聲，只能如此。他不在意別人怎麼看待寧櫻，但不得不顧忌黃氏的想法，寧櫻在侯府過得好，黃氏放心，寧櫻心裡的擔憂才少些。

寧櫻沒有點頭，不滿地哼了一聲，走路時，雙腿忍不住打顫，但剛走出門，便被院子裡的樹驚訝得瞪大了眼，轉身瞧著譚慎衍，有些難以置信。「這是櫻桃樹？」

譚慎衍不置可否地笑了笑。已至秋日，樹梢的葉子掉得差不多了，櫻桃樹長得慢，快兩年了，不過長到寧櫻胸口，他揚了揚眉，說道：「祖父說蜀州多櫻桃樹，四、五月的櫻桃新鮮水嫩，我讓人移栽了些，妳也喜歡？」

寧櫻狐疑地看了看譚慎衍，眼裡明顯不信。她忽然想起圓成在南山寺也栽種了櫻桃樹，說是幫友人的忙，圓成師父還說要送她幾株，後來這事卻不了了之；她拐著彎打聽，才知圓成師父栽種的櫻桃樹全送了人，這事她早想問譚慎衍，卻給忘記了，這會兒看著櫻桃樹，還有什麼不明白的？

一步一步走下臺階，才發現青湖院栽種的植株和上輩子也不一樣了，連格局都變了；牆角的幾株翠柏被人砍了，栽種了薔薇，還有時下盛開的蘭花和菊花，較之前更花團錦簇。

她心裡有個疑問，望著譚慎衍，試探的話卻無從說起，只得順著譚慎衍的話道：「我和我娘都喜歡，莊子裡種植許多，我娘說櫻桃花開得漂亮，便給我取名櫻字。」

可能因為這個緣故，她最喜歡的花就是櫻桃花，最喜歡吃的水果是櫻桃。京城栽種櫻桃樹的人少之又少，秋水還和她說，櫻桃花香胰子都沒法子做了，她心裡嘆息了好幾日，沒承想，譚慎衍默默栽種了這麼多棵。

「妳喜歡便好，想來是冥冥之中注定的緣分。可還記得侯府出事的時候？有大師說侯府格局不好，院子裡翻新一番，樣子都變了，南山寺的住持說我和櫻桃花有不解之緣，那會兒想著左右要翻新院子，就把以前的植株砍了，全部種成了櫻桃樹。」譚慎衍語氣感慨，算是解釋了為何栽種這麼多櫻桃樹的緣由。

寧櫻卻聽出另一層意思，青湖院的格局大不相同，竟是和那件事有關。她記得前院的池子被填起來了，第一次來時嚇了她一跳，譚慎衍說是譚富堂的意思，估計就是那時候翻新了院子吧！

一路往青山院走，所經過的院子、小徑都變了樣子，寧櫻都不記得早先的青岩侯府院子是什麼樣子了。她看著陌生的院子，心裡生出了不一樣的感覺。

譚慎衍扶著寧櫻，面不改色說起了青岩侯府的人。老侯爺身子不好，下不了床，因此敬茶的場所挪到了老侯爺的青山院。

「祖父寬厚，素來疼妳；父親一蹶不振、精神不太好也不會為難妳；至於繼母，不過一個繼室，妳別放在眼裡。」

寧櫻心裡明瞭，譚慎衍是安慰她呢。胡氏來寧府做客就能公然發難於她，何況是在侯府，待會兒敬茶，胡氏無論如何是不會讓她好過的。

到了青山院的正屋，裡面已坐著人了。寧櫻低頭打量一眼身上的裝扮，強忍著雙腿的不適，緩緩朝屋裡走。

老侯爺坐在上首，氣色好了許多，面上也有了精神，看見寧櫻，笑著朝她招手，張了張嘴，聲音小，屋內的人卻都聽到了。「慎衍媳婦來了。」

譚富堂和胡氏坐在老侯爺下首，前者抬眼，不冷不熱地看了寧櫻一眼，後者雙手緊了緊，皮笑肉不笑地看向緩緩而行的寧櫻。

寧櫻生得漂亮，身上穿得是大紅色鏤金絲鈕牡丹花紋蜀錦衣，下繫著暗紅色四喜如意雲紋拖地長裙，略施粉黛，清麗明媚，但步伐不疾不徐，面色從容，舉手投足間竟不覺得輕浮，盡顯嫻靜端莊。

胡氏細不可聞地哼了聲，暗道：果真是個懂得裝模作樣的人，表面上端莊大氣，骨子裡卻是登不上檯面的。

寧櫻和譚慎衍上前向老侯爺施禮，跪坐在蓮花色的蒲團上，重重朝老侯爺磕了三個響頭，隨後才抬起頭，脆聲喊了一聲祖父。

老侯爺連連點頭，招呼羅平送上見面禮。待羅平呈上一個鑲嵌綠寶石的沉香木盒子，胡氏臉上極力維持的平靜便有些掛不住了。

胡氏朝外瞥了眼，出聲打斷道：「怎麼還不見媛媛和慎平來？莫不是身子不舒服，忘記今早要來給新進門的嫂子請安了？」

胡氏嘴角下抿，側著臉，嘴角透露出極大的不滿。那個盒子是譚富堂成親時老侯爺贈給新媳婦的見面禮，譚慎衍的生母死後，老侯爺就把盒子收了回去。之後胡氏嫁給譚富堂時，曾旁敲側擊打聽，府裡的下人都說沒見過盒子，她也拉不下臉問老侯爺，只當老侯爺忘記了，若不是今日老侯爺拿出來，她都想不起還有此物。老侯爺若真不認可她這個兒媳婦，為何又讓她管家這麼多年？

胡氏雙手探入袖中，握緊拳頭，心裡湧上不好的感覺，她不安地看了眼譚富堂，示意他開口說話。

譚富堂睨了她一眼，眼裡警告意味甚重。胡氏坐立不安，站起身，想先離去，誰知，卻聽老侯爺一字一字頓道：「慎衍媳婦進門了，往後府裡的庶務就交給她，年紀大了，該放手的時候還是要放手，富堂媳婦管家多年也累了，往後就在青竹院好好享福吧！」

胡氏腦子轟的一聲炸開，臉色灰白，此時老侯爺已經喝了寧櫻的茶。

寧櫻接過盒子，白皙細膩的手托著盒子，在胡氏看來極為刺眼，她動了動唇，哆嗦道：「父親怎麼說起這事了？慎衍媳婦能主持中饋我樂得輕鬆自在，高興還來不及呢！可慎衍媳婦剛進門，又是新婦，立刻管家，不知情的人還以為侯府苛待她呢！兒媳怎敢連累慎衍媳婦的名聲？父親瞧著這樣可好，等慎衍媳婦熟悉府裡情形了，兒媳再把管家的權力交出來；慎平和媛媛年紀也到了，兒媳空閒下來，正好為他們挑選親事，如何？」

老侯爺臉色嚴肅，絲毫沒有商量的餘地，沒有重複第二遍，而是朝寧櫻招手，讓她給譚富堂和胡氏行禮。

胡氏的目光緊緊盯著寧櫻手裡的盒子。老侯爺一語驚醒夢中人，她好似明白盒子的用途了，莫不是傳給子孫後代，象徵著管家的意思？若真是這樣，老侯爺不是明晃晃打她的臉嗎？

胡氏手裡的錢財所剩無幾，偏偏公中銀錢緊缺，她想塞些錢進自己腰包都不行，如果再沒了管家的權力，日子不知道怎麼捉襟見肘，她是無論如何都不會讓寧櫻管家的。

因想著事情的緣故，胡氏倒是沒為難寧櫻，喝過茶，給了寧櫻禮物。

譚慎衍扶著寧櫻起身，見老侯爺精神不濟，他鬆開寧櫻的手，夫妻倆配合默契，一左一右地扶著老侯爺進了屋，將譚富堂和胡氏晾在一邊。

譚富堂面上倒是沒覺得不妥，胡氏的臉則轉成了青色，見三人進了屋，她才湊到譚富堂身邊抱怨道：「慎平和媛媛沒來，怎不見她關心兩句？侯爺，莫不是她不把慎平和媛媛當兄妹？」

這話明顯有挑撥離間的情分在裡面了，譚富堂蹙了蹙眉，目光森然地瞪著她。

胡氏不明就裡，訕訕道：「侯爺，怎麼了？」

「這門親事是我和長公主上門求來的，妳心裡得有數。」譚富堂語氣直白，毫不給胡氏面子。

他的一生算是毀了，譚慎衍是他的兒子，譚慎衍出息，他能感覺到那份光榮，寧櫻是譚慎衍自己向老侯爺求來的，胡氏真敢給寧櫻難堪，譚慎衍不會放過她。

胡氏氣得嘴角都歪了，面上卻笑盈盈道：「侯爺，您放心好了，慎衍媳婦生得花容月貌，我喜歡還來不及，怎會為難她？您是杞人憂天了，只是不見慎平和媛媛，我心裡擔憂罷了。」

其實不只是譚慎平和譚媛媛不見人影，侯府的幾個庶子、庶女都沒來。譚富堂除了胡氏還有三房姨娘，為他生了三個女兒、一個兒子，青岩侯府人丁單薄，總共也才三個兒子、四個女兒。譚慎衍是老大，平日甚少在府裡，和下面弟弟、妹妹不親近，胡氏不喜歡幾個庶子、庶女，不愛接見他們，因此沒看見他們，胡氏倒是沒多大的感觸。

屋裡傳來說話聲，胡氏嘴角抽搐了兩下，沒過多久，簾子被掀開，寧櫻在前、譚慎衍在後走了出來。

胡氏臉上掛著得體的笑。「你弟弟、妹妹有事耽擱了，待會兒我好好說說他們，慎衍帶著你媳婦回屋歇息吧！」

譚慎衍正有此意，淡淡嗯了一聲，旁若無人地扶著寧櫻出門，看都沒看胡氏一眼。胡氏氣噎，卻不敢表現出來。真招惹了譚慎衍，吃虧的還是她，眼下她要做的事是不讓寧櫻插手侯府中饋，橫豎老侯爺沒多少日子好活了，她只要拖著不退讓，老侯爺一死，她就是譚慎衍和寧櫻名義上的婆婆，想拿捏他們還是有法子的，沒了老侯爺護著，她的勝算便大些。

但是，她低估了老侯爺的手段。她和譚富堂剛回到青竹院，老侯爺身邊的羅平就帶著府裡兩位管家來了，說是往後由寧櫻主持中饋，要她交出府裡公中的帳冊。

胡氏一張臉青了又白、白了又青，目光落到羅平波瀾不驚的臉上，笑了笑。「以為父親不急於一時呢，帳房不是有公中的帳冊嗎？你們先給世子夫人送過去，她核對好了帳冊，我再把手裡的帳冊交出去；你們都是男子，不懂女子管家的難處，光是核對帳冊都要費好些日子，世子是個疼媳婦的人，恐怕不會讓她操勞。」後面的話是對著譚富堂說的。

羅平四平八穩地再次躬身，聲音擲地有聲。「老侯爺的意思，還請夫人莫為難奴才。」

譚富堂皺了皺眉，催胡氏道：「妳忤逆父親做什麼？還不趕緊回屋把帳冊拿出來。」

胡氏面色微變，站著沒動，譚富堂沈眉，斜了胡氏一眼，不悅地皺起眉頭，臉上已有惱怒之勢，胡氏回過神，急忙轉身回屋，又喚白鷺進屋。

許久，白鷺才從裡面抱著一疊上面滿是積灰的帳冊出來，低頭屈膝道：「夫人管家好些年了，帳冊有好幾疊，有些次序打亂了，夫人說待她理清楚了再徑直送去青湖院，這是夫人進府頭五年的，剩下的，再過兩日吧！」

管家上前接過帳冊，卻不急著離去，側頭等羅平指示。胡氏管家時，在院子裡安插了不少自己的人，前兩年開始，世子開始清算院子裡的人，真正忠心胡氏的人不多了，只是胡氏自己沒發現罷了。

管家們是人精，他們多少知道譚慎衍小時候遭過胡氏暗算差點死了的事，胡氏聰明，每次都選譚富堂出府的時候出手，那時老侯爺忙，並沒放在心上，後來才驚覺孫子差點死在胡氏手裡，可譚慎衍不讓老侯爺插手，自己在弱勢中逐步變得強大，如今的胡氏已不是世子爺的對手了。

管家能知道這些秘辛多虧羅平告知他們，他們明白羅平話裡的意思，自然不會倒戈向胡氏。往後的侯府是世子爺的，該跟著誰走，不用老侯爺說，他們也明白。

羅平眉頭微動。「還請白鷺姑娘轉達夫人，兩日後，奴才再過來拿剩餘的帳冊。」說完，朝譚富堂作揖，和管家退了下去。

一路上，管家抱著帳冊，狐疑地看著羅平。「真給世子夫人送去？」

聽說世子夫人是在莊子上長大，會看帳冊嗎？而且這麼厚，得看到猴年馬月啊？

羅平抬頭看向園中開得正豔的菊花，若有所思道：「世子夫人和世子剛成親，哪有工夫看帳冊？抱去青湖院，世子爺自有主張，兩日後記得去青竹院把剩下的帳冊抱過來。」

「是。」

老侯爺要為世子爺和世子夫人鋪路，夫人若能審時度勢乖乖聽話最好，若鬧出點事，侯府怕會起其他波瀾。

寧櫻回屋倒頭就睡，醒來已是日落西山。

譚慎衍坐在她身旁。「醒了？」

寧櫻面有倦色，烏黑柔亮的頭髮綰成了婦人髻，即使未施粉黛，卻素淨得如出水芙蓉，別有番韻味。

他低下頭，輕輕啄了下她的唇。剛進屋的金桂見狀，臉紅了透澈，急忙低頭掩飾，福身退下。

寧櫻也不自在，微微別開臉，說起掌家的事情來。「祖父讓我主持中饋，可我是新婦，剛進門就管家不太好，你怎麼想的？」

胡氏不是省油的燈，哪願意讓出管家的權力？胡氏在老侯爺跟前沒有直接拒絕，私底下定會想法子阻止。

「祖父想妳主持中饋，妳就答應下來。府裡有四位管家，平日都交給他們，遇到他們拿不定主意的事再來問妳，平日妳想做什麼就去做，不用特意抽出時間來過問府裡的事。」

寧櫻點了點頭，心裡沒有多想。侯府和她記憶裡的完全不同，她想，是不是和老侯爺還活著有關？老侯爺活著，府裡所有的事情都越不過老侯爺去，胡氏不敢胡作非為，孝字當頭，再多的不滿也只能忍著。

譚慎衍抱著她，臉上有了笑。「還疼不疼？」

昨晚他心裡高興，起初還能顧忌她的身子，到後面情難自制，力道有些重了。

寧櫻會意他話裡的意思，羞赧地瞪他一眼。疼自然是疼得，她卻說不出口，瞅著窗外的天色，只得岔開話。「我肚子餓了，是在屋裡用膳還是去青山院？」

老侯爺身子骨兒不好，想到老侯爺對她的疼愛，她主動牽起譚慎衍的手。「我們去青山院用膳吧，多陪陪祖父。」

子欲養而親不在，想起上輩子譚慎衍清冷孤寂的性子，實在不願意讓他留下遺憾。

「好。」

夫妻倆有說有笑地朝青山院走，下人們瞧見了皆遠遠避開。只是看譚慎衍滿面春風，笑意盈盈，哪是平日不苟言笑的樣子，都不由得好奇，寧櫻憑什麼入了這位世子爺的眼？因此望向寧櫻的目光中充滿了好奇和探究。

青竹院。

胡氏氣得摔了屋裡的桌椅，桌椅橫七豎八倒著，但細細一瞧，屋內卻不顯凌亂，換作往年，胡氏發火，桌上的花瓶、茶具都是最先遭殃的，這次，地上卻沒瓷器碎裂的痕跡。

白鷺俯身站在旁邊，待胡氏氣出得差不多了才慢慢道：「老侯爺素來最是疼愛世子爺，夫人又不是不清楚，愛屋及烏，世子夫人進門，老侯爺偏心也在情理之中……」

但看胡氏豎著眉，惡狠狠地瞪著她，平日寬容的臉上因為氣憤，盡是怨毒之色，白鷺話鋒一轉，繼續道：「但您主持中饋多年，沒出過任何亂子，沒有功勞也有苦勞，老侯爺的心偏得太厲害了。」

胡氏哼了一聲，懷裡抱著個牡丹花色的花瓶，咬牙切齒道：「他有多偏心，我又不是第一天知道。那次慎平被推入池子差點死了，老侯爺竟沒訓斥譚慎衍半句，還勒令下人們封口不准亂說，都是孫子，慎平倒像庶子似地不討喜，每每想到這些，我只恨不能……」

接下來的話太過大逆不道，胡氏沒有氣糊塗，府裡上上下下都是老侯爺的人，傳到老侯爺耳朵裡，她的日子只怕更是悽苦。

白鷺蹲下身，輕輕揉捏著胡氏大腿，勸道：「老侯爺偏心了幾十年，您又不是不清楚，眼下該想想如何歇了老侯爺讓世子夫人管家的心思？侯爺被皇上責罰不假，可瘦死的駱駝比馬大，皇上把侯爺名下的財產充公，但譚家祖上留下來的財產卻是沒動的，夫人得想想法子才是。」

胡氏蹙著眉頭，思忖道：「過兩日把帳冊全拿給世子夫人，我倒要看看她有多大的能耐。」

胡氏面色已恢復平靜，撫摸著手裡的花瓶，眼露沈思之色。

轉眼便是三朝回門，黃氏和寧伯瑾已等在寧府門口。

可能因為嫁女的緣故，寧伯瑾沈靜穩重不少，扶著黃氏，待寧櫻走近了，笑著道：「妳娘說你們該回來了，硬要出來接妳，快進屋吧！」

寧櫻扶著黃氏，瞅了眼旁邊的譚慎衍，他嘴角噙著淡淡的喜悅，朝寧伯瑾作揖。

寧伯瑾嚇了一大跳，伸手扶住了他，面色略有慌亂，說話卻不疾不徐。「都是一家人，莫要太客氣了，什麼話，進屋再說吧！」

譚慎衍手握兵符，他哪敢受他的禮。

寧櫻收回視線，和黃氏走在前面，小聲道：「我瞧著父親穩重不少。」

寧伯瑾在外懂得收斂情緒，為人處事沈穩許多。

黃氏轉頭打量著寧櫻，看她氣色不錯，心裡放心不少，說道：「在侯府可還住得慣？」

「娘別擔心，好著呢。弟弟在肚子裡可還乖巧？」

母女倆邊說著話邊朝榮溪園走，後面的寧伯瑾卻不知和譚慎衍說什麼，想來想去，只得道：「韓家牽扯出來的人多，你可聽說過余家？」

余家早些年就敗落，和韓家八竿子打不著的關係，若非他們來參加寧櫻的喜宴時，求到寧國忠跟前，寧伯瑾不知自家舅舅也和韓家有所牽扯，若鬧到刑部，可是滿門抄家的重罪，說不定寧府也會受牽連。

寧伯瑾從小和余家的人便不怎麼往來，他入禮部後，余家的人送過他好些禮，不過都被他退回去了。禮部的職務多是閒職，但官職品階在，盯著的人多，他可不想被人彈劾貪污受賄，不只是余家的，好多人家送的東西他都給還回去了。

錢財不多，別把他自己搭進去了才好。

譚慎衍目光不冷不熱地掃了寧伯瑾一眼。「有人求到岳父跟前了？」

一聽見岳父兩字，寧伯瑾的肩膀頓時鬆垮下去，想起什麼，又挺了起來，正了正臉上的神色，語調平平。「倒沒有，隨口問問罷了。」

寧國忠不願意拿寧府的事問譚慎衍，畢竟等著抓譚慎衍錯處的人更是數不勝數，行錯一步，侯府敗了，寧府也會跟著遭殃，於是寧伯瑾笑著轉移了話題。

「櫻娘性子倔，若有什麼執拗的地方，還請世子多多包涵。」對這個女兒虧欠良多，他也不知如何補償，想到身上的官職還是譚慎衍謀劃來得，心裡百感交集。

「櫻娘是我妻子，凡事我自然會多體諒她的。」譚慎衍臉上表情淡淡的。

寧伯瑾倒也沒覺得受了冷落心裡不舒服，反而高興起來。「世子說得是。」

「岳父，我既娶了櫻娘，您也不用以世子相稱，喚我慎衍即可。」譚慎衍不是揪著錯處不放的人，上輩子寧伯瑾是個紈袴子弟，這輩子卻有所醒悟，在差事上以及對周圍的人和事，聰明許多，對他和寧櫻來說是好事。
寧伯瑾對這個女婿再滿意不過，但是譚慎衍為人冷漠，不近人情，寧伯瑾在他跟前不敢端著岳父的架子。
榮溪園外面的蘭花開了，落葉紛飛，蘭花飄香，景致比春天還要好看。
正廳裡，大房、二房的人已經在了。今早出門，譚慎衍吩咐管家備的回門禮豐厚，這會兒老管家端著禮盒，湊到寧國忠耳邊說著話，寧櫻和譚慎衍上前給寧國忠和老夫人見禮，才驚覺老夫人瘦得厲害，形容枯槁，臉上的脂粉更襯得膚色蒼白、了無生氣，寧櫻暗暗蹙了蹙眉，沒有多言。
寧國忠問了兩句，給譚慎衍介紹大房、二房的親戚，隨後領著眾人去了書房。
寧櫻和黃氏陪著老夫人說了一會兒話，看老夫人說幾句話便已面露疲態，寧櫻扶著黃氏準備回桃園。
她嫁人前，黃氏說把桃園留著，往後她回來也有個住的地方。
黃氏問了一些寧櫻和胡氏相處的事，寧櫻為了讓黃氏放心，輕描淡寫道：「祖父身子不太好，我便沒去青竹院晨昏定省，祖父讓我主持中饋，她心裡不舒坦就是了。」
黃氏不知還有這事。寧櫻是新婦，剛進門就掌家，傳出去名聲不太好，但想到是老侯爺的意思，她沒有多說，叮囑寧櫻道：「老侯爺宅心仁厚，心向著妳和慎衍，他既然讓妳主持中饋，妳就接過手吧！遇到不懂的事情多向聞嬤嬤請教，聞嬤嬤都懂。」

起初她讓秋水跟著寧櫻，秋水說什麼都不肯要留下來伺候她，如果寧櫻管家，身邊沒幾個心腹怎麼成？又問道：「青湖院可有得力的丫鬟、婆子？」

寧櫻主持中饋，和胡氏有利益衝突，婆媳便生了罅隙；而跑腿的差事仍得交給侯府丫鬟、婆子才是，不能事事都要聞嬤嬤和金桂出面，若侯府的下人不給寧櫻臉面，陽奉陰違，出了事，丟臉的還是寧櫻。

「娘，您別擔心，有祖父做主呢！」

青湖院沒有丫鬟，管事的婆子得譚慎衍信任，但這件事怎麼做，沒個章程，之後遇到了再說也不遲。

黃氏心裡很是擔心。老侯爺看得起寧櫻是女兒的福氣，可寧櫻的一言一行都被侯府的人盯著，稍有差池，在侯府鬧了笑話，管家、下人們都不會給她面子。

黃氏張了張嘴，還想再說點什麼，被寧櫻岔開了話。「娘，吳嬤嬤可來信了？她在昆州好嗎？」

「有，昆州重建，和早先大不相同了，妳姊夫常常去周圍察看莊稼作物，和百姓們一起種地。昆州水源少，聽吳嬤嬤的意思，妳姊夫正想著法子扶持百姓栽種茶葉，妳姊姊和姊夫一道走訪村落去了。」

黃氏不是有意說起寧靜芸。吳嬤嬤的信裡說寧靜芸變了許多，和苟志感情好，夫妻倆為百姓做了許多事，苟志在昆州受百姓敬重愛戴，寧靜芸的名聲傳出去了，黃氏也知足了。

「那就好。」寧櫻扶著黃氏。

桃園的擺設沒變，不知為何，兩、三日的工夫，寧櫻瞧著桃園竟有些陌生了。看看西窗下的書桌，又看看桌上花瓶裡的花，竟生出不熟悉的感覺。

母女倆說了許久的話，外面丫鬟說大少奶奶和七小姐來了，黃氏這才止了話。「妳大嫂和七妹妹來了，妳陪她們說一會兒話吧！」

劉菲菲和寧靜芳進屋，少不得打趣寧櫻一番。劉菲菲就罷了，畢竟是大嫂，寧靜芳可是還沒成親的小姐。

寧櫻佯裝生氣道：「妳等著，待妳成親，看我如何笑話妳。」

誰知，寧靜芳先前還笑盈盈的臉立即垮了下去，劉菲菲知曉緣由，朝寧櫻搖了搖頭。

寧靜芳苦澀一笑。「大舅母又提了退親之事，我打算讓母親應下。」

寧櫻嫁人那日，阮氏來參加喜宴，趁著人少的時候把柳氏拉到旁邊走廊上偷偷說退婚之事。寧靜芳身邊的丫鬟如煙，平日喜歡和柳氏身邊的婆子閒聊，知道這事後便偷偷告訴她，這兩日她就想著如何和柳氏開口，方才在榮溪園看到譚慎衍和寧櫻一前一後進門，更堅定了她的信念。

不得長輩喜歡的兒媳婦、孫媳婦嫁過去是不會幸福的，寧櫻和譚慎衍舉案齊眉，她是老侯爺看中的，又有長公主作媒，青岩侯親自上門提親；而她呢？嫁到柳府，阮氏不會放過她，柳家成對她再好，有阮氏壓著，情分慢慢也磨沒了。

望著一臉擔憂的劉菲菲，寧靜芳緩緩道：「不用擔心，我心裡明白該怎麼做，這門親事當初是我大舅母自己求來的，如今她翻臉不認人毀親，不過是看寧府一日不如一日，我好欺負罷了，我怎會讓她如意？」

寧櫻看寧靜芳心裡有了主意，沒有勸她。阮氏那人，為人精明市儈，寧靜芳畢竟是她外甥女，毀親無異於毀了寧靜芳，阮氏不可能不知道，可她還這樣做，分明是不把寧靜芳當作晚輩。

寧櫻故而道：「我瞧妳想清楚了，其實，柳府那樣的人家，說好也好，說不好也不好，天底下好男兒多得是，何必在一棵樹上吊死？古往今來，寡婦改嫁的數不勝數，妳只是退親罷了，妳認為對就去做吧！」

忽然，她想起寧靜芸。寧靜芸的經歷可比寧靜芳糟糕多了，不也和苟志成了親？

得到寧櫻的支持，寧靜芳有了不少勇氣。

「退親不比其他，我瞧著柳二少爺是真心喜歡七妹妹的。寧拆一宗廟、不毀一樁親，七妹妹往後會好的。」劉菲菲和寧成昭如今日子順遂，秦氏又是個好哄的，她過得好，心裡也盼望身邊的人好。

寧靜芳瞥了眼劉菲菲，驀然笑了起來，托著下巴，打趣道：「聽說過不了多久我就有小姪子了。大嫂，是不是有什麼事情瞞著我和六姊姊啊？」

劉菲菲面色緋紅，嘴角的梨渦如花兒般漾開，無奈道：「什麼事都瞞不過七妹妹。昨日剛診出來的呢，妳從哪兒聽來的消息？」

劉菲菲是寧府的長媳，忙起寧櫻的親事，便忘記還有這件事。寧櫻出嫁後，她心裡暗暗鬆了口氣，身子一放鬆，昨日才發現身子不對勁，恰逢寧成昭休沐，請了大夫來看，說是有一個多月的身孕了；她派人告訴秦氏，但秦氏說月分淺，不宜到處宣揚，過了頭三個月再說，沒想到寧靜芳都知道了。

「府裡的下人們都在說這事，暗中猜測大嫂生個兒子會打賞他們多少銀錢呢！又有二嬸喊著我分享這個喜悅，我想不知道都難。」想到秦氏叫住她，嘴唇一張一合說個不停，寧靜芳就感到好笑。

秦氏很好哄，若遇到了，常常能聽到她的笑聲，秦氏告訴她劉菲菲懷孕之事無非是想打擊柳氏，秦氏一邊笑得合不攏嘴、一邊叮囑她不要和柳氏說，分明口是心非，明明想借著她的嘴巴傳到柳氏耳朵裡。

秦氏為寧府生了四個兒子，如今二房先有了孫子，秦氏高興得手舞足蹈。

劉菲菲嘴角一僵，失笑道：「娘還說別往外面說，結果她自己說了，難怪我看今天丫鬟看我的神情不對，結果是在等著我的賞錢呢！」

想到秦氏的性子，寧櫻也笑了起來。秦氏的話信不得。

三人天南地北地閒聊著，日落西山，寧櫻才和譚慎衍離開。黃氏懷著身孕，心力不濟，寧伯瑾讓她回屋休息，自己送譚慎衍和寧櫻出門。

坐上馬車，寧櫻身子一軟，枕著靠枕躺了下去。

譚慎衍坐在軟墊上，抬著寧櫻的腦袋。昨晚要的次數多，寧櫻一宿沒睡，今日又應付那麼多人，身子吃不消，他的手滑至寧櫻額頭，輕輕揉著。

「妳瞇眼睡一會兒，到家時我再叫妳。」

第五十二章

翌日，寧櫻醒來已是日上三竿，看譚慎衍竟然也在，她氣得伸手掐了他一把。昨晚半夢半醒，譚慎衍做了什麼她記得清楚著呢，他也不怕精盡而亡。

譚慎衍一動不動，任由她掐，她的力道跟撓癢差不多，不讓她出了這口氣，遭殃的是他自己。他伸手環抱著她，無賴道：「妳生得好看，一時忍不住……」

他不知害臊，寧櫻卻聽不下去，踹了他一腳，沒奈何他依舊紋絲不動，沒什麼表情，倒是寧櫻拉扯到腿，自己疼得不輕。

「晚上再這樣，我讓小太醫對你下藥。」

譚慎衍抱著她往他胸膛湊，哄道：「櫻娘，妳有沒有發現，妳夜裡沒咳嗽了？」

寧櫻一怔，手滑到他胸膛上，狠狠揪了一把。她夜裡當然不咳嗽了，睡都睡不好，怎麼可能咳嗽？

本是報復譚慎衍，想擰他一下，可他身上的肉硬得根本擰不動，寧櫻不解氣地在他胸膛咬了一口。

譚慎衍有了反應，摟著她的手用力緊了下，拿身子蹭了蹭她，笑道：「小心傷了妳的牙。真能治好妳的咳嗽，妳感激我還來不及呢！」

寧櫻在侯府的前世記憶如果都是不好的，他便儘量想法子抹去她的記憶，給她不一樣的感受。想到此，他鬆開手任由寧櫻咬，橫豎穿著衣衫，她又沒多少力氣，弄不疼他。「待會兒去青山院陪祖父說說話，皇上允了我五天假，陪妳在府裡到處轉轉。」

寧櫻覺得無趣，直起身子，示意譚慎衍挑開簾帳，聲音夾雜著絲擔憂。「祖父的身子……」

譚慎衍沒說話，一手掀開簾帳。窗外起風了，吹得窗戶呼呼作響，方才還豔陽高照，這會兒有些陰暗了，他沈聲道：「祖父最大的心願是看我成家立業，走吧，去陪他說一會兒話。」

寧櫻聽明白他話裡的意思，只覺得鼻子一酸。老侯爺年事已高，能撐到現在怕是等著譚慎衍成親，她低下頭，輕聲道：「不如你住在青山院，好好照顧祖父，他……」

算著年紀，老侯爺恐怕是京中年紀最長的人，畢竟是自己的親人，寧櫻希望他繼續活著，長命百歲更好。

進了青山院，屋裡瀰漫著濃濃的藥味，床榻上，老侯爺閉著眼，像是睡著了，臉色有些死氣沈沈。

寧櫻喉嚨一熱，眼眶起了水霧。

譚慎衍牽著她，察覺她身子僵硬，小聲安慰道：「祖父睡著了，沒事，妳坐一會兒，我找本書唸給祖父聽。」

寧櫻坐在床前的椅子上，打量著老侯爺。老侯爺戎馬一生，平定四方，扶持先皇登位，之後又扶持當今聖上，為朝廷立下汗馬功勞，難怪青岩侯即便犯下殺頭的大罪，皇上看在老侯爺的面子上都沒有追究。老侯爺為朝廷鞠躬盡瘁，長年征戰沙場，老來得子才有個兒子，青岩侯若死了，待老侯爺一走，青岩侯府就敗落了，皇上是念著先皇和他都承過老侯爺的恩才赦免青岩侯罷了。

寧櫻挪了下凳子，頭靠著譚慎衍，聽著他如流水潺潺般清醇的聲音，不知不覺，又昏昏欲睡，半夢半醒間，迷迷糊糊聽到有人說話。

「薛太醫說老侯爺吃的藥對身子傷害大，估計就這幾日的光景了，奴才已經暗中吩咐下去準備老侯爺的後事。世子爺，您瞧著可要先知會宮裡？」

聲音有些陌生，寧櫻蹙了蹙眉，想睜開眼，卻驚覺她躺在譚慎衍懷裡，身上蓋著毯子，頭頂傳來譚慎衍低沈的聲音。「知會一聲吧，祖父醒來可說過什麼話？」

她聽到男子說：「老侯爺說看您往後有人陪，他心裡沒有遺憾了，到了地下，也算對老夫人和夫人有個交代，還說用藥是他的意思，和薛太醫沒關係，您別怪到薛太醫身上。您成親，世子夫人進門，他好好的，下人才不敢亂嚼舌根。」

寧櫻心口一震，忽而想到什麼，定定望著床上。她記得，年後她來府裡看望老侯爺，老侯爺就下不了床，而且說一會兒話，老侯爺就得休息，身子撐不住；可是她進門時，老侯爺卻坐了起來，還能下地走動，坐著喝了她奉的茶，甚至交代胡氏讓她主持中饋，她不是大夫，對某些藥材卻也有所耳聞，老侯爺莫不是吃了什麼藥，強撐著身子給她充面子？

譚慎衍察覺寧櫻的不對勁，擺手，示意對方退下。

「妳醒了？」譚慎衍抬起她的身子，才驚覺縐褶的長袍上有一灘淚水暈染的深色，扳過她的臉，果不其然，她哭了。

譚慎衍揉了揉她發紅的眼睛，溫和道：「祖父最高興的便是我能娶一個喜歡的姑娘，妳進門，他心裡歡喜，妳別想多了。」

寧櫻咬著自己拳頭，生怕自己哭出聲。她沒想到，老侯爺為了給她撐腰，不珍惜自己的身子，那種藥只有一時有效，但對身子傷害大，她何德何能。

「別哭，祖父總說他活夠歲數了，走的時候，我們大家都歡歡喜喜地送他離開。世上的人，很多人活不到他一半年紀就去世了，他能活到現在……」說到後面，譚慎衍聲音低了下去，嘴角明明掛著笑，笑意卻不達眼底，他一把摟過寧櫻，緊緊地摟著她，像要把她嵌入骨髓。

寧櫻貼在他胸口，整個身子都在顫抖。上輩子，她經歷過生離死別，那種撕心裂肺的苦痛，想到譚慎衍此時正經歷著，她感同身受，不由得泣不成聲。

傍晚，灰濛濛的天下起了小雨，寧櫻眼睛發紅，為譚慎衍整理著縐褶的衣角，帶著哭腔道：「你在青山院陪祖父，我回去就好了。」

一下午，老侯爺都沒有醒來，喝了餵下去的藥和湯，就是不見醒，寧櫻不忍譚慎衍連老侯爺最後一面都見不著。

「妳別擔心，有什麼事，羅平會告訴我的，走吧，我陪妳回去。」

老侯爺的死牽扯重大，不知宮裡會有什麼動靜？

兩人穿過拱門，見一青衣男子快步而來，寧櫻一頓，轉頭看向譚慎衍，譚慎衍捏了捏她的手，沒有讓她回避。

男子國字臉，一身正氣，一看就是行伍出身，到了譚慎衍跟前，他躬身作揖，目光落在寧櫻身上，微微蹙了蹙眉，但看譚慎衍沒吭聲，明白了譚慎衍的意思，壓低聲音道：「明日早朝，刑部尚書告老還鄉。」

簡短的一句話，寧櫻卻從中明白過來。譚慎衍要升官做刑部尚書了，在老侯爺去世之前。

「我知道了，你回屋裡守著，你和羅平一定要有人守著屋子。」

韓家的事情背後有人推波助瀾，過不久那人就會浮出水面，老侯爺屋裡有許多機密信件，不能落到別人手上。

羅定面色一沈，凝重地點了點頭。

譚慎衍這才牽著寧櫻走了，路上兩人沒有多說。寧櫻心情沈悶，在青山院沒吃東西，肚子雖有些餓，可真把飯菜端上桌，她又食不下咽，望著譚慎衍，多次欲言又止。

譚慎衍胃口不錯，桌上的菜都嚐了遍才抬起頭，好奇地看著寧櫻。「妳怎麼不吃？」

寧櫻一噎，不知說什麼，見碗裡多了她愛吃的竹筍牛肉，她望著窗外細雨霏霏，踟躕道：「你需不需要去……」

「沒事的，別想太多了，吃點東西，今晚我不碰妳了，早點睡。」譚慎衍又給她挾了塊牛肉放碗裡。「要我餵妳嗎？」

寧櫻瞋他一眼，心底的陰霾少了大半，慢條斯理地吃起來。

夜裡，因心裡惦記著老侯爺的身體，躺在床上，寧櫻不時翻身望向外面，頻頻起身。

譚慎衍沒法子，身子一轉，抬腳壓著她身子，手放在她滑膩的腰間，不懷好意道：「是不是睡不著？睡不著的話，我們做點其他的？」

寧櫻面色一紅，急忙閉上眼，翻過身，朝著裡面，本想往裡挪，卻被他用一隻手撈了回去，後背貼著他胸膛，感覺到熱氣騰騰。

寧櫻面臊，察覺他動了動，才服軟。「不鬧，睡覺。」

「睡吧！」譚慎衍的手本就放在她衣衫內，這會兒更是肆無忌憚地遊走於她緊致的腰間，到處點火。

寧櫻更是睡不著了，屈著腿，拿腳趾挾他。

她這兩日被他欺負得力氣小了許多，譚慎衍是不懼她的，由著她折騰，直到她把腿放在不該放的位置，他才微微變了臉。

譚慎衍領兵打仗，身子結實，渾身的肉都硬邦邦的，寧櫻手腳並用也弄不疼他，小腿慢慢滑，總算觸到一塊稍微軟的地方。她眼神一亮，張著腳趾一挾，聽到身後譚慎衍抽了口氣，得意地笑道：「腳趾也能挾人，厲害吧？要知道，我可是從小挾到大的……」

語聲未落，譚慎衍的身子已欺壓過來，聽譚慎衍的的語氣不對。「從小挾到大？妳和我說說，妳還拿腳趾挾過誰的？」

倒是他小瞧了她。剛碰著他，他還有些舒服，沒有後退，沒料到她有後招，若不是他閃得快，命根子就毀了。

寧櫻心下得意，抬頭，見譚慎衍俊臉近在眼前，甚至能看清他鬈翹的睫毛。「還以為你身上的肉都硬的……」

後知後覺覺得不對勁，細細想了想，想到自己剛才可能觸碰到譚慎衍的那兒，臉突地一下紅得透澈，語氣也支支吾吾起來。

到後來，寧櫻免不了又是被吃乾抹淨，她無力辯駁，她不過覺得那個地方稍微軟，誰知道，硬起來會要她的命。

譚慎衍一頓饜足，吩咐人備水。守夜的人是銀桂和翠翠，兩人得了聞嬤嬤叮囑，水早就備好了，想到方才聽到的聲音，她們都有些不好意思，翠翠一張臉更是紅成了桃子，粉面含羞地欲推開門進屋，卻被銀桂一隻手拉住了。

翠翠不解。「聞嬤嬤說要去裡屋把被子、褥子換了。」

銀桂搖頭，啞聲道：「等世子爺和小姐去了後罩房再說。」

譚慎衍和寧櫻剛完事，兩人正是衣衫不整的時候，她們進去瞧見了不妥當，翠翠的手還搭在門上，聞言，抽回了手，低下頭，神色不明。

聽見屋裡傳來腳步聲，隨後，有門被推開的聲響，銀桂這才叮囑道：「進去吧！」

這些是金桂告訴她的，不宜過早進屋，小姐臉皮薄，被她們瞧見了，往後不好意思見人，她們又是沒有成親的人，傳出去，以後想嫁人也難了。

褥子亂糟糟的，屋裡充斥著淡淡的味道，銀桂低著頭，讓翠翠去衣櫃拿乾淨的褥子，她則捲著床上的褥子，快速收拾著。

見翠翠動作慢吞吞的，銀桂催促道：「手裡動作快些，別讓世子爺和小姐出來遇著了。」

翠翠咬咬牙，加快了手裡的動作。

兩人抱著弄髒的褥子出門，聽到後罩房的門開了，翠翠步伐微滯，想轉頭瞧，心有顧忌，終究沒有回頭，徑直走了出去。

寧櫻累了，倒床就睡。譚慎衍豎起枕頭，坐在床上，靜靜地望著他懷裡的寧櫻。寧櫻這兩日氣色不太好，眼眶外一圈黑色，想來是他要得狠的緣故。他輕輕替寧櫻揉了揉眼角，目光幽幽地望向窗外，小雨淅淅瀝瀝，輕微的雨聲拍打著樹枝，八角屋簷下，此起彼伏的雨滴落在青石磚上，聲音清脆，他就這麼坐了一宿。

屋內的蠟燭燃盡，夜漫無邊際得黑，不知過了多久，窗外隱隱透出灰白的光，譚慎衍動了動，雙手撐著寧櫻的腦袋，慢慢放下她，起身下地。

他出門時，門口的兩個丫鬟正靠著牆壁打盹，聽到聲音，銀桂身子一顫，立即醒了過來，看是譚慎衍，撐著牆壁就欲起身施禮，卻被譚慎衍的眼神制止住了，反應慢些的翠翠也安靜下來，手慌亂地整理著自己的髮髻和衣衫，生怕有冒犯的地方。

「夫人若醒了，就說我去宮裡了。」屋簷下還滴著雨，譚慎衍沒撐傘，丟下這句，走下臺階，藏藍色的身影很快消失在清晨的晨曦中。

翠翠面露擔憂。「世子爺沒有撐傘，要不要送把傘追上去？」

銀桂心裡拿不定主意，頓了頓，猶豫道：「世子爺不撐傘自有他的道理，咱們伺候好小姐就是了。」

翠翠諾諾稱是。

寧櫻醒來時天已經大亮，窗外雨不見停，床畔空空如也，她招手喚金桂，問譚慎衍的去處。

金桂從衣櫃找出寧櫻的衣衫，解釋道：「小姐忘記世子爺上朝去了？走的時候，世子爺交代讓您好好休息，老侯爺身體好好的，您別擔心。」後面兩句話是青山院的羅平要她傳達的。

金桂扶著寧櫻起身，替寧櫻穿鞋；聞嬤嬤端著水盆進屋，擰了巾子遞給寧櫻洗臉，說起另一件事。「方才，夫人院子的丫鬟把侯府這些年的帳冊全送過來了，老奴本想讓人放西屋擱著，結果來了一個三十多歲的男子，讓人把帳冊送去後面的偏院，老奴看他衣冠楚楚，不像是府裡的下人，便吩咐丫鬟送過去了，您說會不會不妥當？」

青湖院後面有好幾處偏院，聞嬤嬤想，對方住在青湖院，怎麼也是世子的人，所以沒有多想。

寧櫻洗了臉，心有疑惑。她以為胡氏不會輕而易舉交出手裡的帳冊，卻不想竟會如此爽快，憶及譚慎衍和她說過這件事，道：「那是世子爺請回來的人，以後他有什麼吩咐，照做就是了。」

洗漱完畢，寧櫻讓金桂替自己盤個簡單的髮髻，沒吃早飯便去了青山院。老侯爺身子怕是不太好了，而且細細回想昨日那個男子和譚慎衍說的話，分明像臨終遺言，她不去青山院看看，心裡放心不下。

老侯爺是譚慎衍在世上最重要的親人，她希望譚慎衍好好的，不想他像上輩子那樣，老侯爺一走，他性情大變，冷漠倨傲，獨來獨往，誰都不放在眼裡。

青山院外面圍了好些下人，譚富堂和胡氏也在，難得還沒見過面的嫡女譚媛媛也來了。寧櫻垂下頭，上前給譚富堂和胡氏施禮，又喊了聲四妹妹。

譚媛媛一怔，諾諾地應了聲，語氣竟像有些害怕似的。

譚富堂擺手道：「妳進屋瞧瞧妳祖父吧，他身子不好，妳陪他說說話。」

寧櫻看了一眼簾子前的羅平，心裡疑惑為何譚富堂不自己進去？

她往前走了兩步，坐在椅子上的胡氏站了起來。「侯爺，父親身體不好，我們也進去陪著才是，櫻娘畢竟剛嫁進來，年紀小，照顧人沒什麼經驗……」

胡氏說著話，跟在寧櫻身後欲一同進屋，白鷺亦步亦趨跟著胡氏，也想往裡面走。寧櫻蹙了蹙眉，掀開簾子，霎時眼角亮光一閃，她瞇了瞇眼，看羅平拔出劍，攔住胡氏的去路，面色肅穆。

「老侯爺不想見夫人，還請夫人莫為難小的，刀劍不長眼，夫人小心了。」羅平語氣陰冷，完全不給胡氏面子。

寧櫻快速進了屋，屋裡充斥著燒紙的味道，她皺緊了眉，但看福昌也在，心裡不由得感到奇怪。

福昌跟前還蹲著一位青衣男子，憶起是昨日和譚慎衍說話的男子，兩人圍著炭盆，一疊紙、一疊紙燒著，看見她，起身給她施禮。

寧櫻頷首，沒有多問，調轉視線，才發現老侯爺悠悠轉醒，她急忙扶著老侯爺坐起身。老侯爺身子瘦削，看著還好，可肢體一接觸，便發現他身上只剩下皮骨了。

寧櫻眼眶一紅，眨眨眼，嚥下心裡蔓延出的酸楚，咧了咧嘴角，強扯出個笑來。「昨天世子和我說祖父喜歡聽書，我待會兒給祖父唸。」

老侯爺精神不錯，看了炭盆邊的兩人，笑著收回目光，點頭道：「好啊，慎衍聲音低，好些聽不清楚，妳聲音清脆，吐字清晰，比慎衍強。」

多。

昨日，譚慎衍唸過的書擱在旁邊櫃子上，寧櫻聲音輕柔，老侯爺一臉享受，精神好了許多。

福昌和羅定見此，都停下手裡的動作。羅定神色悲痛，雙手湊到嘴邊，吹了聲口哨，福昌埋頭，繼續燒手裡的紙張，往炭盆裡放紙的速度明顯比之前快了許多，燒成灰的紙有些飄上了空中，桌子、椅子都蒙上黑黑的一層灰。

很快，寧櫻聽到外面傳來沈重焦急的腳步聲，她循聲望去，見譚慎衍掀開簾子，帶著風，闊步走了進來。

「祖父，您別擔心，凡事有我呢，不會出事。」

外面下著雨，譚慎衍沒有撐傘，肩頭都被雨淋濕了。

寧櫻把書遞給他，掏出絹子為他擦臉上的雨水，忍不住眼眶發紅。她知道，老侯爺是迴光返照。

譚慎衍握著老侯爺的手，點了點頭，沒有吭聲。

「我信你，你父親做錯了事，侯府有你守著，不能毀了……」老侯爺臉上噙著滿足的笑，目光卻慢慢渙散。

寧櫻眼睛一痛，落下淚來，見老侯爺朝她招手，她急忙伸出手，淚流不止。

老侯爺笑著將寧櫻的手放在譚慎衍手上，撐著最後一口氣，讓羅平掀開簾子。

屋裡傳來寧櫻的哭聲，胡氏心知老侯爺不好了，否則，怎麼可能不見薛太醫身影。見簾子掀開，胡氏就要往裡面衝，卻被羅平的劍攔住了。

譚富堂雙腿一軟，跪倒在地，之前沒被變故擊垮的男子，這時跪在門口，垂下雙肩，頭貼著地，聲音悲痛。「爹……」

「往後侯府聽慎衍的，你記住了。」說完，老侯爺的手慢慢垂了下去。

寧櫻反手握住，望著老侯爺目光看向的方向，跪在地上，哭了起來。

譚慎衍跪了下去，頓時，滿屋子的人都跪了下去，哭聲震天。

老侯爺走了……

胡氏還想往屋裡衝，羅平的劍搭在她脖子上，寸步不讓。「夫人若為難小的，別怪小的下手沒個輕重。」

胡氏脖子一縮，退了回去，望著屋裡的擺設，面露貪婪之色。

金桂抱著書，走到半路，聽到院子裡傳來震天的哭聲，知道是老侯爺去了，望著手裡泛舊的書，不知所措。

老侯爺是巳時去的，因為譚慎衍早有準備，一切井然有序，絲毫不顯慌亂。下午，皇上攜幾位皇子來侯府祭拜，敬重之情溢於言表，在老侯爺的靈堂前，當著幾位皇子的面加封老侯爺為武國公，感謝老侯爺戎馬一生，為朝廷做的貢獻。

寧櫻是侯府的長媳，又接下掌家的權力，事事親力親為，半個月下來，身子瘦了一圈，所幸沒出岔子，做事沈穩端莊，得到不少人的稱讚。

老侯爺下葬，譚富堂下令闔門，全府為老侯爺守孝。刑部尚書告老還鄉，譚慎衍升為刑部尚書，老侯爺加封為武國公，世襲罔替。老侯爺一死，公爵之位落到譚富堂身上，不過明眼人都知道，譚富堂手裡沒有實權，如今已是武國公府的譚家，能倚仗的是譚慎衍。

「別哭了，祖父希望我們好好過日子，妳最近瘦得厲害，多吃些，不然祖父知道了，以為我對妳不好呢！」譚慎衍替寧櫻挾菜，不一會兒，菜和肉裝了滿滿一碗，他望著偷偷抹淚的寧櫻，輕聲安慰道。

「祖父很好……」只是，她心裡難受罷了。

給老侯爺守孝，寧櫻不能外出，她沒想到，剛掌家辦的第一件事就是老侯爺的喪事，因此神色懨懨提不起精神。

天氣漸冷，下起入冬的第一場雪。寧櫻已習慣侯府的生活了，胡氏不滿她管家，收買下人從中給她使絆子，被她躲開了。知己知彼，百戰不殆，她對胡氏的瞭解比胡氏以為得要多得多，胡氏那點把戲傷不了她。

算著日子，黃氏明年三月就要生產，她做了幾件小衣衫讓聞嬤嬤送回去，聞嬤嬤帶了三個消息回來，分別是老夫人中毒、寧伯瑾出使北塞、寧靜芳和柳家成退親了。

「中毒？」寧櫻喃喃著這兩個字。老夫人在寧府已經掀不起風浪，誰還會刻意害她？

譚慎衍的手放在桌下，輕輕摩挲著寧櫻的手，動作微微一滯，斂著眼，幾不可察地皺了皺眉，看向略有疑惑的寧櫻。「妳可要回寧府瞧瞧？」

寧櫻愣怔片刻，緩緩點了點頭。

老夫人被下毒，背後估計還有其他事，想到余家被牽扯進韓家的事情中，寧櫻心裡不踏實。老夫人死有餘辜，她擔心的是黃氏。老夫人遭人下毒，寧府上下最先懷疑的便是黃氏，除了黃氏，誰還和她有仇？

思及此，寧櫻有些坐不住了，問聞嬤嬤。「奶娘，我娘還好吧？」

寧櫻有些日子沒見到黃氏了，放心不下，老夫人得知自己時日無多，不知會鬧出多少事情來？

「父親何時走的？」

聞嬤嬤站在門口，視線落在譚慎衍握著寧櫻的手上，心裡為寧櫻高興，抿唇道：「今早才走的。」

聞嬤嬤對朝堂的事知道得不多，但寧伯瑾能去北塞是需要真本事的，寧府上下都歡喜，只是聽說寧伯瑾走的時候心裡不太樂意，說趕不回來過年了，好一番叮囑了黃氏。

寧櫻頓了一會兒。寧伯瑾今早離開京城了？她一點風聲都沒有收到。

寧櫻轉頭打量譚慎衍，只見後者朝聞嬤嬤擺手，輕聲解釋道：「北塞和我朝毗鄰，前些日子北塞首領去世，新首領繼位，為了避免北邊起戰事，皇上讓大臣出使北塞，鞏固雙方多年的友誼罷了。」

皇上點寧伯瑾的名，估計是寧伯瑾入禮部後，幾樁差事辦得不差的緣故。

寧櫻垂眸沈吟，察覺自己的手被他握著，臉色微紅，慢慢抽回手，感慨道：「父親改了許多，但維護兩國和平這事，怕他應付不來，不小心說錯話得罪人，更會壞了事……」

「岳父大人的確不夠圓融世故，但遇事懂得明哲保身、溫和中立，皇上挑中他，自有皇上的打算，妳別擔心。」

北塞新首領性子隨和懦弱，生不起禍端，寧伯瑾能平安回來的。

寧櫻相信譚慎衍的話，但還納悶一件事。「父親離京這麼大的事沒有派人知會我，是不是其中還有什麼事？」

寧伯瑾戀家，黃氏肚子一天天大起來，讓寧伯瑾離開京城，他怕是不樂意的。

譚慎衍感覺手掌空空的，不適應地摩挲了下。「妳放心不下，我陪妳回寧府看看。」

冷風撲簌簌，吹得人皮膚刺痛，寧櫻披了一件月白色的襖子，和譚慎衍一同出門。

初雪後，枝頭零零星星堆積著雪，雪不多不少，好似掛在枝頭的花。

今年寧府的冬天比往年稍冷，因為下人少了的緣故，庭院深深，更顯寂寥。

黃氏坐在繡架前縫製小孩子的衣衫，聽下人通報說六小姐與姑爺回來了，黃氏大喜過望，親自去二門迎寧櫻。母女倆見面，倒沒哭哭啼啼，寧櫻不是愛哭的人，黃氏也不是，兩人說說笑笑往裡面走。

譚慎衍走在她們身後，眼裡滿是言笑晏晏的寧櫻，神情溫和，嘴角噙著淺淺的笑。

「父親離京怎麼不和我說一聲？我出城送他，您肚子一天天大了，小心些才是。」

黃氏年紀大了，生孩子更凶險，她問過薛墨，黃氏身子雖硬朗，但得多加留意，到了七、八個月，黃氏身子會有一番變化，孩子能不能平安生下來，就看那兩個月。

黃氏輕拍著寧櫻手臂，笑道：「娘有數。老國公死了，妳和慎衍忙，妳父親出門辦差又不是不回來了，便沒和妳說，妳怎麼想著回來了？」

迴廊一旁的臘梅開了，枝杈伸至走廊，黃色的花瓣嬌豔欲滴，含著純白的雪，增添了一抹亮色，叫人眼前一亮。

「這兒何時栽種臘梅了？」

黃氏感到好笑。「妳大嫂娘家讓人送過來的，臘梅香氣撲鼻，妳大嫂懷著身孕，不喜歡聞這味就叫人移植到這邊來了，雪下的土還是新的呢！」

穿過穿堂，進了梧桐院的大門，寧櫻才小聲問起老夫人中毒之事。

早先吳嬤嬤就暗示過她，寧櫻明白，十之八九是黃氏做的，黃氏隱忍不發是怕拖累她的名聲，她嫁了人，黃氏心裡沒了顧忌，該和老夫人清算的帳一筆不會落下。

黃氏嘆氣。「娘就猜到妳知道這事會回來。」說完，轉身看了一眼身後的譚慎衍。

譚慎衍會意，拱手道：「娘和櫻娘回屋說一會兒話，我去書房。」

「成昭在，我讓丫鬟過去請他了，你們在一起有話說。」

男女有別，寧伯瑾不在，黃氏又有話和寧櫻說，譚慎衍在旁不太方便，由寧成昭過來招待譚慎衍是再好不過的事。

見譚慎衍轉身走了，黃氏才收回視線。聞嬤嬤都和她說了，女兒、女婿感情和睦，黃氏沒什麼好擔心的，榮溪園那位不過咎由自取。

思忖半晌，黃氏把回京途中她們中毒的事情說了。老夫人藥石罔效，活不了多久，她即使和老夫人關係不好，如今懷著身孕，誰會懷疑到她頭上？

老夫人可能有所察，但誰會信她的話？黃氏不怕老夫人說出來。

寧櫻一臉錯愕，片刻，臉上恢復了平靜。她以為黃氏最恨的是老夫人把寧靜芸養歪了，沒料到這件事才是源頭，但直接對老夫人下毒，傳出去，可是砍頭的大罪。

「妳別害怕，即使被抓住了，娘也不怕。當年她連同竹姨娘陷害我，我苦於找不到證據，不得不離開，本以為如她的意，她也該氣消了，但她竟然在回京途中暗地下毒毒害我們。」黃氏當時萬念俱灰。她不怕死，可是想起老夫人連寧櫻都不放過，這口氣她無論如何都吞不下去。她懷胎十月辛辛苦苦生下的孩子，大女兒被她養歪了，小女兒差點被她害死。

女子為母則強，她若睜隻眼、閉隻眼當什麼都沒發生過，以後，誰都敢欺負她、欺負寧櫻——這點，是她當娘最不能忍受的，沒有人能眼睜睜看著女兒鬼門關走了一圈而無動於衷。

寧櫻覺得哪兒不對勁，問道：「回京途中？可是娘咳嗽的那幾日？」

黃氏咳嗽得厲害，她以為黃氏染上風寒，久久不癒，難不成是中毒了嗎？

黃氏沒發現寧櫻神色有異，兀自道：「可不就是。妳照顧我，身子不太好，跟著咳嗽了幾日，原以為妳被我過了病氣才會咳嗽，我沒往中毒的方向想；不只是我們，秋水和吳嬤嬤也中毒了，但她們輪流服侍，毒素不深；熊伯上了年紀，中毒的反應明顯，回府後我手裡頭事情多，想探問熊伯的病情時，小太醫已經暗中給熊伯服了解藥，我沒有多想，若不是我問小太醫，小太醫只怕不會說實話。」

黃氏能體諒薛墨的難處，說出來是寧府的醜聞，薛墨不想牽扯進來也是情有可原。

寧櫻皺眉。「不對。」

如果她和黃氏咳嗽是中毒的反應，那上輩子呢？上輩子，她和黃氏咳血、掉髮、病得瘦骨嶙峋，難道不是憂思過重所致？

黃氏見寧櫻不能接受，眼底冷意更甚。若不是薛墨告知，她自己都不相信老夫人會向她們下毒。薛墨說她和寧櫻體內的毒素積累多年，早就中毒了，只是不顯，回京途中，不知是何原因加重病情，若不及時診治，再過不久，她和寧櫻都會沒命。

「妳別想多了，娘與妳說不是讓妳擔心，有的事，妳心裡有個底就好。」

若是可以，她寧可寧櫻不知情，無憂無慮地活著。她是個惡毒的人，沒有為寧櫻做好榜樣，賢妻良母，她一樣都沒做到。

「娘。」寧櫻緊緊蹙著眉頭。她不敢想像，她和黃氏上輩子的死是老夫人一手促成的，她總以為黃氏是勞累過度、思慮過重，操心的事情太多了，才會掉頭髮。她想起上輩子翠翠最後來看她時，說她的病是從娘胎裡帶出來，她心裡是認可那個說法的，否則，為何她和黃氏的死狀一樣？但她怎麼也想不到竟是中毒的關係。

薛墨為她診脈以來，並未提及「中毒」兩字。

她心裡亂糟糟的，不知道自己該說什麼，只能一聲一聲喊著娘。

「娘在呢，妳別擔心，她奈何不了我。妳嫁了人，操持老國公的喪事，大家都稱讚妳秀外慧中，進退有度，妳和慎衍好好過日子，府裡的事有娘呢！」黃氏的手落在寧櫻鬢角上。想到她差點沒了這個女兒，心裡就一陣後怕，好在一切都好起來了。

寧櫻魂不守舍地坐在南邊架子床上，抱著秋水遞過來的手爐，眼神一動不動，良久才抬頭，定定望著坐在繡架前的黃氏。「娘，小太醫可說了是什麼毒？」

她想起在路上時，她嚷著要和佟嬤嬤換馬車，佟嬤嬤不答應，看著那輛馬車跟見著鬼似的，諱莫如深，佟嬤嬤一定知道什麼。

聽寧櫻問起這個，黃氏搖頭，繼續縫製手裡的襖子，輕聲道：「小太醫沒見過那種毒，事情都過去了，她不敢再下毒害人，妳好好過妳的日子，別想多了。」

寧櫻怎麼可能當什麼都沒發生過，上輩子她和黃氏怎麼死的她還歷歷在目，如今夜裡仍然會咳嗽，卻沒想到是老夫人下的毒手。老夫人真是心如蛇蠍，黃氏和寧伯瑾年輕時感情好，夫妻倆有矛盾在所難免；而且，黃氏督促寧伯瑾考取功名是為了他好，可能法子不當，但寧伯瑾都沒說什麼，老夫人就趕著在一旁煽風點火、挑撥離間，如此婆婆，全京城上下估計也找不出第二個了。

當爹娘的，在孩子成親後還過問孩子房裡的事本就不妥，婆婆給兒媳婦下毒，說出去，不只是老夫人名聲盡毀，寧伯庸他們也別想為官了，有這樣的娘，寧伯庸他們一輩子都抬不起頭來做人。

老夫人做這件事情的時候難道沒有想過東窗事發，幾個兒子如何在京城立足？想來也是，連長孫親事都能算計的人，心裡除了自己怎麼可能有別人？老夫人有今日，怪不得別人。

「娘，您如今懷著身孕，好好養胎，剩下的事情別管了。」

黃氏沒有抬頭，手裡的動作不停，聲音帶著輕快。「事情結束了，妳別插手。」

黃氏最不忍的是連累兩個女兒。她最初的打算是毒害老夫人後，自己去家廟守著秘密過一輩子，可寧櫻讓她再生個孩子的心思讓她動搖了，她改變了主意。望著微微隆起的小腹，這個孩子若來得再晚些估計就不能要了。

把事情說開，寧櫻心頭不顯輕鬆，反而沈重不少，若有機會，她真想質問老夫人為何要對她和黃氏下如此狠毒的手？但她清楚，她沒有機會了，老夫人已經昏迷，連開口說話的機會都沒有。

寧櫻和譚慎衍去榮溪園探望老夫人，只有寧國忠在廳堂裡。

寧國忠老了許多，接二連三的打擊，再筆直的脊梁也彎了下來。柳氏和秦氏在屋裡侍疾，說了老夫人的病症，大夫來看過了，也就這幾日的事情。柳氏、秦氏面上悲戚，眼底卻沒有半點憂傷，秦氏沒忘記寧成昭被算計之事，對老夫人存著厭惡，而柳氏則是擔心老夫人死後影響寧靜芳的親事。男子年紀大些說親沒什麼，寧靜芳卻等不得。

知道老夫人做的事，寧櫻面上沒有一絲動容，和寧國忠說了一會兒話，叮囑寧國忠保重身子就和譚慎衍離開了。

他們剛走到門口，身後的秦氏追上來。「小六，二伯母送送你們。」

走出榮溪園的門，秦氏打開話匣子道：「妳祖父不讓妳進屋是對的，妳祖母瘦得厲害，往日多精明厲害的一個人，如今奄奄一息，可憐得很，但妳祖母做的事，實在可憐不起她來。妳大嫂是個好的，但想到她和妳大哥被妳祖母陷害，我心裡不是滋味，妳祖母還妄想把矛頭引到妳大伯母身上，虧得我聰明了一回，不然鐵定是要和妳大伯母拚出個死活，妳說說，妳祖母做的都是些什麼事？」

寧櫻挑眉，覺得秦氏話裡有話，眼瞅著經過寧香園，到前面的岔口就該和秦氏分開了，故而開門見山地問秦氏。「二伯母可是有話說？大哥在昆州幫了我許多，二伯母遇到麻煩，我不會推辭的。」

秦氏愛貪小便宜，為人貪婪，但劉菲菲進門後，處處捧著她，孝敬的金銀珠寶多，秦氏收斂許多。人都有缺點，秦氏的這缺點不會讓她去算計害人，寧伯瑾不在府裡，黃氏若有事情，她希望秦氏能幫襯一把，如果秦氏說的事情合情合理，她願意幫她，畢竟寧成昭在昆州的確幫了她許多，不是假話。

「妳祖母眼瞅著是不行了，妳二伯若守孝三年，妳大哥也要回來守孝，朝堂風雲變幻，往後什麼情形誰說得準？二伯母是擔心妳二伯的官職……」秦氏這幾日一直在想這個問題。

寧伯信也愁眉不展，秦氏讓寧伯信找寧伯庸商量，寧伯信不肯，寧伯庸進去戶部後，常常早出晚歸，和他們生分許多，秦氏想來想去，還是寧櫻可靠。

寧櫻明白秦氏的意思，瞅了眼旁邊的譚慎衍。秦氏說的事情是無可避免的，三年後，寧伯信想要官復原職，到時是什麼情形誰都不知道。

秦氏順著她的目光看向旁邊的譚慎衍，臉上的笑諂媚了幾分。老國公死了，為譚家帶來了公爵之位，世襲罔替，無上的榮譽，譚慎衍可是皇上欽點的刑部尚書，有他在皇上跟前美言幾句，二房也算有出路了。

晴朗的天，忽又飄起了雪花，風吹來，寧櫻哆嗦了一下，張嘴剛欲說點什麼，被譚慎衍搶了先。「二伯母，二伯的事情不著急，朝廷有制度，二伯任職不會有偏差的。」

得了這句話，秦氏眉開眼笑。她就知道，譚慎衍是個厲害的人，激動道：「有你這句話我就放心了，下雪了，你們快些回去吧，我得去看看菲菲，天冷，屋裡的炭火不能少了。小六，妳父親出了遠門，妳娘有我呢，別擔心啊！」

寧櫻一噎，斂了斂神，禮貌地道謝。秦氏步伐輕快，到了岔口，熱情地朝他們揮手。

寧櫻外面穿了件襖子，但雪花落入脖頸處，冷得她直哆嗦，說話聲音微微顫抖著。「二伯的事情你說了不算，你自己都在守孝，應承二伯母做什麼？」

往後遇到事，秦氏就會找上門，譚慎衍是在給自己找麻煩，而且，譚慎衍自己都在守孝，自己的官職一年後什麼情形都不好說呢！

沈寂一年再起復，沒有人提攜，官職沒有空缺，就被遺忘了，許多大戶人家就是這樣漸漸沒落了。

「娘一個人在府裡，有人看著是好事，二伯的官職不高，我能幫上忙，二伯在某些方面值得人敬重。」譚慎衍見她冷，捧著她的手，放在掌心搓了搓。

寧伯信為人固執死板，認死理不懂變通，年年吏部考核成績都不錯，在朝為官，上位者要的是各方勢力互相制衡，寧伯信的性子更適合去御史臺，鐵面無私，眼裡容不得沙子，彈劾官員肯定準，當然這不可避免會得罪很多人，有利有弊。

至於寧伯庸，老奸巨猾，處處算計，稍有不慎，恐會落得不好的下場，將來如何，得看寧伯庸自己。

上了馬車，譚慎衍拿著鉗子挑了挑炭爐裡的火，伸手將寧櫻圈在自己懷裡，脫下身上的大氅裹著她，將寧櫻裹得嚴嚴實實。

寧櫻哭笑不得。「馬車裡暖和，我不冷了，你鬆開我。」

「抱會兒，妳不冷，我冷。」譚慎衍的手落在寧櫻腰間，下巴貼著寧櫻右肩。兩人成親沒多久，正是蜜裡調油，如膠似漆的時候，眼下卻只能過清心寡慾的日子，想著，手開始不規矩起來。「老夫人中毒之事，娘和妳說了什麼？」

寧櫻任由他抱著，沈思道：「娘說祖母得罪了人。」

「是嗎？」譚慎衍目光一暗，心裡來氣，張嘴在她肩頭咬了一口。「真以為我什麼都不知道？老實交代。」

老夫人昏迷不醒，明妃中毒之事就斷了，這不是譚慎衍要的結果。

寧櫻一歪，掙脫他的手坐在旁邊軟墊上。「你自己知道還問我做什麼？我娘沒做錯什麼。」

譚慎衍一怔，明白寧櫻話裡的意思。她是擔心自己嫌棄她才不肯說實話？想到這，他神色稍霽，往寧櫻身邊靠了靠。「老夫人有這樣子的下場是她咎由自取，我還能嫌棄妳不成？」

被說中心事，寧櫻紅了臉。譚慎衍拉過她，狠狠在她唇上啄了兩口。都成親了，她還擔心這個、擔心那個，畏首畏尾，真的想多了。

「祖母心狠手辣，我和我娘差點就死了，我娘做什麼我都支持她，我不是怕你嫌棄我，但這畢竟不是光鮮事，有什麼好說的？」

黃氏做的事大逆不道，少個人知道對黃氏更好。

譚慎衍也不拆穿她。「娘可說她去哪兒買的毒？」

黃氏是個烈性子，他擔心黃氏露出馬腳，被人發現就糟了。

寧櫻搖頭。黃氏不肯多說，具體的細節她也不知，她忽然想起了另一件事。老夫人和黃氏因為寧伯瑾鬧不和，繼而下毒害她和黃氏，但她和胡氏更是水火不容，胡氏暗中使絆子卻沒用不入流的法子謀害她的性命，委實有些怪異。

「想什麼呢？」譚慎衍盯著她頭上的木簪，若有所思道。

寧櫻不假思索道：「我祖母對我和我娘下得了狠手，你說青竹院那位會不會想方設法加害我們？」

老夫人和黃氏可是親婆媳，她和胡氏還隔著一層呢！

譚慎衍眸子閃過狠戾，瞬間掩飾過去。「妳管家，府裡都是妳的人，誰給妳氣受，妳還回去就是了，出了事不是還有我嗎？」

寧櫻想想也是，這輩子因為老侯爺的關係，胡氏在後宅真沒掀起過風浪。

第五十三章

馬車到了正門，福昌已在大門口守著，見車簾被掀開，他急忙撐著傘走下臺階，為譚慎衍撐傘；金桂她們在後面那輛馬車，下了馬車後，見譚慎衍攙扶著寧櫻，沒有上前搭手，倒是福昌身旁的翠翠身子動了動，慢慢走向寧櫻，抬手扶著寧櫻。

譚慎衍接過福昌手裡的傘，一隻手牽起寧櫻，但看翠翠扶著寧櫻手臂，瞇了瞇眼，眼神一冷。

寧櫻看福昌一天比一天黑，心裡納悶，沒留意翠翠扶著她。「福昌，你有時間的話，多照照鏡子吧！」

相貌堂堂的小廝，如今黑成了炭火，天黑那會兒，瞧著怪嚇人的，院子裡的丫鬟被福昌嚇了好幾回。

女人須保養，男人也是。福昌雖常年跟著譚慎衍，但總要成親的，這副樣子，誰瞧得上他？

福昌臉色一紅，不過他人黑，倒也看不出來，躬身道：「奴才知道了。」

他是有苦難言。早知今日，當初拚著命也要追上寧櫻出城的馬車把信件送到她手裡，而非聽羅平的話裝病。他剛從晉州金礦回來，半夜時，走廊燭火半明半滅，影影綽綽，府裡的小姑娘見到他直呼有鬼，害得他差點成了過街老鼠、人人喊打。

黑得他自己都不敢認，譚慎衍卻說，黑了辦事方便，夜裡出門，不怕被人發現……

走了幾步，寧櫻才驚覺身旁扶著她的是翠翠，蹙了蹙眉，叮囑道：「不用扶著，妳和金桂把馬車裡的禮拾掇出來，給青竹院送去些。」

黃氏和秦氏送了些布疋和燕窩，比不上國公府庫房裡的珍貴，卻也是一番心意，既然是心意，怎麼能少了青竹院的分？

翠翠鬆開手，抬著眉，眼神掃了眼另一旁的譚慎衍，羞澀地點了點頭，慢慢退下。

寧櫻眉頭皺得更緊了，翠翠看譚慎衍的眼神，她再清楚不過，她沒想到，許多事情雖都不同了，但翠翠仍然喜歡譚慎衍。

福昌有事稟報譚慎衍，依照譚慎衍的性子，定是要送寧櫻回青湖院後才聽他回稟事情的，此時寧櫻站在門口不走了，他抿了抿唇，抬眼，以眼神詢問譚慎衍，提醒道：「薛世子送了信來，奴才擱書房裡了。」

翠翠像是聽到什麼，轉過身，眼神往譚慎衍身上瞄，雙目含春，情意滿滿，回過神，才驚覺寧櫻目光如炬地盯著自己，不由得面色轉白，急忙收斂心思，小步走向金桂。

「你有事的話就忙去吧，我自己回去就好。」寧櫻轉過身，繼續朝裡面走，想著翠翠的事，心裡不太痛快。

上輩子翠翠對她有救命之恩，她抬了翠翠做姨娘，這輩子互不相欠，翠翠若真給她添堵，她是容不下她的。

譚慎衍見她眉目劃過堅毅之色，心裡高興，寧櫻應該是把他放心上了才捨不得推給別人，想到在劍庸關時寧櫻打翻醋罈子的模樣，不由自主地笑了起來。「沒什麼大事，薛太醫估計想起墨之的親事了，墨之找我拿主意呢！」

福昌腦子裡蹦出「胡言亂語」這個詞。薛家被賜了爵位，私底下薛墨和譚慎衍已甚少往來，薛怡是六皇妃，兩家過從甚密，對六皇子不好，有什麼話都是他在中間傳遞，薛墨不喜歡廢話，譚慎衍是知道的。

果然，譚慎衍娶了媳婦，什麼事都繞著媳婦轉了。

重色輕友，薛世子沒說錯。

福昌想到什麼，眼神亮起了光。主子聽寧櫻的話，是不是他求寧櫻讓主子饒過自己，主子也會答應？

天冷了，想到福榮幾個在屋裡呼呼大睡，他還要東奔西跑賣命，心裡怎一個苦字了得？抱著這個心態，他也不催促譚慎衍了，巴不得兩人感情好，這樣子的話他才走得通寧櫻這條路子。

譚慎衍送寧櫻回青湖院後，才和福昌去書房。一推開書房的門，他臉上的神色立即變了，陰著臉道：「怎麼了？」

為避免信件落入旁人手中，他和薛墨從不以信件往來，福昌口中的信自然是不存在的。

福昌低下頭，一五一十道：「寧三夫人給寧老夫人下的毒是薛世子給的，但毒性不重，尋常大夫診治不出來，當日為寧老夫人診脈的大夫有問題。」

去年寧櫻從昆州回來，薛墨得到譚慎衍的叮囑每個月去寧府為寧櫻把脈，黃氏就是那時候向薛墨要毒藥。薛墨平生最恨那種為老不尊、心狠手辣的長輩，黃氏一開口，他就給了，沒料到會被人發現。

「大夫呢？」

一收到薛墨的消息，他就帶人找大夫去了，誰知去晚了一步。

「死了。」福昌低下頭。

譚慎衍回眸，目光意味不明地盯著福昌，福昌直冒冷汗，以為自己辦事不力又要遭殃了，正準備求饒，卻聽譚慎衍道：「怎麼曬得這麼黑？天黑了別去青湖院，嚇著夫人怎麼辦？」

福昌欲哭無淚。他黑了好幾個月，他家主子竟然現在才發現，這種時候難道不是應該讓他好好養著，等白回來再說嗎？

譚慎衍坐在檀木書桌前。老侯爺死後，該毀的信件全毀了，譚慎衍翻開桌上黃色封皮的信紙，忽然問道：「六皇妃在宮裡可好？」

福昌垂眼，正色道：「明妃娘娘身子不好，六皇妃寸步不離，沒什麼事，倒是六皇子前兩日被御史臺彈劾了。」

見譚慎衍握筆的手微頓，福昌會意，躬身走到案桌前，將六皇子被彈劾之事說了。御史臺那幫人彈劾六皇子年紀不小了，該早早去封地，明妃病入膏肓，六皇子留在京城幫不上忙，去年昆州地震，蜀州也受到牽連，六皇子身為蜀王，應體恤百姓，去蜀州賑災。

當然，御史臺不敢如此直白，明面端著大義，字字珠璣，言之鑿鑿，用詞華麗多了。

譚慎衍打開信件，這封信來自晉州，內容談的是去年晉州金礦作亂的人，晉州總兵的外甥——葉康，亦是前戶部葉大人的庶子。

福昌眼神掃過信件，又回稟起晉州的事來。「葉康做的都是見不得人的勾當，此人沒什麼腦子，偏生在金礦一事上極懂得遮掩；他的姨娘和宋總兵後宅的小妾是一條道上出來的，兩人頗為惺惺相惜，認了姊妹。早年葉家在京城，這兩個小妾兩多以信件往來，葉大人嫡子死後，因為不能手刃仇人，心灰意冷自願外放，領著全家人去晉州，葉康這才靠上了宋總兵的關係。」

葉康的姨娘出身低微，自小就是被人豢養調教服侍人的，這種女子姿色嫵媚、知音識趣、紅袖添香，京城稍微重規矩的人家都不會允許這種女子進門。

福昌小聲把葉家的底細說了。這位葉大人和工部周大人有些恩怨，葉二少爺就是死在韶顏胡同周夫人陪嫁的鋪子，周夫人的鋪子被譚慎衍買下，和寧櫻的茶水鋪子隔街相望。

譚慎衍想起來確有其事，看完信件的內容，緘口不言，又拿起下面一封信件，神色微冷。「不枉費你在晉州挖了幾個月的金礦。葉大人次子死在周家人手裡，雖是過失，但兩家的仇恨結下了，葉康私底下卻和周家過從甚密，裡面的關係你查清楚了，至於晉州總兵，別打草驚蛇。」

驚動了宋家，六皇子所謀之事就暴露了。如今的皇子中，三皇子、五皇子、六皇子皆有資格繼位，三皇子乃皇后所出，這兩年贏得不少人支持，呼聲最高，照理說他該把矛頭對準三皇子，但譚慎衍隱隱覺得不對。有二皇子的事情在前，他不敢輕舉妄動，背後之人借他的手除掉了韓家，支持三皇子的人大多在京城，且根基深厚，想要撼動那些百年世家，談何容易？

三皇子性子純良樸實，坐上那個位置會是明君，沒奈何皇后娘娘犯了錯，拖累了三皇子。

「派人把消息透露給葉大人，看看他對葉康是個什麼態度？行事隱密些，別驚動了人。」

福昌點頭，說起寧老夫人的病情，遲疑道：「薛世子說老夫人的病不是無藥可解，但老夫人罪孽深重，死不足惜，他不會給解藥的。」

想到薛墨對寧老夫人的厭惡，要薛墨出手相幫，絕無可能。

高牆宅院齟齬多，像寧老夫人害自己孫子、孫女的還真是少見。

譚慎衍充耳不聞，取出火摺子，拿著信紙，片刻的工夫，手裡的信紙便燃成了灰，三封信皆化為灰燼，屋子裡煙霧繚繞，譚慎衍的臉在煙霧中顯得隱晦不明。

福昌不懂譚慎衍的意思，小心翼翼站在旁邊，低頭屈膝，等著譚慎衍差遣。

譚慎衍收起火摺子，繼續拆桌上的信件，一封一封地看，其中還有來自福州的。韓越被發配到福州，未得召見，一輩子不得回京，這是他和韓越商量好的，他保住韓家，韓越得為他所用，順便找出陷害韓家的幕後黑手，韓越來信說福州沒有異動。

坐了一會兒，瞅著時辰不早了，譚慎衍才起身，沒再提寧老夫人之事，福昌心領神會，譚慎衍是默認薛墨的做法，寧老夫人必死無疑。

雪大了，不一會兒，滿院覆蓋上一層白色，白雪皚皚，蕭條冷清。

寧櫻回想起她和黃氏悽苦的上輩子，只覺得踏破鐵鞋無覓處，得來全不費工夫，苦難的根源竟然是中毒，她倚著玲瓏雕花的窗櫺，好看的眉輕輕蹙著，美目含愁，惹人憐惜。

譚慎衍進屋，瞧見的便是美人托腮，眉眼如畫地望著窗外飄零的雪，漫天飛舞的雪花，在她的凝視下，下得越發恣意。他挑了挑眉，眸子裡的凜冽轉為暖意，上前拉起她的手，擔憂道：「看什麼呢，手都凍成冰了。」

寧櫻嘆了口氣，不知從何解釋，千言萬語，化為一聲嘆息。「沒什麼，處理完事情了？」

「處理完了，我讓廚房燉了羊肉湯，待會兒妳多喝些，今年怕是要比往年冷。」譚慎衍捧著她的手，吩咐金桂取個手爐為寧櫻暖手，心裡大致懂寧櫻的感受。原本以為自己有疾病，不知何時會發作，懸著一顆心不上不下，到頭來，所謂的疾病居然是有心人下毒害的，換作任何人都難以接受吧！

「老夫人的事情妳別想了，順其自然吧！」

寧櫻已經出嫁，不用為寧老夫人守孝，黃氏懷著身孕，三月便要生產，即使守孝，也不會太過嚴守規矩。

望著譚慎衍俊美的臉，她又想起了許多事。比如她第一次上門求薛墨為黃氏看病，薛墨沒答應，第二次薛墨卻應得爽快；之後她在南山寺遇襲，譚慎衍恰好就出現了，以前看沒什麼，如今卻禁不起推敲，太多的巧合湊在一起就不是巧合了。

莫不是，他早就知道她和黃氏是中毒，所以薛墨才一而再、再而三地確認？

她目光清亮，臉若朝霞，看得譚慎衍心口一軟，低下頭，在她光潔的額頭上落下一吻。

「祖父百日後，我帶妳去臘梅園摘臘梅。」

寧櫻抿了抿唇，不知怎麼開口問？若譚慎衍和她一樣擁有上輩子的記憶，沒道理還會娶自己才是，但種種跡象表明，譚慎衍的確不太一樣，想了想，她決定找個機會問問薛墨譚慎衍的事。當日她在臘梅園設計程雲潤，薛墨也在，說起來，薛墨出現的時機總太過巧合，但譚慎衍出現後，薛墨就不怎麼往她跟前湊了，委實怪異。

寧櫻懷著這個心思，她問道：「怎麼好些時日不見小太醫來找你？」

聽見小太醫三個字，譚慎衍一張臉頓時不太好看了，低垂的眼遮住了幽暗不明的眼神。

「怎麼想起問他了？」

「依他的年紀，薛太醫該為他說親了吧，可有適合的人家？六皇妃為了這件事似乎挺著急的。」

老侯爺出殯，六皇妃有來，寧櫻和她說了許久的話，說起薛墨的親事，薛怡唉聲嘆氣，和寧櫻講了不少譚慎衍和薛墨小時候的事。

聽見這話，譚慎衍面色稍霽，解釋道：「墨之的心思不在成家立業上，再過兩年不遲，妳可是哪兒不舒服？」

寧櫻回神，看譚慎衍神色專注地打量她，搖頭道：「沒什麼，隨口問問罷了，改日讓小太醫過來……」

金桂換了手爐，遞給寧櫻，卻見譚慎衍朝她擺手，語氣冰冷。「出去，關上門，我和夫人說說話。」

見他似笑非笑的眸子裡帶著慍怒，寧櫻罵了句醋罈子，兀自掙脫譚慎衍的手，接過金桂手裡的手爐。金桂把手爐放到寧櫻手裡，提著裙襬，一溜煙跑了，跑到鶴紅色牡丹花簾門口時，絆到門檻，差點摔了一跤。

寧櫻忍不住笑出聲，埋怨譚慎衍道：「我看你比福昌還嚇人，金桂沒招惹你，你嚇她作甚？」

譚慎衍起身關上窗戶，寧櫻覺得不對勁。「關窗戶做什麼？屋裡燒著炭爐，不冷。」

語聲落下，但見譚慎衍深沈的眸子染上磣人的光，這種光芒，寧櫻一點都不陌生，每當她累得、疼得受不了開口求他，他的眸子便會如點漆似地黑了又亮。

「你做什麼？祖父過世不久，又是青天白日……」

譚慎衍雙手環胸，好整以暇地望著寧櫻。「妳以為我要做什麼？」

寧櫻面色一紅，雙手插入手爐，咕噥了兩句，身子微微後仰，頗有排斥的意味。

譚慎衍被她逗笑，臉上的陰鬱一掃而空，強拉著她走向屏風後的床榻。寧櫻心知不妙，抵死不從，一隻腿往後伸，身子下沈，不讓譚慎衍輕易拉動她。

譚慎衍真想把寧櫻弄上床，她哪有抗拒的資格？他彎下腰，一隻手搭著寧櫻膝後，輕輕一抬，就把她抱了起來。

「我們去床上說一會兒話。」

「說什麼？」

去床上說話？寧櫻信他才有鬼了。

譚慎衍將她放在床上，自己脫了外衫躺下去，見寧櫻往裡面躲，他有些哭笑不得，無賴道：「我真要碰妳，方才壓著妳在桌上就能要了妳。過來，我和妳說說薛家的事。」

寧櫻不信譚慎衍的話，坐在床尾的牆角，後背靠著牆，縮著身子，一副受了委屈的小女兒模樣，澄澈如水的眸子波光瀲灩，白皙的小臉因為害羞，紅得如四月桃花，他心蕩神馳，撐著身子，猛地撲了過去，嘴裡說著輕浮至極的話。「小娘子是哪家的夫人，來，讓爺瞧瞧，哪兒被欺負了……」

嬌妻在懷，譚慎衍怎麼可能坐懷不亂？不一會兒，被褥下的寧櫻就已梨花帶雨地求饒了。天黑得早，寧櫻哭泣地咬著被褥，不讓口中嗚咽傳到外面，稍晚天黑了，譚慎衍那廝動作兀自不停，且又是在老侯爺孝期，傳出去，她真是沒臉見人了，想到都是譚慎衍害得，美目圓睜，她惡狠狠地瞪著在自己身上的男子。

屋裡沒有掌燈，外面光線昏暗，寧櫻五官精緻，一雙眼水光盈盈，在若隱若現的光線中，更讓人欲罷不能。譚慎衍抬高她的腰肢，重重用力，聽得寧櫻嬌吟一聲，聲音柔媚，讓人忍不住軟了骨頭，譚慎衍繃著身子，越發使勁，聲音低沈沙啞。

「妳越是這樣，我越是想欺負妳。」

最初，他真的只是想和寧櫻說話，她不信，就只好由著她了。

吃飽饜足，譚慎衍吩咐人備水。院子裡都是他的人，嘴巴嚴實，不怕洩漏風聲，簡單披了件衣衫，見寧櫻蜷縮著身子躺在床裡面，他拉過她抱在懷裡，兩人去了後罩房，沐浴時，少不得又是一番耳鬢廝磨。

他和寧櫻洗漱出來後，讓金桂傳膳。屋裡掌起燈，譚慎衍知道寧櫻身子吃不消，抬了小的四方桌放在床上，和寧櫻面對面坐著。

寧櫻心裡有氣，握筷子時，才驚覺指甲縫裡有血跡，是剛剛譚慎衍欺負她欺負得狠了，她抓傷他的背留下的。

譚慎衍循著她的視線瞧去。寧櫻指甲修剪得乾淨，沒有塗抹蔻丹，白色指甲裡，丁點兒的顏色就極為顯眼，他舀了一碗羊肉湯放在寧櫻面前，厚著臉皮道：「我皮厚沒什麼，妳越用力，我越興奮，妳是不是也這樣？」

寧櫻聽他有心情談論這個，咕噥了句。「誰興奮了？」

譚慎衍勾了勾唇，方才翻雲覆雨的最後她雙腿都繃直了，身子一陣痙攣，還說不興奮？夫妻兩人，沒什麼不能說的，尤其是這種互利互惠的事。

「妳不興奮的話，待會兒我們再試試。」

他不用力，她便不是求饒，而是求他用力了。

口是心非，表裡不一，在這種事情上，譚慎衍就能看出寧櫻的性子。

寧櫻瞪他一眼。她算是明白了，上輩子那個清高倨傲、不可一世的譚慎衍都是裝出來的，實則是個沒皮沒臉的人，她和他一般見識做什麼？她拿著勺子舀了羊肉湯，沒有羶味，湯味濃郁，寧櫻整整喝了兩碗，得來的結果就是身子有些發熱，在被子裡拱了又拱，怎麼都不舒服。

譚慎衍拿了本書，見她熱得額頭起了汗，掀開被子，讓她靠在自己身上。「待會兒就好了。」

羊肉湯本就是冬日暖身喝的，屋子裡燒著炭爐，原本就不冷，寧櫻喝了兩碗，覺得熱實屬正常，便是他，身子也有些燙。

寧櫻窩在他懷裡，望著他手裡捧的書。「你有什麼話想和我說？」

「薛府和咱有些關係，世人只知道我娘是家中的嫡長女，卻不知很早的時候，我娘還有個姊姊，在很小的時候出門湊熱鬧，被人販子拐走了，我外祖父為了名聲，對外宣稱我姨母過世死了，知情的丫鬟、婆子全被發賣出去。娘那會兒才幾個月大，自然不知曉有這事，等到年紀大了，我外祖母看著我娘總想起被拐走的姨母，精神不太好，娘纏著外祖母問才知道家中長姊年幼時被拐走了；說親後，她到處打聽姨母的消息，機緣巧合，真被她找到了姨母，那時候的姨母已是人婦，嫁給了京裡的大夫，她隨丈夫出門遊歷途中遇到我娘。」

「那位大夫……」

譚慎衍見她猜到了，沒有賣關子。「我姨母就是墨之的娘親。娘和外祖母說了，外祖母有心認姨母，外祖父不同意，說姨母的事情一揭露出來，對娘的名聲不好；那時候，娘還沒嫁到京城來，外祖父敬重祖父，不肯讓姨母認祖歸宗，但畢竟是血濃於水的親骨肉，外祖父割捨不下，只能暗中幫襯姨母一家。」

寧櫻心情有些沈重。逢年過節，京城熱鬧，總會有丟孩子的人家，那些人販子最愛對穿著華麗、身邊沒有丫鬟、小廝跟著的少爺、小姐下手，薛夫人小小年紀遭遇那種事，該有多無助。

「薛夫人……姨母沒想過回去？」

「姨母那會兒才三歲不到，哪會記得自家什麼樣子，要從人生地不熟的地方回去談何容易？好在人販子把姨母賣給了一戶沒有孩子的夫妻，夫妻兩人對姨母極好，從小姨母沒吃什麼苦頭，等到年紀大了，姨母許多事情都記不住，哪會記得親生爹娘？」

姊妹相認，又都在京城，本來是喜事一樁，誰知好景不常，姨母生薛墨難產而死，娘也因為府裡的小妾飲恨而終。

寧櫻想到如今兩人都不在世，不免覺得難受，安慰譚慎衍道：「姨母和娘感情好，在地下互相扶持，你別太過傷心了。」

「我不傷心，這事過去好些年了，我看開了。妳是我明媒正娶的妻子，薛墨是我嫡親的表弟，妳心裡有數就好。」譚慎衍以為這層關係無人知曉，連譚富堂都不知道，他外祖父那邊是不會說的，沒承想，皇上和祖父竟能查到。

老侯爺眼線多，查到端倪沒有什麼，皇上身居皇宮，如何知曉這後宅之事？有的事情，細想才知，自己上輩子真是大錯特錯。皇上為六皇子、六皇妃指婚何嘗沒有為六皇子拉攏譚家的意思在裡面？他當時不懂，還在六皇子去封地的事情上摻和了一腳，那時候，他擔心薛怡牽扯進奪嫡之爭，想著左右六皇子被賜了封地和皇位無緣，不如早日抽身離開，送六皇子和六皇妃出京。六皇子好幾次欲言又止，他只勸他們好好在蜀州待著，蜀州地勢險要，易守難攻，哪怕京城有變故，六皇子他們到了蜀州也能自保。

沒想到，皇上挑中的太子是六皇子！這招，確實騙過了祖父和他。

寧櫻點頭。難怪薛怡得知自己要嫁給譚慎衍時沒說什麼，想來薛怡也是清楚雙方關係的，又道：「父親不知道？」

譚慎衍臉色陡然一沈，眼裡閃過厭惡。寧櫻想，外面傳言怕是真的，譚富堂和胡氏害死了原配。

「父親知道無用，也不在乎。」譚慎衍冷冷說完，扔了手裡的書，起身熄滅屋裡的燭火，瞬間，屋子暗了下來，他湊到寧櫻耳朵邊，輕聲道：「睡吧，往後別在我面前提別的男人，他也不行。」

寧櫻正黯然傷心，聽見這話，難過少了大半，胡亂在他身上掐了兩下，碎罵道：「醋罈子。」

因為譚慎衍和她分享秘密的原因，夫妻感情更好了，寧櫻整日臉上都掛著笑，府裡的庶務有管家，需要寧櫻過問的事情少之又少，老侯爺百日後，寧櫻讓聞嬤嬤找出杭綢，準備為譚慎衍做兩身衣衫。

譚慎衍笑得心花怒放，寧櫻給他量尺寸，他一個勁地傻笑。

「做針線活傷眼睛，妳多休息，別累著了。」

寧櫻作勢扔下手裡的尺子，譚慎衍立刻不肯了，她不免感到好笑。「看吧，真以為你體諒我，一說不幫你量，你又不肯了。」

譚慎衍伸著手，笑得開懷。「別以為我不知道妳，不給我做，妳肯定就給妳那還未出生的弟弟做衣服了，與其那樣，不如便宜我呢！」

寧櫻白了他一眼，不說話，量好尺寸，讓聞嬤嬤抱著選好的布料進屋給譚慎衍選，譚慎衍不甚在意。「妳做什麼，我穿什麼，我不挑剔。」

這話寧櫻不信。府裡針線房的繡娘是從宮裡出來的，譚慎衍若真是個好打發的人，會花重金請宮裡的繡娘？

譚慎衍好似看出她的想法，咧嘴笑道：「妳和她們不同，她們靠針線活營生，若針線活不好，賠進去的是自己的名聲，我付了銀子自然要拿到滿意的衣服；至於妳嘛，做的衣服再醜我都不會嫌棄。」

寧櫻將譚慎衍的尺寸寫在紙上，撇嘴道：「真丟你的臉，你也得給我穿。」

「那是自然。」

寧櫻挑的是寶藍色的蜀錦，質地滑膩細緻，她描了蘭花的花樣，花兒繡了一半，寧府的管家就傳信說老夫人去了。寧櫻收起針線，她和譚慎衍正在孝期，身上都是素淨的衣衫，去寧府倒沒什麼不妥，於是她讓金桂去書房喚譚慎衍回來，又派人去青竹院知會一聲，這才準備回寧府。

剛走出門，遇到撐傘而回的金桂，寧櫻蹙了蹙眉。「世子爺不在書房？」

金桂搖頭，走近了替寧櫻撐著傘，道：「福榮說世子爺出門了，不在府裡，小姐可要等世子爺？」

管家來信，她不回去一趟說不過去，望著大雪，她嘆了口氣。「罷了，不等世子爺了，我們先回去吧！」

馬車駛入喜鵲胡同，遠遠地就看到寧府門口有下人搭著梯子，正在撤換門口大紅的燈籠，將白色布幕掛在門口，昭示著府裡有人過世。

見她回來，下人們急忙要從梯子下來行禮，寧櫻擺手道：「你們忙吧，不用行禮了。」想到黃氏收到消息估計去榮溪園了，她也徑直前往榮溪園。剛到榮溪園外的涼亭便聽到裡面此起彼伏、撕心裂肺的哭聲，其中一道女聲最是洪亮。

寧櫻忍不住抽了抽嘴角，金桂也聽出來了，湊到寧櫻耳朵邊小聲道：「二夫人的聲音是不是太過了？」

嗓門大，一聽就知道沒多少感情，哭給外人聽也不是這麼個哭法，寧成昭和劉菲菲是明白人，會勸秦氏的。

榮溪園的丫鬟、婆子跪了一地，寧櫻看黃氏跪在外側，風呼呼地往裡面吹，寧櫻施施然進屋，跪在黃氏身後，金桂、銀桂緊隨其後，緊挨著寧櫻，為黃氏擋住些風。

床榻上，老夫人形容枯槁，安詳地閉著眼，寧櫻哭不出來，儘量低著頭，揉著眼睛，讓自己看上去是悲傷的。

老夫人走得突然，沒有任何徵兆。

接下來是設靈堂、守靈，寧櫻擔心黃氏吃不消，扶著她先回去梧桐院。

母女倆面露悲痛，眼底卻平靜無瀾，黃氏握著寧櫻的手，道：「妳已經嫁人了，急著趕回來做什麼？妳大伯都比妳回來得晚。」

寧伯庸做事不偏不倚，最為公允，進入戶部，倒是和以前不太一樣了，黃氏說不清是好是壞，想到寧櫻風塵僕僕趕回來，心下擔憂。

「做給外人看，自然要早些回來。」她們和老夫人沒多少感情，面子上過得去就是了。梧桐院裡，秋水吩咐眾人將屋裡鮮豔的擺設全部撤走，連門簾都換了，屋裡亂糟糟的，寧櫻讓黃氏休息一會兒，守在黃氏床前。

沒多久，外面的人說姑爺來了，寧櫻提醒屋裡的丫鬟小聲點，輕手輕腳走了出去。譚慎衍站在梧桐院的拱門下，身形凜凜，疏遠冷漠，深邃的眸子如墨似夜，寧櫻拿起金桂手裡的傘，一步一步走向譚慎衍。「下著雪，怎麼不撐傘？」

見她走來，譚慎衍收斂神思。「已去榮溪園燒香了，今日寧府忙，妳留下幫不了忙，我先接妳回去，過兩日再來。」

他的說法和黃氏差不多，寧櫻沒有多想，叫過金桂，讓她和秋水說一聲。寧櫻將傘舉過譚慎衍頭頂，慢慢往外走。

譚慎衍有些漫不經心。「我和祖父說過了，娘懷著身孕，不方便去守靈，妳放心便是，我們直接回府。」

寧櫻沒料到他連這個都安排好，心下感激，但譚慎衍一直低頭走路，沒騰個眼神給她，低著眉，兀自往前走著。

寧老夫人出殯，寧櫻和譚慎衍去了，兩人沒多大的感觸，日子照樣往前走。譚慎衍對寧櫻比以往更好了，寧櫻做針線活時，他就在旁邊捧著一本書看，不時抬頭和寧櫻說幾句話，屋內氣氛融融，屋外的人都能感受到兩人的情意。

小倆口如膠似漆，聞嬤嬤她們歡喜。青岩侯府的牌匾換成了武國公府，因為守孝，府裡的年過得低調，但下人們拿了賞錢，心裡歡喜。胡氏管家時，對下人摳門兒，打賞下人極為苛刻，這些年下人們不敢抱怨，久而久之也習慣了，突然來了個慷慨大方的寧櫻，眾人心情激動不已，好似天上掉餡餅砸中自己似的，府裡下人對寧櫻更俯首貼耳了。

事情傳到胡氏耳朵裡，胡氏又生了通悶氣，問白鷺道：「世子爺可還去青水院？」

白鷺挑了挑燈罩裡的燈芯，會意道：「去的，不過因為守孝的緣故，次數不如之前頻繁了。」

「有去就行，他做事嚴謹，定不會讓她們懷孕，出了孝期，一切就不同了。」男才女貌，舉案齊眉，胡氏倒要看看，寧櫻若得知譚慎衍在院子裡養了兩個如花似玉的美眷作何感想？

白鷺明白胡氏話裡的意思，跟著笑了起來。「夫人說得是。」

譚慎衍和寧櫻感情好，下人們有目共睹，但總會有人生出其他心思。

譚慎衍在屋裡時，翠翠總有意無意地朝裡面張望，寧櫻在繡架前繡花，翠翠殷勤得很，一會兒端茶倒水怕寧櫻渴了，一會兒撥炭爐的火怕寧櫻冷了。

再噓寒問暖，也不是這麼做的。

夜幕低垂，走廊的燈籠隨風搖曳，外面傳來丫鬟的嬉笑聲，翠翠端起左側衣架下的木盆，定睛一看，才驚覺有一個人坐在屋子裡，方才她心事重重，加上屋內沒有掌燈，倒是沒留意裡面有人。

看清那人的長相後，翠翠面色一白，回眸望了一眼敞開的屋門，心裡沒底兒。

黃氏快生了，寧櫻和譚慎衍這兩日回寧府住，這會兒院子裡沒啥人，她瞅了兩眼，走上前，忐忑道：「白鷺姑娘怎麼過來了？」

白鷺是胡氏跟前的紅人，不在青竹院待著，來偏院做什麼？這些日子，聞嬤嬤防她防得緊，如果知道自己和白鷺私下往來，後果不堪設想，想清楚其中利害，她放下手裡的木盆，走到床前。

屋子裡住了四個二等丫鬟，白鷺穿著一身玉蘭白的褙子，下繫玉色長裙，蛾眉杏眼，臉上略施粉黛，極為平易近人，翠翠不敢大意，又往屋外瞅了眼。

天氣漸暖，夜裡微風吹拂，仍有些涼，院子裡，灑掃的丫鬟收起掃帚，輕聲寒暄，白鷺坐在暗處，難怪外面的人沒有發現。

白鷺上下打量兩眼翠翠，容貌算不上出挑，好在一雙眼還算嫵媚動人，眼角、眉梢依稀能看出妖嬈之色，比不過面如傅粉的寧櫻，但有自己的長處。

她站起身，若有所思道：「國公夫人聽說妳在青湖院處境艱難，有心提攜妳一回。世子夫人年輕氣盛，做事鋒芒畢露，眼下為老國公守孝，甚少與京中勛貴走動，外人挑不出錯來，可出了孝期，難免要出門賞花赴宴，世子夫人舉手投足太過小家碧玉了。」

翠翠不解其意，在她眼中，寧櫻不似官家小姐從小學詩書禮儀，但有的是大家閨秀的風範，言行舉止比之京中貴人絲毫不差，她謹慎道：「世子夫人早先有六皇妃身邊的桂嬤嬤親自教導，規矩禮數自是不差，國公夫人不用擔心。」

白鷺聽翠翠沒聽明白自己的意思，心下冷笑。這等腦子還妄想勾引世子爺，能成功才有鬼，但她得到胡氏的叮囑，不好發作，耐著性子解釋道：「國公夫人的意思，是抬兩個丫鬟伺候世子夫人，平日多多提醒世子夫人。國公夫人守孝三年，許多宴會都不能去，世子夫人在外面丟了臉，眾人只會說是國公夫人的錯，懷璧其罪，明白嗎？」

翠翠心下大駭。白鷺的話直白露骨，她想裝聾作啞都不行，寧櫻身段窈窕，凹凸有致，豔麗無儔，譚慎衍哪看得上別人？她沒被富貴衝昏頭，如果她膽敢使下三濫的法子爬上譚慎衍的床，不等寧櫻開口，聞嬤嬤私底下就把她處置了，這不是翠翠要的。

思及此，翠翠恭敬地低下頭，字正腔圓道：「國公夫人擔心了，世子夫人各方面都是好的，謹言慎行，不會出岔子的。」

翠翠在寧櫻身邊伺候，多少清楚外面的人對寧櫻的看法，都說寧櫻小小年紀，嫻靜端莊，不像一般人家出來的。她心裡拎得清得失，不會與虎謀皮，她想翻身有自己的法子。

白鷺聽出翠翠話裡的意思，斜眼睨了翠翠一眼。「是嗎？如此的話，倒是國公夫人瞎操心了，回去我好勸勸國公夫人，只是服侍世子爺的人選估計得重新商量了，本想著近水樓臺先得月，國公夫人才想先提攜妳們。算了，便宜了青水院的兩個丫鬟。」

翠翠低著頭，聽到最後一句，臉上疑惑更甚。翠翠好奇地跟著白鷺出門，見她順著右側屋簷走，遲疑了一會兒，慢慢跟上。翠翠才發現，青湖院除了正門和角門，還有一處假山連著外面，白鷺提著裙襬，穿過假山縫隙，不見人影。

此處沒有掌燈，看不真切，翠翠只有扶著身旁石壁，循著前面的腳步聲走去，慢慢地前方露出白光，白鷺站在假山口，光影細細碎碎，翠翠一怔，不敢再往前，側著耳朵，聽白鷺和人說話。

「世子夫人善妒，世子爺最近寵她，國公夫人不好插手世子爺房裡的事，現在就靠妳們自己的本事了，妳們哄得世子爺向世子夫人開口，國公夫人自然會站在站在妳們身後。」

白鷺聲音清脆，口齒清晰，翠翠覺得不對勁，她看不清前面的情形，接著響起女子清脆的嗓音。「奴婢兩人清楚，世子爺來的次數不多，對奴婢們卻也滿意，只是……到時候還請國公夫人幫奴婢姊妹兩人說說話，若入了世子爺屋子，奴婢姊妹定會好生伺候國公夫人的。」

女子輕聲細語，婉轉悠揚，光聽著聲音，就知其容貌不俗，翠翠臉色微變，剩下的話再聽不下去，她轉過身，快速退了回去。回到屋裡，她細細琢磨白鷺和對方的談話，想到譚慎衍對寧櫻有求必應，百般寵溺，怎麼都不像會和別人有首尾。

她想直接告訴聞嬤嬤，但又怕聞嬤嬤不信她，反而認為她挑撥世子爺和世子夫人的感情，弄得她裡外不是人；世子夫人不在府裡，約莫要等夫人生產後才回來，也不知那兩人會想什麼法子逼世子爺？

思及此，翠翠心情複雜。

第五十四章

寧櫻洗漱後靠在美人榻上，翻著書，提不起精神，翻了幾頁，抬眼問旁邊的金桂。「世子爺回屋睡了？」

在寧府，回娘家的女兒、姑爺不能同房，她住在桃園，譚慎衍則住前院去了。

金桂回稟道：「約莫還沒呢！晚膳後，聽說大少爺有事找世子爺，去書房了，小姐找世子爺有事？」

寧櫻搖頭。「隨口問問。」

金桂失笑，認出她手裡的書是早先譚慎衍看的。譚慎衍在外面嚴肅，不苟言笑，回到青湖院卻又像換了個人。金桂想到偶爾她進屋，看見譚慎衍摟著寧櫻溫和含笑的樣子，任外面誰看了都不敢相信，那是在外手段狠毒、令人聞風喪膽的譚尚書。

看寧櫻擱下書，金桂問道：「小姐可是要歇息了？」

寧櫻點了點頭。黃氏隨時都會生，她休息充分，才能照顧黃氏。

誰知她剛躺下，外面陡然喧鬧起來，緊接著金桂進了屋，聲音急切。

「小姐，夫人開始陣痛了，約莫是要生了，已經請產婆過去，秋水正吩咐廚房的人燒水呢！」說著話，快速點燃燈。

寧櫻已手腳麻利地下床，取下床頭架子上的衣衫往身上套，讓金桂領人去院子裡守著，別出了岔子。

雖然老夫人死了，誰知府裡有沒有人想暗中對付黃氏？

梧桐院這會兒有些亂，黃氏去產房了，秋水在裡面陪著。寧櫻掀開簾子，驚覺屋子裡沒人，旁邊耳房傳來黃氏的聲音，片刻的工夫，秋水扶著黃氏出來。

看見寧櫻，秋水笑道：「小姐來了，夫人肚子開始陣痛，說什麼都要沐浴，奴婢攔不住。」

黃氏臉色有些白，滿頭青絲散落在肩頭，身穿乾淨寬鬆的長衫，朝寧櫻招手。「妳別擔心，前兩日小太醫把脈已說沒什麼事，妳出去守著，待會兒就知道是弟弟還是妹妹了。」

說完，肚子又一陣陣痛，黃氏微微彎著腰，讓秋水扶她躺下，備好剪刀、木盆。

產婆替黃氏檢查了一番，道：「口開了，夫人待會兒聽老婦的話，小姐快出去吧！」

寧櫻不肯，上前守著黃氏，見秋水拿了張乾淨的巾子塞到黃氏嘴裡，寧櫻心下不安，更是不肯走了。

譚慎衍和寧成昭在書房說話，聽了丫鬟的稟報之後匆匆來了梧桐院；大房、二房收到消息也都來了，譚慎衍得知寧櫻在裡面，幽暗的目光垂了下去。

秦氏怔了下，走了進去，嘴裡念叨著。「三弟妹生孩子，小六進屋做什麼？生孩子凶險，別嚇著小六了。」

進了屋裡，秦氏的聲音低了下去，人沒出來，緊接著，傳來黃氏的喊聲。

寧成昭面臊。嬸嬸生孩子，他們幾個大男人守著不太適合，於是轉身看向譚慎衍，見他站在院子裡，樹上的燈籠在他清冷的臉上投下一圈陰影，他身子筆直，巋然不動。

寧成昭想起寧櫻在屋裡，以譚慎衍對寧櫻的情分，寧櫻不走，譚慎衍是不會離開的，這般想著，他也沒動。

寧成昭轉身和寧靜芳說話，寧靜芳有問必答，順便問起劉菲菲的身子。劉菲菲的月分比黃氏晚些，叔姪同一年得子，在京城不算少見，卻也不多。

一個時辰後，屋裡傳來一聲嬰兒的啼哭，以及秦氏尖銳的驚呼。「呀！真是個帶把的，三弟有後了呢！瞧瞧這臉蛋，和小六小時候一模一樣呢，一看就知道是一個娘胎裡生出來的。」

寧成昭感到羞愧不已，只因當初黃氏生寧櫻時，寧府上下得知是個女孩便無人重視，秦氏自恃生了四個兒子，心裡看不起黃氏，怎麼知道剛出生的寧櫻長什麼樣子？秦氏說這些話臉不紅、心不跳，他卻不好意思，頓了頓，才想起打賞下人，卻被身後的一道女聲搶了先。

「三叔、三嬸喜得貴子，賞，每人賞五百錢。」

劉菲菲身旁的婆子笑盈盈道：「知道大少奶奶慷慨，出門時老奴就備著呢！」

寧成昭看劉菲菲也來了，蹙了蹙眉，上前扶著她。劉菲菲肚子圓滾滾的，過些日子也要生了，來的路上，寧成昭特意叮囑下人不得打擾劉菲菲休息，沒想到她還是聽到了風聲。

「妳肚子大，怎麼過來了？」

院子裡人多，被寧成昭扶著，劉菲菲面色微紅，道：「三嬸生產，理應過來瞧瞧，沒奈何方才我肚子不舒服，歇了一會兒才過來。」

寧成昭擔憂更甚，手搭在她肚子上。「哪兒不舒服？」

「吃飽了飯，他踢我呢，沒事了。」

語聲落下，西屋的簾子掀開，秦氏抱著孩子，笑盈盈站在門口，譚慎衍大步迎了上去，不是抱孩子，而是問寧櫻。

秦氏指著裡面道：「待會兒就出來了，三房有後了，算起來，排行十一呢，不知三弟走之前取的什麼小名？」

譚慎衍沒回秦氏的話，目光悠悠地盯著簾子，好一會兒，才看寧櫻從裡面出來，她髮髻有些亂了，頭上的玉釵歪歪扭扭，胸前的衣襟縐褶不堪，素淨的臉上，杏眼美目，閃著耀眼的光。她似乎沒想到他在門外，看見自己，有一瞬的愣怔，隨即，咧著嘴笑了起來，笑容明麗，如乍現的曇花。

寧櫻說道：「世子，我有弟弟了，往後，我可是有靠山的人呢！」

譚慎衍跟著笑了起來，上前拉起她的手。可能緊張黃氏的緣故，她的手心冒著汗，風大，譚慎衍擔心她冷著，輕輕搓著她的手，笑道：「是啊，妳有弟弟了，往後可以在京城橫著走了。」

本就是好看之人，譚慎衍這一笑，如三月裡的春風，消融了滿山的積雪，便是秦氏也看得愣住了。不怪她詫異，秦氏見過譚慎衍笑，但那笑笑裡藏刀、陰晴不定，看著無端讓人脊背生涼，何時像現在這般和顏悅色過？

黃氏生了孩子，小名十一，是寧伯瑾離開之前定下的，依照排名是十一少爺，倒也沒人說什麼。生孩子凶險，孩子乖巧，黃氏沒受什麼罪，因為在孝期，十一的洗三沒有大辦，只請了劉家、譚家和蘇家。

寧櫻為十一備的是一套足金的項圈，還有一箱子小孩子的玩意兒，但看劉府下人抬著兩箱東西進門，寧櫻嘴角抽搐了兩下。她倒是忘記劉足金的做派了。

劉足金巴結上武國公府，苦於沒機會和譚慎衍見面，洗三禮上，總算得以見到丰神俊美、玉樹臨風的譚慎衍，圓潤的臉上，笑得堆起了花。「早聽說刑部尚書神武非凡，年紀輕輕膽識過人，果不其然，果不其然！」

譚慎衍態度不冷不熱，劉足金是個自來熟的，絲毫不覺得尷尬，一個勁地往譚慎衍跟前湊，諂媚之情溢於言表。

寧櫻和劉菲菲、寧靜雅一眾女眷聚在梧桐院的正廳，聽劉菲菲身邊的婆子繪聲繪色說起前面的情形，劉菲菲哭笑不得，朝寧櫻解釋道：「我爹久仰譚世子大名，今日見著，不好好訴說衷腸不會甘休的，但願不會惹惱世子。」

寧櫻被劉菲菲的措詞逗得失笑，愁眉不展的寧靜芳也笑了。寧櫻想起她的親事來，問道：「妳的親事，大伯母怎麼打算的？」

雖說守孝，柳氏若挑中了適合的人家，雙方達成共識，待寧靜芳出了孝期再上門提親也是可以的，只是寧靜芳守孝一年，柳氏他們守孝三年，寧靜芳即使出嫁，也不可能大肆操辦。

「我沒事，一切等出了孝期再說吧！」寧靜芳嘴上說著，臉上的笑卻怎麼都維持不住。聽說柳家成和陸琪成親，兩人蜜裡調油，感情極好，她心裡就覺得難受。山盟海誓、濃情密意如過往雲煙，說沒就沒了。

人都是這樣子，得不到的永遠是最好的，起初以為是寧靜芳放棄這門親事，待柳家成轉身對陸琪噓寒問暖，忘記往日的情分，換作誰，只怕都難以釋懷。

劉菲菲勸道：「妳也別耿耿於懷了，待會兒去三叔的書閣找幾本書翻翻，保管妳大徹大悟。」

聽劉菲菲說起書閣，寧靜芳臉色微紅，瞋怪地看了劉菲菲一眼。「大嫂盡看那些書，小心對肚子裡的姪子不好。」

寧櫻抬起頭，看三人都紅了臉，神色略顯迷茫。

劉菲菲垂眼，被寧櫻臉上的驚訝弄得越發紅了臉，打趣寧櫻道：「妳若好奇，待會兒去書閣轉轉，裡面的書應有盡有，保管妳喜歡。」

忽而想起早先寧靜芸看的書來，寧櫻心領神會，她沒料到寧靜芳也知道，畢竟是女子，談及一些事會拉不下面子，繼而又說起其他。寧靜芳的親事沒有著落，柳氏守孝不能頻頻出府，對方的家世品行只有靠寧靜雅打聽，寧靜雅問寧靜芳準備挑個什麼樣的男子？寧靜芳沈吟許久，倒也不害羞，說對方品行端正就好。

寧櫻和劉菲菲在旁邊聽著，兩人相對無言。寧靜芳的事，她們無能為力。

黃氏生了兒子，奶娘是早就安排好的，不會出亂子，寧櫻抱著十一去產房看黃氏，黃氏剛睡醒，看寧櫻抱孩子的姿勢有模有樣，不由得心下好奇，奶娘跟在後面稱讚寧櫻抱孩子的姿勢嫻熟。

寧櫻抱著十一的身子一僵，低頭瞅了眼懷裡的十一。十一皮膚細膩滑嫩，此時睡得正香，她目光一柔，不甚在意道：「在蜀州的時候，看莊子上的人這麼抱孩子，沒有多想。奶娘，我這樣可會讓十一不舒服？」

奶娘抿唇笑道：「孩子就是這麼抱的，小孩子脖子軟，小姐一隻手托著小少爺脖子，一隻手環著他身子，剛剛好。」

有些事情看一眼就會了，黃氏生寧靜芸那會兒也是這樣，倒沒有往深處想，問寧櫻道：「外面還好吧？」

她坐月子，沒法抱十一出去，來的客人雖不多，她已很滿足了。

「娘別擔心，好著呢。劉叔為人風趣，前面笑聲不斷，後面有二伯母照料著，都是自家親戚，出不了亂子，娘的身子可好些了？」寧櫻抱著十一坐下，讓黃氏看十一。「二伯母說十一像我，祖父說像父親小時候。」

黃氏的目光落在一雙兒女身上，眉梢染上喜悅，輕聲道：「剛生下來的孩子哪看得出像誰？孩子一天一個樣，往後才知道像誰。聽成昭說，妳父親快回來了。」

寧伯瑾離開前說會儘量在孩子出生前趕回來，如今耽誤了些日子，洗三趕不上，滿月應該是來得及的。

十一太小，吃飽了睡，睡飽了吃，乖巧得很，寧櫻抱著他，心情十分奇妙。上輩子，她和譚慎衍沒有孩子，外面閒言碎語多，她和譚慎衍商量從譚家家族抱養一個孩子過來，那戶人家嫡子多，只生不養，孩子成群，大多性子都養歪了，她忐忑不安地和譚慎衍說過繼孩子的事，譚慎衍沒立即回答，她以為譚慎衍不會答應。過了兩日，外面有一位婦人求見，把溫兒給了她，溫兒差不多六個月大，有些認人，在她懷裡卻不哭不鬧，懂事得緊，寧櫻不懂得如何抱小孩，是溫兒的母親葛氏不厭其煩地教她，花了一下午才學會。

有了孩子，她捨不得交給奶娘，和金桂摸索著帶孩子。那段時日是她最忙的時候，忙得忘記給譚慎衍納妾，譚慎衍下衙後就來院子裡看溫兒，不怎麼說話，看了一會兒就走，臉上的表情看不出是喜悅還是不喜。

只是後來她病了，沒精神照顧溫兒，讓金桂去外面打聽，給溫兒挑個奶娘，譚慎衍沒答應。許多人家的孩子四歲啟蒙，溫兒三歲就被送去家學了，寧櫻病得厲害，死前託翠翠照顧溫兒，也不知溫兒怎麼樣了？

不知道這輩子，她和譚慎衍會不會有孩子……

黃氏聽她唉聲嘆氣，不由得好笑。「年紀輕輕，做什麼裝老氣橫秋，慎衍對妳好，娘心裡放心。」

拉回思緒，寧櫻臉上扯出個笑，其中的事情無法對黃氏言明，只說些好笑的事情轉移黃氏的注意力。

華燈初上，街道上張燈結綵，冷風颯颯，寧櫻心事重重，如新月的眉微微蹙著。

她心想，若不能生孩子，兩人的關係還能像現在這樣嗎？不孝有三，無後為大，老侯爺全部的心血都在譚慎衍身上，她生不出孩子，如何有臉占著譚慎衍的嫡妻之位？

譚慎衍靠在車壁上，眼裡人影閃爍，他酒量好，沒料到今日遇到更海量的劉足金，喝多了，這會兒腦袋有些昏沈，見寧櫻望著車窗外萬家燈火發呆，嫻靜的臉頰漾著些許輕愁，他約莫知道原因，湊上前，腦袋往她身上一歪，枕在她腿上，道：「十一生得健康，有秋水她們照料不會出岔子，妳喜歡孩子，明年我們也要一個。」

今年守孝，萬萬不能懷孕的。

寧櫻思緒萬千，心頭有些難過，反問道：「你很喜歡孩子？」

譚慎衍搖了搖頭，又怕寧櫻想多了，輕輕點了點頭。「我只喜歡妳，但妳喜歡孩子，我便也喜歡他。」

寧櫻一怔，眼眶有些紅，手搭在譚慎衍臉上，笑著笑著眼角竟起了水霧。「你喝多了，大嫂說她爹喝酒沒幾人是他的對手，你當他身子為何那般圓潤，大半是喝酒的緣故，胖子喝酒厲害，劉老爺為了應酬，故意養得一身肉。」說著，手滑至譚慎衍額頭，輕輕替他揉著。

鋪子外面懸掛的燈籠東搖西晃，影影綽綽，在寧櫻頭頂投下一片黑影，譚慎衍睜著眼，眼神迷離，沒了平日的鋒利。「櫻娘，往後妳可不能離開我，什麼話與我說，我都能做到，只要妳高興。」

寧櫻聽他越說越遠，不知為何，想起心底的懷疑，正了正色，試探道：「世子，你是不是記得什麼？」

譚慎衍約莫真的有些喝多了，緩緩閉上了眼，不再說話，似是睡著了，呼吸均勻，徒留心情複雜、百感交集的寧櫻等著他的答案。

譚慎衍起床已是午時，豔陽高照，三月的太陽溫暖舒適，寧櫻坐在窗戶邊，伸出手，任由陽光灑曬，她的臉染上了一層暖黃，他不由得看迷了眼。

金桂挑開簾子，看譚慎衍醒了，走到床前，矮身道：「福昌說刑部有事找世子爺。」

寧櫻怔怔地回過神，看向譚慎衍，心裡疑惑一件事。長輩過世，家中守孝的晚輩丁憂在家，手裡的政務都得移交出去，老夫人死後，除去為皇上辦差的寧伯瑾，寧伯庸、寧伯信以及翰林院的寧成昭皆在家無事可做，可譚慎衍接了刑部尚書的官職，卻沒因為老國公的去世而把政務移交出去。

她不由得好奇。「刑部出事了？」

譚慎衍垂眼看向桌前的巾子，金桂會意，上前遞上巾子，待譚慎衍接過，又退後兩步，遲疑了一會兒，緩緩退了出去。譚慎衍在的時候，不喜歡丫鬟在屋裡伺候，這些日子，她們多少看得出來，譚慎衍嘴上不說，臉上不耐煩的神色分明，久而久之，她們便不敢隨意進屋裡來。

寧櫻和譚慎衍成親後，他身邊的小廝不能像往前那般隨意進出屋子，福昌站在門口，金桂朝他點了點頭，示意告知過譚慎衍了。

很快，一雙墨色官靴從屋裡踏了出來，金桂神色一凜，彎腰福了福身，竹青色團紋袍子掃過門框。

譚慎衍頓了頓。「進屋陪夫人說一會兒話，別讓她東想西想。」說完，頭也不回地走了。

金桂抬眼，看福昌小心翼翼跟在譚慎衍身後，仰頭稟報著什麼，金桂想，不怪府裡的丫鬟害怕譚慎衍，便是她們心底也是有些怕的。

想到昨日翠翠和她說的話，金桂一時拿不定主意。她打聽過，青水院的確住了人，還是兩個少見的美人，世子爺真的和那邊有關係的話，往日屋內和氣融融的氣氛怕是不復見了。

如此想著，聽屋裡傳來寧櫻的傳喚，金桂彎著腰，小碎步地走了進去。

「福昌可說了刑部什麼事？」

寧櫻覺得自己多此一舉了，福昌嘴巴甚是嚴實，怎麼可能和金桂說譚慎衍的事？

金桂轉身站在簾子邊，喚外面的丫鬟進屋收拾碗筷，扶著寧櫻走了出去，輕聲道：「福昌什麼都沒說，倒是翠翠和奴婢說了一事。早先夫人生產，小姐不是住寧府去了嗎？府裡出了些事。」

寧櫻轉頭。「哦，什麼事？」

從白鷺找過自己後，翠翠活得提心弔膽，一方面想著青水院的兩個美人勾引上了譚慎衍，心裡難受，一方面怕聞嬤嬤看出什麼。青水院的人是為世子爺準備的，開過葷了，她斟酌過後還是決定告訴寧櫻，讓寧櫻拿主意，因而昨晚金桂回來，她立即把打聽來的事告訴金桂。

她想做姨娘，但胡氏說了不算，得寧櫻開口。她伺候寧櫻三年多了，清楚寧櫻吃軟不吃硬，寧靜芳早先和寧櫻打架，本是水火不相容，結果寧靜芳主動認錯，寧櫻沒斤斤計較，現在兩人感情還不錯。

早先她覺得姨娘和主母定是勢不兩立的，直到看月姨娘和黃氏相處後才明白了一些道理。月姨娘不僅有寧伯瑾的寵愛，黃氏對她也多有維護，兩人相處融洽。

她若想成為月姨娘那樣的人，得譚慎衍喜歡，得寧櫻包容。

屋裡只有她和瑩瑩兩人，吃完飯，端著碗筷去廚房，剛走出門，院子裡的丫鬟說世子夫人有請，翠翠皺眉，知道金桂把話傳到寧櫻耳朵裡了。

翠翠將手裡的碗筷交給丫鬟，轉身和瑩瑩道：「世子夫人找我有事，我先去了。」

瑩瑩瓜子臉，小眼睛，容貌平平，遇事卻是個冷靜沈穩的人，聞嬤嬤有幾日對她格外嚴厲，但她並未生出多餘的心思，倒也不怕聞嬤嬤，朝翠翠點頭道：「去吧！」

寧櫻坐在正廳梨花白坐墊的玫瑰椅上，雲鬢峨峨，儀態端莊。

翠翠咬著下唇，緩緩走進屋，雙腿屈膝給寧櫻請安。「小姐您找我？」

寧櫻蛾眉輕抬，面露複雜之色。上輩子哪怕她成了譚慎衍的枕邊人，和胡氏沆瀣一氣給自己難堪，寧櫻心裡卻未曾怪過她，當日抬翠翠為姨娘本就希望她能為譚慎衍開枝散葉，主僕兩人走到那個地步，她也有錯。想著她死後，胡氏只怕不會放過她，兔死狗烹，不知道翠翠怎麼樣了？

寧櫻嘆了口氣，命金桂奉茶，開門見山道：「聽說夫人身邊的白鷺找過妳？」

翠翠彎著腰，神色忐忑，絞著手裡的手帕，吞吞吐吐將白鷺找她，她跟蹤白鷺去青水院的事情說了。蒼蠅不叮無縫的蛋，翠翠知曉自己大難臨頭，撲通一聲跪了下去，頭貼著地，身子哆嗦不已。「小姐，奴婢沒有其他心思，就想著一輩子好好服侍小姐，奴婢不知、不知為何白鷺找上奴婢？」

寧櫻微微一笑，虛扶了下手。「妳起來吧，青水院的事我知道了，我叫妳來，是念妳跟著我三年，我這人恩怨分明，當時來國公府前問過妳們，我見妳是個明白人，世子爺應承不納妾，妳們也是知道的，再過些日子，我讓人打聽打聽，為妳們置辦一份體面的嫁妝，妳們年紀不小了，總不能一直不嫁人，妳覺得如何？」

這番話，她說得直白，翠翠聰明的話，知道怎麼選，如果翠翠不死心，為了府內安寧，她怕容不下她了。

翠翠垂著頭，神色呆滯。她當然聽出寧櫻話裡的意思了，屋裡靜得針落可聞，彷彿能聽到她自己的心跳，良久，她慢悠悠抬起頭，重重地給寧櫻磕了個響頭，聲音擲地有聲。「奴婢聽小姐的。」

既然做不成姨娘，那就安生過日子吧！

「成，白鷺那件事妳當不知，先下去吧！」

翠翠心悅謹慎衍，她以為翠翠會拐彎抹角、故左右而言他避過這個話題，沒想到短短時間內，翠翠心裡已經掂量清楚利害，她擺了擺手，端著金桂倒的菊花茶飲了一小口，待翠翠退下去了，她才與金桂道：「妳覺得翠翠是個什麼樣的人？」

金桂立在寧櫻身後，望著院子裡的兩排櫻桃樹，沈思道：「世子爺心裡只有您，翠翠心思通透，懂得該如何取捨。」

她大概清楚翠翠的想法，見寧櫻望著杯裡的菊花出神，她又道：「翠翠怕得了小姐厭棄，沒人撐腰，連現在的日子都沒了。」

寧櫻抬眼。「走吧，去青水院瞧瞧怎麼回事。」

青水院在青湖院外面，沿著抄手遊廊，繞過一片湖就到了，青水院坐落於湖的南邊，綠樹紅花，相映相襯，院牆外站著兩個守門的婆子，寧櫻走上前，兩人伸手攔著不讓進。

「世子夫人，院子裡住著的是貴客，沒有世子爺的吩咐，誰都不讓進，還請世子夫人莫為難老奴們。」婆子矮著身子，面容肅然，嘴角依稀噙著嘲諷的笑。

笑什麼，彼此心知肚明。

寧櫻理著衣袖上的花紋，笑道：「我若硬要進去呢？」

兩人嘴角諷刺意味更甚，其中的長臉婆子上前一步。「別說老奴沒提醒世子夫人，院子裡住著的是世子爺的貴人，開罪了世子，後果如何您自己明白，老奴勸世子夫人還是回去吧！」

寧櫻心中冷笑，揚手喚人把兩個婆子捆了，色厲道：「祖父死前讓我管家，可沒提醒我哪兒是不能去的，妳們膽敢以下犯上攔我去路，好大的膽子，把人捆了帶去青竹院請國公爺發落！」

兩人沒料到寧櫻突然來這一招，呆了一瞬，便看幾個婆子手腳麻利地衝了過來。兩人在府裡有些年頭了，一看幾人便知是老國公留下來的人，面色煞白，哪還有什麼架子，雙腿一軟就朝地上跪，卻被衝過來的婆子拉住了。

「送去青竹院。」丟下這句，寧櫻冷冷地走了進去。

院子裡花團錦簇，一盆盆花兒競相綻放，香氣撲鼻，院門口鬧的動靜驚動了屋裡的人，門被拉開，兩個妙齡女子走了出來，寧櫻心下皺眉，面上卻不動聲色。

金桂卻微微變了臉色，轉頭打量著寧櫻的神色。

世子爺真的動這兩個女子了？

兩人似乎認識寧櫻，嫋嫋迎上來，言笑晏晏給寧櫻行禮。「奴婢兩人見過世子夫人。」

寧櫻垂著眼，兩人蹲著身，從她的角度望去，剛好將兩人脖頸下的風景瞧得一清二楚，說話的人穿著一身五色錦盤金彩繡圓領綾裙，領口往下，橫開了一條縫，縫不寬不窄，恰到好處地修飾胸前的雙乳，胸前如兩座相鄰的雪山，於雲層中露出大半，一眼望去，依稀能識別雪中傲然挺立的紅梅，寧櫻掃了眼，只覺得氣血上湧，熱氣集中於臉頰一處，燒了起來。

兩人差不多的裝束，身段窈窕，前凸後翹，同為女子，她都看得氣血上湧，何況是男子。

寧櫻進了正廳，兀自在桌前坐定，地上鋪了層絨毯，兩人走路無聲，盡顯媚態。

「妳們叫什麼名字？」

「奴婢沈魚。」

「奴婢落雁。」

寧櫻唸著這兩個名字，臉上的端莊有些維持不住。這等美人在懷，譚慎衍能坐懷不亂？

寧櫻打量屋子兩眼。比起青湖院的簡單，這屋子可用富麗堂皇來形容了，牆邊放著一座櫃子，櫃子上擺滿女兒家的珠寶首飾，琳琅滿目，金光閃閃，紅藍綠的寶石，令人目不暇接，光是櫃架上的首飾，就能抵尋常百姓一輩子的開銷了。

寧櫻收回目光，故作漫不經心道：「世子爺忙，平日對妳們照拂得過來嗎？」

兩人面色含羞，如院子裡的花，嬌美柔弱，惹人憐惜。寧櫻面色一凜，冷意爬上眉梢，只聽沈魚說道：「世子爺不是整日都來的，外面事情忙，世子爺甚少來一回，而且……」

說到這裡，沈魚抿了抿唇，嬌豔欲滴的紅唇似乎要被抿出水來，發覺寧櫻臉色不太好，遲疑了一會兒繼續道：「世子爺不在這邊過夜，奴婢們和世子清清白白的。」

寧櫻蔥白般的手指輕輕敲著桌面，意味不明。「是嗎？」

「是的。」旁邊的落雁戰戰兢兢回答，好似有些怕寧櫻，聲音比沈魚低，但明顯更動聽。

此時，外面傳來胡氏尖細的嗓門。「慎衍媳婦，發生什麼事了？妳讓人壓著那兩個婆子來青竹院做什麼？」

說話間，胡氏已走到了門口。有些日子不見，瘦得厲害，身上的素色衣衫顯得過大。

寧櫻站起身，笑盈盈給胡氏行禮。「母親怎麼來了？聽說青水院住著客人，我管家這麼長時間竟不知有這等事，今日得空，特意來瞧瞧。」

青竹院離這邊少說需要一炷香的時間，她前腳才到，胡氏後腳就來了，若非胡氏早有預謀，怎會來得如此巧合？

胡氏像沒看見跪在地上的人，先是一臉驚訝，隨即想起什麼似的，瞄了寧櫻兩眼，眼神意味深長。「哪有客人在府上一住就是幾年的，慎衍媳婦不知她們？」

「母親說笑呢，我如果知道府裡住著客人，早就接見了，怎麼可能今日才來？聽母親的意思，像是早就知道了？」寧櫻臉上掛著得體的笑，從容地問胡氏。

胡氏看不出寧櫻的想法，把目光落在兩人身上，長長嘆了口氣。「慎衍從小就是個心思重的，妳也別生氣，什麼話好好和他說，人再好看，身分也越不過妳去。」

寧櫻若有所思地瞥了胡氏一眼，故作不懂胡氏話裡的意思。「母親說的什麼話，我怎麼有些聽不明白？」

胡氏心下鄙夷，想著寧櫻不能再裝傻充愣了。這兩個人伺候過譚慎衍，勢必是要抬為姨娘的，她同情地拉著寧櫻，絮絮叨叨說了好些話，不外乎女子要端莊賢慧、三從四德，這些話寧櫻上輩子沒少聽人說過，胡氏也曾義正詞嚴地指責她不夠善解人意。

寧櫻笑著打斷胡氏。「母親如何知道她們是世子爺的人？」

「府裡說大不大，哪有不知道的，好在肚子沒動靜，不然，我這當母親的難辭其咎；妳也別氣，她們到了青湖院也掀不起風浪，還能為妳分憂。」胡氏面上語重心長，心情只有自己才知道了。

寧櫻坐著沒動。「我如果不同意呢？」

胡氏笑意一僵。「不同意什麼？」

「不同意她們進青湖院。」寧櫻理了理衣衫，不看沈魚和落雁，而是直勾勾地望著胡氏。「母親喜歡她們，何不留在自己身邊伺候？兒媳凡事能自己操持，用不著人分憂，若母親羨慕，不如讓她們去伺候母親？」

胡氏嘴角一歪，臉色微變。「這兩人已經是慎衍的人了，妳想要賴不成？夫為妻綱，妳這是犯了七出之條，善妒。」

寧櫻沒和胡氏辯解，看胡氏氣得額頭青筋暴露，心裡高興，笑了起來。「對，我就是善妒，母親是個寬容大度的，就把兩人帶去青竹院吧！」

語聲落下，外面的人說譚慎衍來了，寧櫻不想和胡氏周旋，惡狠狠瞪了眼來人。「你自己和母親說吧，我說的，母親聽不進去。」

白鷺藉著翠翠的嘴巴把自己引到青水院來，目的是什麼不言而喻，寧櫻沒有蠢到任由她們擺布。

譚慎衍初聽福盛說府裡出事，以為寧櫻不好了，丟下刑部的事務匆匆回來，待聽福盛說和青水院有關，譚慎衍才想起還有這樁事。寧櫻心眼小，如果被胡氏故意帶偏，不知怎麼和自己鬧呢！想到這個，譚慎衍心下不安，好在寧櫻腦子清醒，沒入胡氏的圈套。

胡氏看見譚慎衍，臉上又有了笑。「慎衍回來了。所謂一夜夫妻百日恩，沈魚、落雁伺候你這麼長時間了，該給個名分才是，否則傳出去，還以為國公府連兩個姨娘都養不起呢！」

譚慎衍盯著寧櫻，見她撇著嘴，冷笑不止，知道她是笑胡氏，心下不由得鬆了口氣，這才抬眼，如寒冰的眸子掃了眼坐在桌前的胡氏，之後目光在白鷺身上停頓了一瞬。「母親說得是，既是國公夫人開口，沈魚、落雁待會兒就搬去青蒼院吧！有國公夫人的話，往後妳們就在青蒼院好好伺候二少爺。」

聽到前面時，胡氏以為譚慎衍同意兩人進門，待聽見最後一句，她才變了臉色，眉頭一皺，質問譚慎衍道：「你什麼意思？」

「母親年紀大了聽不明白？兩人是二弟身邊的人，母親寬宏大量、宅心仁厚，是她們兩人的福氣，想必二弟聽了會十分開心，以後不用再偷偷摸摸來這邊了。」譚慎衍說完這話，繼而吩咐身旁的管家。「聽明白國公夫人的意思了？務必好好照顧兩人，二弟身邊有知心著意的人，別出了岔子。」最後一句就是警告胡氏的意思了。

譚慎衍牽起寧櫻的手，大步出了門。聽寧櫻說王娘子讓她識畫，他差福盛去庫房挑了幾幅畫讓寧櫻自己品味後，便掉頭回刑部。葉康已被押送回京，嘴巴緊得很，他得去看看。

胡氏目眥盡裂地望著譚慎衍出門，頭一轉，看向旁邊的沈魚、落雁，兩人臉色酡紅，隱隱有得償所願後的滿足感。

胡氏如醍醐灌頂，恍然大悟。兩人哪是什麼譚慎衍的人，分明是她被騙了，她氣得渾身顫抖，手拿起桌上的茶杯狠狠摔了過去，咬牙切齒道：「好，好得很！」

管家面不改色，進屋給沈魚、落雁施禮，施施然道：「兩位姨娘，請隨老奴往這邊走。」

搬起石頭砸自己的腳，胡氏的苦日子還長著呢！

第五十五章

翌日，天邊魚肚白了，譚慎衍才從外面回來，福昌跟在他身後，想著這次的事情棘手。葉康那種紈袴，從小錦衣玉食吃不了苦，照理說稍微給他點苦頭吃就能把事情全招了，誰知葉康卻死鴨子嘴硬，刑具換了好幾種，說什麼都不吭聲。

「世子爺，眼下怎麼辦？」

譚慎衍走在前面，清晨的風吹過他冷硬的眉眼，不見絲毫柔軟。「白天別讓他睡，我晚上再過去。」

葉康不吭聲的原因無非只有一個：活命。一旦他開了口就沒了利用價值，索性緘口不言，譚慎衍沒套出話，無論如何都會留著他一條命，而對方也不敢輕舉妄動。

東邊，日光漸盛，青湖院灑掃的丫鬟已忙得差不多了，察覺有人靠近，抬起頭見是譚慎衍，急忙收起目光，屈膝施禮。

金桂守在門口，眼神清明，素淨的臉掛著笑，待譚慎衍走近了，福了福身，小聲道：「夜裡，夫人沒咳嗽呢！」

寧櫻夜裡要人伺候，身邊離不得人，早先譚慎衍陪著，她們不敢入屋，除了寧櫻剛嫁給譚慎衍那幾日夜裡沒咳嗽聲響起，之後一直都有。昨晚金桂在地上打地鋪，迷迷糊糊醒了好幾回，床榻上是寧櫻均勻的呼吸，沒有咳嗽聲傳來，她只能透過月色估算著時辰，誰知，等到月亮隱去，屋裡黑下來，伸手不見五指，寧櫻仍沒醒。

到外面隱隱有灰白的光亮起，金桂興奮得爬了起來，躡手躡腳收拾好褥子，還特意去床邊瞅了眼寧櫻，見寧櫻裹著錦被，青絲如墨，臉色紅潤，睡得正香。

她想，寧櫻的夜咳，說不定會慢慢好起來了。

譚慎衍步伐微滯，俊逸清冷的面頰浮現幾分詫異，詫異中又帶著歡喜。

他本來要進屋，聽了金桂的話，反而不往前走了，轉頭望著金桂，壓低了聲音，聲音很輕。「是不是昨晚她沒睡？」

他怕自己空歡喜一場。為了讓寧櫻走出上輩子的牢籠，他改了院子的格局，青磚紅瓦，灰白院牆，和記憶中的很多都不一樣，但是她夜裡仍然咳嗽，咳得狠了，會胡言亂語，「侯爺、侯爺」地喊，他又心疼，又無奈。

金桂搖了搖頭。寧櫻睡不著喜歡翻來覆去，昨晚床上的人呼吸均勻，於是篤定道：「小姐昨晚沒咳嗽，奴婢醒了許多次，確定小姐睡得香甜。」

譚慎衍斂神，望著緊閉的朱紅色雕花木門，面露沈思，片刻後負手離去。

金桂心下忐忑，不知譚慎衍是高興還是生氣？下意識抬眼看向一旁的福昌，不禁失笑。要能從福昌臉上看出什麼情緒，估計只有等他白回來的時候了。

福昌跟著譚慎衍，以往的經驗告訴他別開口，得罪譚慎衍，又得去晉州挖金礦了，此次一去，沒個三年五載回不來，故而他垂首不語。

譚慎衍走得極慢，像在琢磨著事，又像失了魂魄，漫無目的走著。

天際，一輪紅日徐徐升起，花葉上的露珠晶瑩剔透，盈盈懸在上面，將落未落。

譚慎衍回想昨日發生的事。他想，能讓寧櫻放在心底的估計就青水院的那兩人了，她睡得好，和這事有關嗎？

想到上世寧櫻大度為他納妾的做派，譚慎衍又氣又恨，明明心裡計較這事，偏偏自己給自己添堵，不是折騰自己嗎？

寧櫻睡得正甜，臉上浮現淡淡的紅暈，漸漸地感覺好像有毛掃過臉頰，輕輕地，有些癢，她抬手撓了撓，聽到一道低沈醇厚的聲音自頭頂傳來。「日上三竿了，起來吧，睡多了夜裡睡不著。」

譚慎衍的手落在她絲滑柔順的髮間，眼底泛起了暖意，若不是金桂說起，他或許還猜不透她夜咳的緣由。他以為是上輩子受病痛折磨，身子本能留下記憶，卻不想，還有其他。

寧櫻聽見聲音，抬起頭，見譚慎衍雙唇抿成了一條線，低垂的眼裡，眼神幽暗，她望了眼外面，撐著身子坐起來，豎起身後的枕頭，靠在床頭，聲音帶著被人打斷美夢的不快。「大清早的，誰惹你生氣了？」

明明上句話還柔情滿滿，瞬間的工夫就變了臉色，寧櫻覺得莫名。

譚慎衍掀開被子，扯過寧櫻的枕頭墊在自己身後，讓寧櫻的頭枕著自己手臂，說道：

「妳昨晚夢見什麼了？」

寧櫻心情不錯，靠著譚慎衍，輕快道：「昨晚我夢見你帶回來兩隻狐媚子，我抄起廚房宰牛肉的刀扔了過去，你猜怎麼著？我英勇無比，一刀劃花了兩人的臉……」

知道她胡謅，譚慎衍也不拆穿她，配合地倒吸一口冷氣。「我在哪兒？」

「你啊……」寧櫻格格一笑。「你嚇得雙腿一軟，跪在我腿邊，直喊女俠饒命呢！」

譚慎衍想像自己雙腿發軟的情形，笑出了聲，手揉捏了兩下寧櫻柔若無骨的腰肢，意有所指道：「真要我求饒也不是沒有機會，男人啊，只有在床上最聽話，妳好好努力……」

「說什麼呢！」寧櫻不明白為何他凡事都能想到那方面去，抬腳踢了下他小腿，瞅著天色大亮，才想起譚慎衍估計還沒休息。「我起了，你睡會兒吧！」

「我不累，今日收到消息，禮部的馬車入城了，兩國友好，岳父差事辦得不錯，若不是岳父丁憂三年，該要升官的。」

「甚好，父親政績好，十一面上也有光。」寧櫻不希望十一過她和寧靜芸童年的那種日子。

寧伯瑾能立起來，再好不過。

寧櫻臉頰通紅，杏眼微漾，柔和的眉目間帶著點動情的迷離，譚慎衍心思微動，抱過寧櫻欺身上去。

寧櫻驚呼大叫，拳打腳踢地掙扎，金桂守在門外，聽著哭笑不得，但漸漸裡面的聲音不對了，金桂臉上起了一絲赧然，望著日頭，暗道：世子爺沒個定性，傳出去，影響的可是寧櫻的名聲，尋思著無論如何都得提醒寧櫻一聲才成。

再起床，已是午後了。寧櫻渾身痠痛，懶洋洋地趴在床頭，細數成親後的日子，寧櫻覺得譚慎衍實在太混帳了，除了這點喜好就沒其他的嗎？

一整天，在床上浪費了大半時光，什麼都做不了。暮色時分，寧府管家來了，送來好些醃製的牛肉，還有些北塞流行的綢緞、頭飾。

兩府都在守孝，寧伯瑾沒提讓寧櫻回寧府的事，再加上黃氏身旁有人照顧，寧櫻沒什麼好擔心的，想到寧伯瑾回府看見十一，估計笑得睡不著覺。

譚慎衍陪寧櫻用過晚膳又出門了。寧櫻腦子裡閃過蜀州的莊子便興起作畫的念頭，讓金桂磨墨，憶及蜀州的果林，果實成熟，沈甸甸地壓在枝頭，令人垂涎欲滴，她握著筆，兩筆勾勒出果林的樣子，隨即，一棵棵樹由遠及近，從模糊到清晰……

一幅畫收尾，已是子時，黑漆漆的天忽然飄起了小雨，雨聲淅淅瀝瀝，在寂靜的夜裡格外動聽。

讓金桂收好筆墨，寧櫻才慢悠悠爬上床，躺下沒多久，聽見院子裡傳來腳步聲，猛地又坐了起來，門吱呀一聲被推開，只見譚慎衍髮間滴著水，身形玉立地走了進來，寧櫻蹙了蹙眉，欲下地服侍他更衣，被譚慎衍叫住了。

「是不是吵醒妳了？妳繼續睡，我去後罩房洗漱。」

傍晚，他和刑部的人議事，沒承想葉康在牢裡被人殺了，頭一回有人在他眼皮子底下殺人，真是好手段，他進宮稟明皇上，接下來，怕是要忙上一陣子了。

小雨霏霏，整個京城籠罩在漆黑的夜色中，巍峨的宮殿裡，燭影搖曳。

薛怡穿著長裙，跪坐在紅木雕雲紋嵌大理石羅漢床前，一勺一勺伺候明妃喝藥，說著聽來的笑話，逗得床上的人不時笑出聲。

誰知笑容背後，卻是深深的擔憂。

「蜀王性子執拗，遇事認死理，妳平日在他身邊多提醒他，別和他父王嘔氣。」明妃年過四十，瞧著卻像五十歲的人，憔悴枯黃的臉瘦得顴骨凸出，雙眼凹陷，一眼瞧著，有些磣人。

薛怡餵一勺藥便停下來替她擦擦嘴角。「母妃，您別擔心，血濃於水，六皇子心裡有數，您好好養著身子。殿外的滿枝紅開花了，明日兒媳吩咐人抬進殿裡。聽桂嬤嬤說，今年的滿枝紅開花早，且比往年燦爛許多呢！」

明妃抿唇一笑。「是嗎？我倒是不曾見過。我這會兒心情好，想見見皇上和蜀王，行嗎？」

凝視著明妃因為祈求而有些泛紅的臉頰，薛怡鼻頭酸澀得想哭。明妃溫柔善良，和誰說話皆軟著姿態，這樣的人如何在後宮活得下去？

她重重點了點頭，轉身，吩咐殿外的嬤嬤去皇上和六皇子寢宮傳消息，聲音哽咽，悲痛不已，低著頭，兩行淚如斷線的珠子墜落，在青花瓷的碗裡激起一圈圈漣漪，黑色的藥汁濺起了水花，眼下混了她的淚是不能喝了，她頓了頓，將碗放在旁邊茶几上，低頭不語。

「哭什麼？有生之年能見到蜀王成親已是我最大的滿足。年輕的時候就常聽薛太醫說起妳，我就想，什麼時候能見見妳就好了。那一年，妳才五歲，我看見妳牽著妳弟弟在御花園的涼亭裡，也不和其他小姐、少爺湊堆，默默地蹲在角落，那會兒我就想，這小姑娘和蜀王還真是像……」

薛怡淚流不止，抓著明妃的手，喉嚨哽咽，斷斷續續道：「母妃，父親與我說過，您性子良善，會平安無事的。」

「傻孩子，我怕什麼，在這血雨腥風的後宮生活了一輩子，我啊，什麼都不怕，往後妳和蜀王好好過日子，從小到大，我虧欠他許多，妳能不能……就像當年握著妳弟弟的手那樣握著他？他啊，太苦了，連個陪伴的人都沒有，這後宮除了妳，他怕是沒有信任的人了。」明妃精神不錯，掏出手帕，替薛怡輕輕擦拭著臉上的淚，笑道：「別哭，皇上不喜歡人哭。」

薛怡喉嚨酸澀，緩了緩情緒，臉上強扯出一個笑來。「兒媳會好好陪著六皇子，母妃別擔心，六皇子善解人意，對兒媳甚好。」

明妃又笑了，笑意卻不達眼底。「相識易，相守難，蜀王的身分，你們去了封地也好，身在京城，太多身不由己，最怕啊，明明相愛的兩個人，他愛妳，卻也不得不愛別人。」

薛怡靜靜聽著，連連點頭。「兒媳都明白，不管未來怎麼樣，兒媳會體諒他的，只要他好好活著，比什麼都強；兒媳的爹娘感情極好，但娘卻早早走了，世間種種，沒有什麼比愛著的人活著更幸福，人死了，就真的什麼都沒了。」

語聲落下，殿外傳來急促的腳步聲，伴隨著宮人細柔的嗓音。「皇上駕到。」

薛怡抬頭，明黃色的身影已到了床前，她起身跪了下去，而皇上看都沒看她一眼，威嚴懾人的眼裡，滿是床上女子的臉龐。薛怡退到一旁，偷偷抹了抹淚。

「皇上，臣妾怕是不能起身給您行禮了。」

年逾五十的皇帝此刻坐在床前，身上的脊梁忽然垮了下來，看向茶几上喝了一半的藥，像是喃喃自語。「喝了藥，過些日子就會好了，薛太醫妙手回春如華佗在世，妳聽話，別想多了。」

明妃眼眶一熱，不知不覺竟落下淚來。「臣妾陪伴您幾十餘載，已滿足了，臣妾從沒恨過您……」

「朕明白、朕都明白。妳應過朕的，朕不死，妳不死，妳從沒失信於朕，這次也不准。薛太醫，薛太醫呢……」皇上的聲音有些著急。

殿外守著的宮人去傳薛太醫了，步伐匆匆，迎著霏霏小雨，不敢撐傘。

「薛太醫操勞這麼多年，您莫為難他，臣妾的身子已至極限，臣妾從沒忤逆過您，這次，不得不忤逆您一次了，您原諒臣妾一回好不好？」明妃握著皇上的手，笑容溫雅，如很多年前兩人相遇時那般。

皇上想說一個「不」字，然而話到了嘴邊，卻怎麼都說不出來。這個他默默愛了一輩子的女人，給過她最多的寵愛，卻沒法子將她放在與自己並肩的位置，是自己虧欠了她。

「寒霜，妳別多想，會沒事的。妳記得慎衍那孩子吧？他媳婦也曾中毒，如今好好的，體內的毒素都清除乾淨了，妳也會沒事的。」

明妃嫣然一笑，聲音如清風拂面。「皇上是原諒臣妾了？」

皇上一滯，竟說不出話來，明妃何其聰慧，如何不明白他話裡的意思。原諒嗎？她已成了這個樣子，他如何能讓她連走都走得如此卑微？

「皇上，您好好保重，臣妾能伺候您，是臣妾的福氣，臣妾心裡滿足。老六……老六，其實去蜀地也不錯，有國公府的那位護著，一輩子平平安安就夠了，臣妾不奢求那麼多，只要他平平安安。」明妃握著皇上的手有些顫抖，目光望著站在門口的少年，臉上笑得更開心了，抬起手，招了招。「老六來了。」

六皇子腳步如千斤重，沈重地走向床前，撲通一聲跪了下來。「母妃。」

「她是個好孩子，你好好待她，母妃希望你隨心所欲，由著自己的心意活著。」

聽了這話，皇上臉色煞白，握住明妃的手，神思恍惚。「寒霜，妳是不是後悔了？是朕的錯，是朕當年不該，那些人何其歹毒，朕以為、朕以為那是對妳最好的補償……」

明妃的目光仍落在低頭沈默的六皇子身上。「臣妾不後悔，皇上，您別自責，您為臣妾做的，臣妾都明白。情深不壽，慧極必傷，臣妾早就料到會有今日了，很早的時候就料到會有今日……」

九五之尊，萬人尊崇的帝王，他的愛，尋常人受不起，她卻受了那麼多年，夠了，夠了。

「寒霜……」

明妃仰著頭，或許是屋內的光太刺眼了，她緩緩閉上了眼。「皇上，臣妾喜歡您，喜歡您好多年了，您也喜歡臣妾，臣妾明白，臣妾不後悔，真的。」

有他的愛，她從未覺得孤獨。

手裡的手漸漸軟了，皇上緊緊握住，猩紅的眸子閃過嗜血的恨意。江山、美人不可兼得，先帝提醒過他的，是他一意孤行，把她拉下水，拘著她，受人欺負暗算，是他的錯。

雨聲滴滴答答，冷風入夜，涼了一室的燭光，屋子裡，傳來低低的抽泣，不知是誰的。

皇上伸出手，輕輕將明妃攬入懷中。

一如多年前，他登上那個位置，執起她的手，認真問她。「我可以給妳個名分，妳願意跟著我嗎？我會保護妳、保護我們的孩子，護著他坐上我眼下的位置。」

她被嚇壞了，手裡的杯子應聲而落，望著自己，臉上有掙扎、有喜悅，許久，輕輕點了點頭，她說：「我願意。」

後來他才知，還是太子妃的皇后嫉恨她，準備將她發賣出去，他差點就晚了，差點就不能將她留在自己身邊了。

記憶紛至沓來，皇上輕輕順著明妃的背，哄道：「寒霜，妳別怕，有朕在，會沒事的，妳等著朕。」

譚慎衍和寧櫻睡下沒多久，聽到門口傳來喧鬧。

「世子爺，宮裡出事了！」福昌等不及金桂進屋通報，焦急地喊了起來。

黑暗中，譚慎衍倏然睜開了眼，他懷裡的寧櫻也坐了起來。「出什麼事了？」

譚慎衍手腳麻利，瞬間將床頭的燈點亮了。他面色凝重，抓起衣架上的衣衫快速披在身上，回眸叮囑寧櫻。「妳睡，我進宮瞧瞧，應該是明妃不行了，妳別怕。」

許多事情都和上輩子不一樣，寧櫻心裡沒底兒。明妃死了，六皇子是不是要離京了？六皇子一走，剩下的兩位皇子，三皇子贏定了。

當她心思千迴百轉，譚慎衍已束好腰帶走了，緊接著，金桂抱著褥子、被子進屋，她沒和寧櫻說話，展開被褥，行至床前，揭開燈罩熄了燈，小聲朝床上的寧櫻道：「小姐，您睡吧，凡事有世子爺呢！」

寧櫻如何睡得著？譚慎衍支持六皇子，而六皇子留在京城是為了盡孝，眼下明妃逝世，六皇子再沒理由留在京城了。

黑暗中，寧櫻暗暗盤算著六皇子有多大的勝算。大皇子、四皇子早年受了傷，沒資格做太子了，如今出了韓家的事，二皇子也不太可能；剩下的就是三皇子、五皇子和六皇子，但五皇子生母是個宮女，沒有外家支持，比不過三皇子。

算下來，三皇子穩操勝券，六皇子如何比得過？

上輩子，奪嫡的事情根本沒擱到檯面上來，皇帝病重後，朝堂才刀光劍影，波濤洶湧。這會兒，皇上身子好，再撐十年不是問題，但幾個皇子私底下鬥得厲害，這點和上輩子大不相同。寧櫻想，難不成這世的奪嫡之爭會提前很多年？

寧櫻心裡想著事，翻來覆去睡不著，睜眼到了天亮。

她讓金桂把吳琅叫來，吳琅機靈，寧櫻特意留他在前院，除了打探國公府裡的事，再者就是盯著外面有什麼動靜。她是國公府的主母，眼光不該拘泥於後宅，整個京城發生的大小事都要及時蒐集。

吳琅料到寧櫻會傳喚他，他人來得快，沒有任何贅言，徑直稟報道：「刑部犯人死了，消息不脛而走，整個京城都傳開了。夜裡明妃娘娘病逝，皇上沒有說要厚葬，也不曾加封，明妃娘娘身分卑微，不能入皇陵，皇上派禮部在皇陵邊尋一塊風水地，以民間禮儀安葬明妃娘娘，七日後出喪，之後，六皇子和六皇妃就要去蜀州封地了。」

寧櫻沒料到皇上如此薄情無義。明妃娘娘和他一塊兒長大，青梅竹馬，死後竟只以民間禮儀安葬，分明是看不起明妃娘娘；想到六皇子領的封地是蜀州，寧櫻遍體生寒。普天之下，比蜀州好的封地比比皆是，而皇上卻把最苦寒之地賜給六皇子，顯而易見心裡沒有六皇子的位置，六皇子想要越過三皇子爭得太子之位談何容易？

譚慎衍，莫非自信過頭了？

一整天，寧櫻都心事重重，聽說去明妃宮殿祭拜明妃的人寥寥無幾，譚慎衍不在，寧櫻連個商量的人都沒有，有薛府的關係在，寧櫻理應去宮裡祭拜明妃娘娘一番。

細雨綿綿，天氣回冷，窗外的風夾雜著濃濃的涼意，寧櫻坐在窗下，想了許多事，終究不得其果。照她說，上輩子應該是三皇子做了太子，三皇子乃皇后所出，占著嫡字，支持、追隨的人多，最重要的是三皇子品行端正，不爭不搶，這才是最難能可貴的。

夜幕低垂，天色暗下也不見譚慎衍回來，倒是彈劾譚慎衍怠忽職守，使得犯人慘死刑部大牢的摺子滿天飛。

淅淅瀝瀝的雨，連著下了三日，第三日午後才放晴，寧櫻穿戴整潔，準備去宮裡祭拜明妃娘娘，她差人去青竹院問胡氏的意思，胡氏忙於和譚慎平講道理，哪有心思管外面的事，如此一來，寧櫻只有自己去皇宮。

雨後的庭院清新雅致，零落的花瓣貼著地面，點綴了單調的青石磚。

寧櫻穿過垂花廳，忽然停下腳步，迎面走來一群男子，為首之人一身黑色祥雲紋長袍，威風凜凜，眉目冷峻，似乎察覺到她的目光，男子抬起頭來，停下和身後之人的交談，大步走了過來。

「聽說妳要去宮裡祭拜明妃娘娘？我替妳回了，暫時不去，來日方長，會找著機會的，妳回屋，待會兒我有話和妳說。」

譚慎衍和薛慶平聊了許久。明妃娘娘中毒是很多年前的事，毒下在薰染過熏香的衣物上，不易察覺，年頭久了，毒素早已蔓延至五臟六腑，若不是薛慶平開藥拖著，明妃娘娘早就死了。

薛慶平和薛墨嘗試兩年都沒找出毒藥的成分；至於黃氏和寧櫻，黃氏說毒藥在馬車上，她不知究竟是什麼樣子、什麼味道。馬車已十年沒用，陳舊破敗，有霉味實屬正常，但黃氏說除了霉味還有種味道，很淡，形容不出來，被霉味掩蓋，黃氏以為是自己的錯覺。

譚慎衍不覺得是黃氏的錯覺，因為上輩子寧櫻死之前，和金桂說聞到了櫻桃花的味道，金桂只認為那是寧櫻死前心有所繫的緣故。

寧櫻死後，他回到府裡，櫻桃花已開，那是寧櫻生病那會兒他親手種下的。他告訴自己，如果寧櫻的病好了，他就每年在院子裡種一株，直到他們老去，為此，他虔心向佛，洗滌身上的戾氣，為她祈福，但仍沒能夠留住她。

猶記那時明明是綠樹成蔭、百花齊放的春天，青湖院卻凋零得如同瑟瑟冬日，花草沒有一絲生氣，金桂坐在走廊上，挑選著籃子裡的櫻桃花，見到他，金桂慢慢起身，雙眼通紅。

「您讓福昌砍了院子裡的櫻桃樹，小姐生前最是喜歡櫻桃花，奴婢擅作主張摘了枝上的花，曬乾了給小姐燒去，她走的那會兒還與奴婢說聞到櫻桃花香，她不知院子裡栽種了櫻桃樹，不然的話，小姐一定捨不得走。」說到後面，金桂泣不成聲，蹲下身，一朵一朵挑選著開得正豔的櫻桃花。

他怔在原地，說不出一個字。他想，她如果知道幾日後櫻桃花就開了，一定會多留幾日的，是他瞞著她。

如今想來，寧櫻聞見的或許不是櫻桃花香，而是另外一種味道。

之前，確認明妃娘娘不是生病而是中毒時，衣物上的熏香味掩蓋了毒的味道，薛慶平和薛墨是太醫，兩人聞味而知其藥，鼻子很靈，但饒是如此，兩人卻說不出那是什麼味道，應該是他們生活中從來沒聞過，才會讓他們陌生得說不出來。

寧老夫人背後的人是誰，沒人知道。譚慎衍有些後悔了，當初該把寧老夫人弄回刑部，嚴刑逼供，寧老夫人一定會招的，可惜為時已晚。

拉回思緒，他望著憂心忡忡的寧櫻，目光一柔，朝身後的福昌說了幾句，領著寧櫻去了書房，書房的院子空盪盪的，沒有一株花草。

寧櫻心下覺得奇怪，問道：「怎麼不再栽種些樹？光禿禿的，太過蕭條了。」

譚慎衍在府裡的書房有三處，這處平日誰都不敢來，沒有他的允許，譚富堂都進不來。

譚慎衍拉著她的手，漫不經心道：「這樣的話，就不怕人躲藏偷聽了。」

寧櫻恍然。屋子裡燃著櫻桃花熏香，她放鬆下來，緩緩道：「明妃娘娘病逝，你是武國公府的世子，理應前去祭拜才是，何況，薛姊姊又是你的……」

「宮裡的水深著，眼下不是時候，妳別操心，這幾日是不是很擔心？」朝堂彈劾他的奏摺估計都能壘成城牆那麼高了，他懶得計較，敢堂而皇之到他的刑部殺人，證明對方早有預謀，為了偷偷把葉康抓回京，他連福昌幾人都沒動用，還是被對方發現了，對方比他猜想得還要厲害。

寧櫻如實地點了點頭，推開窗戶，望著院子裡的青石磚，小聲道：「刑部死的犯人是誰？你得罪什麼人了？」

譚慎衍得罪的人多，寧櫻早就知道，但彈劾他的摺子滿天飛，情況應該是很糟糕吧！她動了動唇，緩緩道：「祖父過世，照理說我們該丁憂一年，不如你暫時別管刑部的事情了。明妃娘娘走了，六皇子和六皇妃過不了多久就要去蜀州……」

譚慎衍沒回答，端著茶壺，為寧櫻倒了一杯茶，熱氣蒸騰，含著臘梅獨有的清香，寧櫻抿了一小口，望著譚慎衍。她心裡怕，怕他忽然死了。

「櫻娘，我有些事瞞著妳。」譚慎衍端著茶杯，目不轉睛地留意著寧櫻臉上的表情。如果可以，他寧可保守秘密一輩子也不讓她知道。

寧櫻聽他語氣慎重，眉梢縈繞著凝重之色，她呼吸一窒，緊了緊手裡的茶杯。「你想納妾了？」

譚慎衍一怔，本是陰鬱的臉忽然就咧開了笑，哭笑不得道：「說過一輩子不納妾，妳當我騙妳呢！」

寧櫻鬆了鬆握著茶杯的手，緊繃的情緒放鬆不少，脆聲道：「你還瞞著我何事？」

聽了這話，譚慎衍心裡起了絲絲漣漪。她在意的，或許從來都是他心中是不是只有她一人，其他事完全不值一提。

譚慎衍端著茶杯，緩緩湊到嘴邊，一字一字道：「櫻娘，無論這輩子還是上輩子，我都只有妳，沒有別人。」

寧櫻笑著想打趣譚慎衍兩句，抬起頭，看譚慎衍眉宇慎重，墨黑般的眸子黑不見底，她有些迷糊，腦子轟地一下，好似有煙火炸開，亮了滿天的星星。

他說，無論是這輩子還是上輩子，他只有她，沒有別人。

不知為何，寧櫻不敢與之對視，端起茶杯，咕嚕咕嚕喝了兩口茶，如此也緩解不了她的口乾舌燥。望著茶几上的茶壺，她遲疑了一瞬，將手伸了過去，剛握住茶壺的握柄，一隻手便緩緩搭了上來。

他的手骨節分明，顏色稍黑，兩隻手疊在一起，越發顯得她的手白。她不敢抬頭，心底一團亂，不知是因為他的話，還是其他。

「櫻娘，妳聰慧伶俐，一定懂我話裡的意思。上輩子，我們的回憶大多不快樂，我想換種方式，彌補妳、彌補我。彼此喜歡的兩個人，不應該是那樣的結局。」譚慎衍從沒想過和她坦白，如今兩人感情好，她忘了那些回憶也好。

他希望她的心裡，關於他的事都是甜蜜的。

寧櫻低著頭，臉色蒼白如紙，櫻紅的唇緊緊抿著，握著茶壺的手顫抖不已，屋內頓時寂靜下來。

良久，寧櫻的手舉得有些累了，她才開口打破了沈默。「我……你……你如何還願意娶我？我……」

她思緒紛擾，不知自己要說什麼，譚慎衍卻明白她的意思，極為自然地接過了話。「我喜歡妳，很早的時候就喜歡妳了，很早的時候……」

寧櫻面色微滯，她咧著嘴，想笑著揭過那些往事，隨它雲淡風輕成為過去，可終究抵不過心頭真實的情緒。她搗著嘴，緩緩低下頭去，視線不知不覺模糊不清。

「別哭。」

他本意不是追究上輩子的恩怨，上天給他們重來一次的機會，他們好好珍惜，不枉此生就夠了。

譚慎衍握著她的手，輕輕摩挲著她的指節，溫柔道：「妳記著那些開心的事情就好，不開心的，我努力讓妳忘記，多年後，我希望妳回憶中的點滴都是幸福的。」

寧櫻咬著唇，忍著不讓自己嗚咽出聲。她想起被填平的水池、改了格局的庭院、換了擺設的屋子，一花一草，和她記憶裡的府邸大相徑庭，原來都是他吩咐的。

「昨日我去寧府找岳母問過，妳們回京中毒一事和馬車有關，妳坐在馬車裡聞見不尋常的味道了嗎？」譚慎衍臉上已恢復了平靜。他懷疑中毒後有其他誘發因素，宮裡水深，牽扯的人多，他沒法子把手伸進宮裡，只有從黃氏和寧櫻中毒的事情上下手。

「我不記得了。」寧櫻抬眼，見他眉宇微蹙，不由得收斂思緒，認真回想回京時候的事。馬車的車身有些年頭了，木頭腐朽，發霉刺鼻的味道甚重，她怕黃氏難做人，一路忍著，後來她發難佟嬤嬤，佟嬤嬤表情怪異得很，老夫人加害於她和黃氏的事，佟嬤嬤一定知道。

「你問問佟嬤嬤，佟嬤嬤是老夫人身邊的人，老夫人做的事，她一定清楚。」

譚慎衍皺眉。佟嬤嬤那邊他問過了，佟嬤嬤咬定是老夫人下的毒，毒從何處來她不知，想來不是假話，他垂首沈默，聲音低了下去。

「上世，妳死的時候，和金桂說妳聞到櫻桃花香，是真的聞到櫻桃花味道，還是其他？」

明妃逝世，皇上精神不太好，誰能想到，威震四方的帝王，骨子裡是個癡情種呢？愛人在身邊，他卻不敢再進一步，怕後宮的陰私要了她的命；從後宮專寵一人到雨露均霑，現實逼著他醒悟，那個位置終究要放棄他所愛的人，越是重視一個人，越要對她冷淡，將她推遠，如此就不會有人因嫉妒而加害她了。

「怎麼想起問這個？我當時真的聞到櫻桃花香，但金桂說院子裡沒有櫻桃樹如何有櫻桃花香？我自己都糊塗了。」寧櫻平生就鍾愛櫻桃花，櫻桃花的香氣一定聞得出來。

譚慎衍怔了一下，望著窗外灰白的院牆。誰能想到，他曾虔誠地在這片院子裡栽種了幾株櫻桃樹，還設立佛堂，就為了給她祈福。「屋裡燃了櫻桃花熏香，妳進屋就聞出來了，對不對？」

寧櫻點頭，只聽譚慎衍又道：「妳不會聞錯的，說不定，是有人故意為之。」

寧櫻不解，待要細問，這時門口傳來福昌的聲音。「世子爺，皇上讓您進宮一趟。」

「我知道了。」

譚慎衍看著寧櫻怔忡迷茫的目光，積在心底的事和盤托出後，身心輕鬆許多，和寧櫻說道：「我進宮一趟，妳在家無聊就回寧府瞧瞧，岳父這幾日興奮過頭睡不著呢！」

雨後的庭院清新如洗，空氣中夾雜著清涼的氣息，譚慎衍和寧櫻閒聊著朝外面走。譚慎衍繞過圓形拱門和寧櫻道別，看寧櫻身形消失於走廊拐角他才收回目光，大步流星地離開。

心急火燎的模樣讓慢半拍的福昌搖頭嘆息，小跑著追上譚慎衍，低聲回稟道：「六皇妃的人說皇上昨晚留宿皇后娘娘寢宮，半夜又離開，皇后娘娘在殿內跪了一宿，不承認是她做的。」

三皇子秉性良善，對太子之位沒多大的野心，皇后娘娘則野心勃勃，即使皇上說過三皇子不會成為太子，她仍沒少為三皇子奔走，放眼整個朝堂，立三皇子為太子的呼聲是最高的，沒有皇后娘娘推波助瀾，誰信？

「六皇妃用那些人了？」

福昌彎著腰，譚慎衍走得快，他跟在後面要配合他的步伐有些吃力，小聲回道：「是那些人主動給六皇妃遞的消息，六皇妃說六皇子知道她手裡有人，問您拿個主意。」

六皇子這人，在外人眼前有些陰沈，骨子裡卻是單純的，對六皇妃真心實意，當日，祖父將那兩張紙給薛怡，便是想從早年的事當中抽身出來，換譚家安寧。

那兩張紙給出去，他便沒有過問的權力了。

「你和六皇妃說，她的東西，她自己處置就是，不過宮裡不比其他地方，事隔多年，什麼情形她自己小心些。」

福昌稱是。宮裡的眼線是老國公培養出來的，忠心與否，得靠六皇妃自己判斷了。

放晴的天空，幾朵雲浸染成金黃色，太陽露出了腦袋，明晃晃地照著大地。

金鑾殿內，皇上坐在明黃的桌案前，翻閱著堆積如山的摺子，六部皆有人彈劾譚慎衍，其中還有清寧侯的奏本，彈劾譚慎衍以權謀私，私自用刑加害其子。

譚慎衍穿得是常服，進殿後，收起臉上的情緒，緩緩上前給皇上見禮。「微臣參見皇上。」

「平身吧，這幾日彈劾愛卿的摺子不少，愛卿有何高見？」皇上拿著奏摺，身旁宮人會意，躬著身雙手接過，隨後遞給譚慎衍。

譚慎衍掃了幾眼，如實道：「程雲潤其人金玉其外、敗絮其中；程雲帆俠義心腸、年輕有為，假以時日會成為朝廷的棟梁。良才善用，能者居之，微臣是為皇上培養可用的人才。」說到這，他又頓了頓。「當然，其間不乏夾雜了些私人恩怨。」

皇上冷哼，語氣多有感慨。「你倒是會找藉口。清寧侯是個孝子，上面有他老娘壓著，兒子驕縱成性他也沒膽子過問，你倒好，下手不留一點情面，虧得清寧侯知道站不住理，沒當面和你撕破臉，否則……」

「侯爺心如明鏡，不會和微臣一般見識。」

光程雲潤在避暑山莊對寧櫻做的事，死一百次也不足惜，程雲潤能活著，已是他看在清寧侯的面子上了。

說了一會兒朝堂上的事，皇上有些倦乏，屏退身旁的宮人道：「你們下去吧，朕和譚尚書商量一些事。」

宮人們翼翼退下，步伐輕緩，沒有發出絲毫聲響。

殿內空蕩安靜，只餘翻閱奏摺的聲響，半晌，上首傳來皇上滄桑沈重的聲音。「你還與朕說和皇后無關，瞧瞧彈劾你的摺子，可都是她平日籠絡的人，朕留著她的皇后之位已是仁至義盡，沒料到，她膽敢加害……」

皇上的聲音戛然而止，那兩個字，他無論如何都說不出來。當年他身為皇子，無法給她名分，依照先皇的意思娶了名門望族家的小姐，後來才知，所謂的名門望族不過是外面人給的封號，其人心如蛇蠍、無惡不作，擔不起溫良謙恭、柔嘉貞淑的稱讚。

譚慎衍不動聲色地合上手裡的摺子，小聲道：「皇后娘娘的為人，微臣不予置評，但三皇子性子純良。」

早年皇上獨寵明妃，嫉恨明妃的何止是皇后？有韓家的例子在前，譚慎衍擔心為他人做了嫁衣，牽扯進無辜的三皇子。

大皇子有手疾，四皇子身子孱弱又有傷疾在身，五皇子生母不顯，不過或許只是表象，他派人去查了，現下不是輕舉妄動的時候，一著不慎，多年的隱忍就付諸東流。

思及此，他勸皇上道：「小不忍，則亂大謀，這是您教微臣的。」

皇上一怔，鬆開手，岔開了話。「你妻子和岳母如何了？」

譚慎衍低下頭，輕聲道：「體內的毒素已清除乾淨，只是暗害之人沒有蹤跡。微臣給韓將軍去信了，雙管齊下，藏得再深，總會有蛛絲馬跡。」

「那就好。」皇上面無表情，眼裡卻不乏遺憾。他如果早日察覺明妃中毒，有薛慶平父子在，明妃就不會死，追根究柢是他的錯。

譚慎衍驚覺皇上反應不對，遲疑片刻，關懷道：「皇上保重龍體，別讓有心人得逞，六皇子需要您。」

皇上失了神。明妃留下的只有六皇子，他要好好護著他，不辜負明妃的叮囑。「朕心裡有數，你著手去查吧，明日早朝，朕該有所行動了。」

譚慎衍蹙眉，抬眼掃了眼書案前疲憊倦怠的皇上一眼，心下不認可，但他是皇上，伴君如伴虎，譚慎衍不敢忤逆他，福身退了下去。

外面，日頭更盛，青石磚鋪造的地面積水乾涸，顏色新亮，他望了眼遠方的宮門，緩緩走了出去。

第五十六章

寧櫻本以為譚慎衍要忙到很晚，但看他回來得早，心裡好奇，欲擱下手裡的筆，譚慎衍動作比她還快，三步併作兩步上前握住她的手。

「妳畫妳的，別斷了妳的思緒。」

寧櫻畫得是寫意畫，全靠腦中想像，斷了思路，再提筆，畫出來的花草樹木都會不同。

寧櫻點了點頭，端著調色盤，繼續描繪蜀州的村莊，順便問起刑部監牢死人的事，譚慎衍沒有瞞她，一五一十和她說了。對方行事沒有留下絲毫蛛絲馬跡，其城府深不可測，怕是已謀劃多年，寧櫻清楚這些事情能心生戒備是好事。

提及這些，免不了讓寧櫻想起上輩子的事。

「我回來是因為病逝的緣故，你怎麼也回來了？最後真是六皇子做了太子不成？」

那時候的六皇子和六皇妃去了蜀州，六皇子做太子的機率微乎其微，但若不是六皇子贏了，譚慎衍如今為何支持六皇子？

譚慎衍蹺著腳，靠在椅子上，神色平靜。「我能回來，自然也是死了的緣故，最後誰做了太子我也不知，現在會幫助六皇子其中的理由太多了，一時半刻說不清楚。」

「哦？」寧櫻來了興趣，忍不住亂想。「你怎麼死的？該不會為我殉情了吧，那豈不是白白便宜了青竹院那位？你該娶個厲害的媳婦，壓制住她才是。」

譚慎衍感到好笑。她死了，他的確覺得活著沒意義，但從沒想過殉情。

「殉情我倒是沒想過。妳死了，我在刑部忙了許久，著了歹人的道，被人殺了，死前，該收拾的人我都收拾了，我這人睚眥必報，記仇著呢！」

寧櫻死後，首當其衝的就是寧府，其次是胡氏，寧櫻厭惡的人，他一個都沒留著。

寧櫻聽得起勁，索性放下顏料盤子，挨著譚慎衍坐下。「你和我說說我死後的事吧，挺好奇的。你沒再娶？」

愛慕他的人比比皆是，更別說他的身分、地位，沒了她這個擋路的，京城的女子應該會前仆後繼奔入府裡才是。

譚慎衍如何聽不出她語氣裡的揶揄，見她笑得嘴角都歪了，晶亮的眼神燦若星辰，想起自己在書房說的那番話，現在的寧櫻，可謂是有恃無恐。

他笑道：「妳別得了便宜還賣乖，我真再娶親妳心裡就舒坦了？當日在劍庸關，妳搧那人的耳光可是用了力氣，那麼多人在場，一點面子都不給我留，抬腳踢我，硬是認為我倆是姦夫淫婦，我如果和妳說我上輩子續弦，妳鐵定問是哪戶人家，又和我嘔氣了。」

被他戳中心事，寧櫻臉色有些發燙，嘀咕道：「你不是說喜歡我嗎？喜歡我還能在我屍骨未寒的時候轉身就娶別人？」

她的話有試探譚慎衍的意思，畢竟，親耳聽見譚慎衍告白，多少有些難以置信。

「成，左右妳知道我的心思了，該妳得意。」譚慎衍語氣無奈，臉上卻滿是寵溺，毫不覺得表白是件丟臉的事。

被他看穿自己的心思，寧櫻臉紅成了柿子，厚著臉皮道：「我也不是得意，只是心裡歡喜罷了。對了，六皇子沒做太子，難不成是三皇子？」

三皇子那人，寧櫻接觸得少，不過三皇子待人溫和有禮，他當皇上，對百姓來說不見得是壞事。

譚慎衍搖了搖頭。他記得，起初三皇子對太子之位沒多大的興趣，一直是皇后娘娘為其謀劃，為了此事，三皇子還和皇后娘娘有過分歧，後來不知發生了什麼，三皇子對太子之位倒是有些志在必得的意味了；但三皇子不像城府深密的人，中間定還有其他事情。

「我也不知，日久見人心，藏得再深，總會露出馬腳。話說妳還留著翠翠，不怕有朝一日陰溝裡翻船？」譚慎衍伸手，拿過她手裡的筆，沿著白色宣紙上淡色的輪廓，重重一頓，墨汁暈開，他微微抬筆，大手一揮，片刻的工夫，宣紙上，一座古老陳舊的莊子躍然紙上。

寧櫻驚呼出聲，驚詫道：「你如何知道我繪的是蜀州莊子？」

譚慎衍斜了下眼神，修長的睫毛顫動兩下，最後定格在旁邊的顏料盤上，寧櫻會意，托著顏料盤，毫不掩飾自己眼底的詫異。寧國忠貪污之事後，寧家名下的產業全被充公，蜀州的莊子也沒了，在寧櫻眼中，那是她幼時長大的地方，對那裡有莫名的情愫，滴雨成簾的屋簷，苔蘚鋪地的青石磚，如雪漫天的櫻桃花……這些都成為她的記憶，有生之年，她都回不去了。

譚慎衍下筆重，年久失修的房屋、參天古樹、成片果林，好似在他腦中生了根，一提筆，情不自禁就繪出蜀州莊子的景象。

寧櫻若有所思，沈默半晌，緩緩道：「且看吧，你不是說路遙知馬力，日久見人心嗎？或許，翠翠骨子裡不是壞人呢？」

譚慎衍嗯了一聲。上輩子翠翠被胡氏逼迫，表面上和寧櫻針鋒相對，私底下卻沒做出過傷害寧櫻的事，不然，他哪會縱容翠翠到最後。

譚慎衍沈思道：「妳死後不到半個時辰，翠翠便被人推下湖死了，兔死狗烹，翠翠不明白其中的道理，白白為別人所利用。」

寧櫻訝異，想想胡氏的做派，又覺得在意料之中。說起胡氏，接下來，就是對付她的時候了。

譚慎衍揮筆灑墨，很快，一幅描繪莊子暮春季節的圖完美收筆，輕重得當，其功底是寧櫻自愧弗如的，她拿起畫卷，捏著畫卷兩側，嘖嘖稱奇。

「父親看見你的畫，估計會找大伯父、二伯父好生炫耀。你去過蜀州的莊子？」

牆角的掃帚、樓梯被譚慎衍三、兩筆勾勒得栩栩如生，若不是看見畫，寧櫻都記不得了。

譚慎衍沒有否認，卻也沒多說，關於她美好的回憶，他都替她收著。

寧櫻吩咐金桂進屋把畫卷交給吳琅，找間好的鋪子裱起來，掛在茶水鋪子裡。

譚慎衍聽見寧櫻的話，揚眉道：「我的畫千金難求，妳掛在茶水鋪子裡，不怕被人偷了？我瞧著這邊牆上少了裝飾，這幅畫的大小正適合，別讓吳琅去辦，讓福昌去，他閒了兩日，渾身不舒坦，讓他多跑跑腿。」

寧櫻以為譚慎衍瞧不起她的茶水鋪子，掛他的畫是降低他的身分，道：「這屋裡的布置得當，用不著畫做點綴，不然擱西屋去，來日家裡來客，我也能好生炫耀一番。」

「由著妳吧！」譚慎衍勾唇微笑，看得出心情不錯。

明妃逝世，六皇子不日就要離京了，奇怪的是，京城並未傳出六皇子離京的消息，朝堂也沒什麼動靜，好似一顆投入湖面的大石，明明該水花四濺，結果卻風平浪靜、毫無聲息。寧櫻問譚慎衍，譚慎衍只說六皇子暫時不能離開，一旦去了封地，六皇子半點機會都沒了，至於原因卻是不肯多說。

朝堂局勢千變萬化，寧櫻幫不上譚慎衍的忙，只能吩咐廚房弄些滋補的湯給他喝；她閒來無事抄抄經書、練練畫，日子倒也清閒。

四月底，劉菲菲生了個七斤重的大胖小子，洗三時，寧櫻回寧府，老遠就聽到二房秦氏的笑聲，旁邊還有爽朗渾厚的男聲，兩人的笑聲大得蓋過樹上的鳥啼。

入夏後，天氣漸熱，寧櫻穿了身淺黃色的百褶如意月裙，髮髻上戴著雲腳珍珠捲鬚簪，舉步輕搖，顧盼生輝，風神秀雅，聽著院內的笑聲，她轉頭瞅了眼沈著冷靜的譚慎衍，叮囑道：「今日莫喝多了，不然我將你扔大街上去。」

人逢喜事精神爽，劉足金本就是海量之軀，再任由他灌酒，譚慎衍估計會比上回醉得更厲害。

譚慎衍不動聲色地捏捏她的手，挑眉笑了起來。「上回是小弟洗三，岳父不在，身為女婿我自該多擔待，今日不會了，晚上我伺候妳洗漱，保管盡心盡力，報答上回娘子的服侍之恩。」

語畢，聽院內傳來秦氏歡喜的笑。「小六和世子來了，快進來啊！妳父親和娘也過來了，瞧瞧妳小姪子，和妳大哥小時候一模一樣呢，父子倆跟一個模子裡刻出來的一樣。」

寧櫻抬起頭，才發現秦氏抱著孩子站在圓形拱門的迴廊上，眉眼因為笑，起了細碎的褶子，秦氏笑得歡快，眼睛都彎成了一條縫，她當即收起羞意，慢慢走了過去，回道：「血濃於水，小姪子像大哥理所當然。我娘也來了？」

今日回府為了孩子的洗三，她琢磨著先來這邊，隨後再去梧桐院看黃氏和十一，沒想到黃氏抱著十一來了。

「來了，在正屋裡呢，快進屋吧！」秦氏雙手抱著孩子，心肝寶貝地喊著。

正屋裡坐了不少人，黃氏抱著十一坐在旁邊。黃氏因生產身材走了樣，胖了許多，看見寧櫻，黃氏眼裡盛滿了笑。「櫻娘來了？快來瞧瞧十一，整日吃手，這毛病改不了。」

寧櫻給柳氏和劉夫人見禮，隨後才走向黃氏。一個多月不見，十一生得白白胖胖，這會兒閉著眼，嘴裡含著大拇指，吃得正歡。她彎腰抱起孩子，遞給身旁的譚慎衍。「你瞧他是不是像我？」

一個多月的孩子眉眼長開了些，比剛生下來那會兒的皮膚白，不過像誰卻是看不出來的，但譚慎衍仍順著她的話道：「像妳，妳陪娘和大伯母坐，我去旁邊屋子。」

屋裡都是女眷，他留下不太好，而且看寧成昭站在門口，想來找他有事。

寧櫻眼神落在十一臉上，眼皮都沒掀一下。「你去吧！」

像極了有孩子不認相公的婦人，譚慎衍心頭發笑。若她喜歡孩子，出了孝期，他們自己生一個便是。

譚慎衍一走，屋裡的氣氛輕鬆不少，劉夫人的娘家也是商戶，笑盈盈的，十分和善。寧櫻在黃氏旁邊坐下，拉開十一嘴裡的手，看他皺著眉，撇著嘴，要哭的樣子，她讓黃氏瞧，黃氏哭笑不得。

「妳莫逗他，哭起來，誰都哄不好，妳和妳姊姊從小就是個省心的，他一點都不省心，昨晚鬧得妳父親抱著他睡了一宿，他睡醒了吃，吃完了睡，妳父親一宿沒睡，生怕他哭。」

柳氏看寧櫻日子順遂，明眸皓齒，面色紅潤，聽說譚慎衍對她言聽計從，夫妻倆感情好得很，想到親事沒有著落的寧靜芳，面色愁苦起來，附和黃氏道：「三弟妹說得對，十個小孩子十個都是愛吃手的，這麼大點的孩子什麼都不懂，只要他不哭就成了，其他的，等他大些了再慢慢教。」說完又看向寧櫻，眼裡不乏羨慕。「靜芳在產房陪著菲菲說話，妳回來了，我讓丫鬟叫她過來，妳們姊妹年齡差不多，能一起閒聊。」

寧櫻抬眼，掃了眼柳氏，見她愁眉不展，輕輕點了點頭。寧靜芳被柳府退親後，遇到老夫人過世，寧靜芳須守孝一年，親事只得往後推遲，柳氏素來寵愛寧靜芳，如何捨得繼續蹉跎女兒年華？

但她沒法子，她也要守孝，不然便能和寧靜雅一起打聽打聽京中的適齡男子。

想起寧靜雅，寧櫻朝外面瞅了眼。「大姊姊可說了今日回來？」

想到寧靜雅在夫家過得不錯，柳氏心裡總算有些安慰，點頭道：「會回來，只是不知什麼時候，妳大姊夫平日事情多，能不能陪她回來還不可知呢！」

譚慎衍和寧櫻情意綿綿，柳氏不願意自己女兒矮了寧櫻一截。如果寧靜雅自己回來豈不是被她嘲笑？因此柳氏先為蘇燁找了說詞。

寧櫻沒往心裡去。感情如人飲水，冷暖自知，沒什麼好拿出來比較的。

不一會兒，寧靜雅和蘇燁就來了，寧靜芳也正好進屋。

「二嬸抱著小姪子捨不得撒手，劉叔站在走廊上，來來回回踱步，躍躍欲試想抱孩子得緊，二嬸卻護得更緊呢！」寧靜芳指著外面，摀嘴笑了起來。

劉足金是男子，不好往秦氏跟前湊，但他想抱孩子，只有等秦氏主動將孩子交給他，但秦氏抱著捨不得撒手，他就在走廊上守著，心癢難耐的模樣別提多好笑了。

劉夫人不好意思地笑道：「你們別搭理他，待會兒飯桌上兩杯酒下去就忘記這事了。」

想到劉足金在飯桌上的豪爽，眾人忍不住笑了起來。

吃過午膳，寧靜雅提議姊妹幾個一起去書閣，寧靜彤也在，院子裡盆栽被修剪得方方正正、錯落有致，白色院牆上藤草蒼翠，低垂拖地，花草紅綠交疊，玲瓏雅致，池中水清澈見底，錦鯉暢游其間，一瞧就是刻意打理過的。

果不其然，寧靜芳解惑道：「大嫂生了平安，二嬸自己掏錢請人將院子裡裡外外拾掇了一番，下人們打著燈籠清掃修剪了一宿，整個寧府跟洗過似的。」

只聽寧靜芳壓低了聲音道：「大嫂生產那日，劉家送了不少銀兩來，大嫂在產房，大哥整顆心都繫在大嫂身上，劉家送來的銀兩是二嬸收下的。」

幾個姊妹說說笑笑往書閣走，再無往日的劍拔弩張，氣氛和睦，其樂融融。

寧府出事後，所有人都變了，變得更懂得包容與珍惜。

日落西山，前面院子的熱鬧才散了。寧靜雅和寧靜芳商量親事，寧櫻帶著寧靜彤離開書閣，繞過抄手遊廊時，便看見譚慎衍徐徐而來。

落日餘暉罩在他身上，金燦燦得讓人移不開眼。

到了跟前，譚慎衍彎腰和寧靜彤說話。「我和妳六姊姊回去了，等十一百日宴再過來，到時姊夫送妳一份大禮，妳找妳姨娘去吧！」

寧靜彤笑開了花，急不可耐地朝丫鬟招手，提著裙子跑了，十足的財迷樣。

譚慎衍失笑，和寧櫻往外面走。「不怪妳對她好，她和妳其他庶妹不一樣。」

寧櫻挑眉，細想才知他說的是寧靜蘭。她哪比得上寧靜彤？

譚慎衍執起她的手，看她皺了皺眉，主動道：「我滴酒未沾。」

「那劉叔和父親他們呢？」

劉足金性子寬厚，她起初劉老爺、劉老爺地喊，劉足金覺得見外，無論如何要她喊聲劉叔，連喊一次五千兩的話都說出來了，劉家財大氣粗，寧櫻不好意思收。

「被小廝扶回屋睡了。走吧，我們也回去了，估算著時辰，他們天黑才會醒呢！」

寧櫻心下好奇。劉足金酒量好，他都喝醉了，寧伯瑾他們應該是什麼情形？

夫妻倆回府後，行至青湖院，譚慎衍才說劉足金在敬他酒之前就喝醉了，寧伯瑾、寧伯庸他們也沒能倖免。

「不會有人在酒裡下毒了吧？」

「妳想什麼呢，那可不是毒，是薛叔自己泡的藥酒，在外面千金難求呢！常人喝三杯就倒了，劉老爺堅持到五杯，酒量確實不錯。」譚慎衍褪下外面的衣衫。

寧櫻問他。「那你能喝幾杯？」

譚慎衍挑眉。「七杯吧！」

「你就吹牛吧，那天和劉叔拚酒你醉得一塌糊塗，劉叔今日喝五杯就醉了，你能堅持到七杯？」寧櫻擺明不信，吩咐金桂端水進屋伺候她洗漱。

譚慎衍失笑。他當日喝醉是因為他們輪番上陣，他雖喝多了，但腦子裡還有些意識，劉足金可是被人抬著下去的。

翌日，衙門有事，譚慎衍起床時寧櫻還睡著。這些日子，寧櫻夜咳的毛病好了許多，隔一、兩晚才會咳，假以時日定會好起來，他替寧櫻理了理被子。

出門時，福昌和福盛站在門口，兩人身穿天青色長袍。福盛皮膚好，衣衫穿在他身上顯得儒雅；福昌皮膚黑，配上衣衫的顏色襯得越發老氣。

看見譚慎衍，兩人立即走上前躬身施禮，福昌稟道：「熊大在晉州遇到埋伏了，人剛回來，有話與您說。」

熊大、熊二當時去晉州秘密押解葉康回京，沒驚動任何人，離開時熊大察覺晉州不對勁，留下來探查，傳回來的信件中沒說晉州有異樣，沒承想回京路上有人設下埋伏，福昌將熊大的情況說了，又問道：「可要奴才再去晉州打探一番？」

「你照照鏡子吧，再去趟晉州，回來媳婦都娶不上了，先聽聽熊大怎麼說吧！」譚慎衍瞅著天際染紅的雲層，眉梢閃過殺意。

熊大、熊二沒有賣身契，譚慎衍照樣能駕馭他們。想要人為你賣命，法子多得是。

青山院沒有變化，院子裡綠樹環繞，景致清幽，聽屋裡傳來薛墨的聲音，譚慎衍步伐微滯。

福昌按著腰間的玉珮，低頭解釋道：「熊大在路上遇到薛世子，薛世子見熊大受傷，跟著過來看看，門房的人攔不住。」

薛墨和譚慎衍關係好，平日這種事情他們不會避諱，可眼下時局不同，薛墨身分擺在那邊，兩府明面上還是少往來為妙。

但依薛墨的性子，若攔著他，不知會鬧出什麼事來呢！他們也算從小一塊兒長大的，譚慎衍是裡裡外外冷若玄冰，薛墨則是個外冷內熱的，極為難纏。

譚慎衍進屋，熊大看見他要起身行禮。想當初，他和熊二在刑部吃了一番苦頭，譚慎衍讓人把他們帶下去，兩人以為必死無疑，誰知他們被送上一輛馬車，接下來又來了大夫為他們醫治身上的傷，那時候他就明白，譚慎衍留著他們是要他們辦事。

半年前，譚慎衍交代他們去劍庸關察看，他和熊二摸不著頭腦，裡裡外外蒐集許多情報給譚慎衍，譚慎衍不說好，也不說不好。算起來，去晉州抓葉康是他們領的第二份差，他也不知譚慎衍滿意與否？

「你躺著吧，在晉州城發現了什麼？」譚慎衍叫住熊大，在旁邊的椅子上坐下，福昌奉上茶，他端著茶杯，並不喝。

熊大行蹤不定，隔許久才有找人代寫的信件送回京城，卻也只有寥寥數字，且多是些雞毛蒜皮的小事，跟離家在外的漢子託人寫的家書差不多。

想到自己的發現，熊大心裡仍免不了震撼，聲音有些激動。「晉州許多員外們聯盟，將挖出來的金礦偷偷送去其他地方了。劉家在晉州的金礦接二連三出事，背後有人想奪走劉家的皇商之名，頂替劉家；奴才觀察過了，劉家的金礦連續出事，頂多三年，劉家就拿不出純粹光亮的金子、金飾，就會被淘汰，而劉家提煉出的金子純度不夠，是有心人故意為之。」

他撐著身子，身上的傷口不再滲血了，但話說得急，傷口一抽一抽地疼，他聲音有些喘。「是懷恩侯身邊的小廝，叫木石，懷恩侯府想吞掉劉家。」

商人地位低下，背後沒有靠山沒法子立足，熊大、熊二潛入葉家抓了葉康，準備連夜趕回京城，出城時，遇到一人鬼鬼祟祟潛入酒肆，他覺得身形熟悉，卻沒能想起此人來，讓熊二和其他人帶著葉康先回京，他留了一人下來照應。兩人追著那人的足跡，偷偷潛入酒肆，裡面燈紅酒綠，極為嘈雜，他聽不真切幾人說了什麼，後來跟著其中一人回了府邸，聽一個員外對自己小妾說他們暗中結盟，把挖來的金礦送給貴人，待事成，一家人便能加官進爵，平步青雲。

熊大察覺事情不對，扮成村戶漢子去金礦做幫工，暗中調查。那些人訓練有素、身手不凡，他不敢打草驚蛇，而且幹活時不能往外遞消息，好在他們有兩個人，只能託人寫家書送出來。由於夜以繼日地幹活，鐵打的身子也吃不消，故而隔些時日他們就要換人，他和那些村戶漢子一同領了工錢離開，沒料到那些人辦事嚴謹，暗中留意著每一個漢子的去處，兩人剛出晉州城門就遇到埋伏。

薛墨瞅了眼譚慎衍，見他皺著眉想事不敢出聲打擾他，叮囑熊大道：「知道對方的底細就好辦事。」

依照熊大形容，懷恩侯府分明有斂財、招兵買馬的嫌疑，難不成京中要生變了嗎？他轉頭望著譚慎衍，想聽聽他怎麼說。

譚慎衍對薛墨的目光毫無所察，垂眼沈吟。懷恩侯齊老侯爺任內閣閣老，深知朝堂水深，怎會不明白這種事一旦傳開，即便是捕風捉影、毫無根據，皇上也不會放過齊家，不到萬不得已的地步，齊老侯爺不會把整個侯府拖下水。

屋裡安靜得針落可聞，誰都不敢打擾譚慎衍想事，眼觀鼻，鼻觀心，緘口不言。

片刻，譚慎衍擱下杯子，發覺所有人皆低著頭，只有薛墨望著他，他朝熊大道：「你好好休息，外面的事情交給福昌他們。」

劉足金不太好對付，想吞掉劉家是不可能，藉此斂財，光明正大把手裡的金子由暗轉明才是真的。

思及此，譚慎衍站起身，闊步離開，薛墨見狀，起身亦步亦趨跟在他身後。

走出青山院，薛墨才敢問他。「熊大可靠嗎？」

事情非同小可，一著不慎，會牽連出一大票人，薛墨不得不提醒譚慎衍小心謹慎些。

「他不知背後盤根錯節，事情是真的，隔牆有耳，去書房說。」

書房燃著熏香，薛墨動了動鼻子。櫻桃花熏香一點也不好聞，真不知譚慎衍怎麼想的？回過神，聽譚慎衍吩咐福昌磨墨，薛墨狗腿地插話打斷。

「喚福昌做什麼，我來就是了，你準備給誰寫信？」

譚慎衍抬眼掃了他一眼，沈眉道：「晉州金礦生變，福州估計也有異動，韓越在福州，我讓他留意福州的金礦。」

他覺得齊老侯爺不會那麼傻，早早暴露了自己的尾巴。

「你覺得皇后此人如何？」薛墨輕輕地問。

薛怡嫁給六皇子，薛府想在奪嫡中全身而退已是不可能，與其急流勇退，不如搏一搏。他和薛慶平不想連累譚慎衍，譚家完全可以不管這事的。

譚慎衍展開信紙，拿起筆筒裡的筆，低著頭道：「若不是明妃娘娘性子軟弱，哪有她的地位？對了，六皇子怎麼樣了？」

明妃娘娘的死，除了對六皇子的打擊甚大，再者就是皇上了，不過六皇子能流露自己的情緒，皇上不能。在外人眼中，明妃娘娘是母憑子貴，皇上寵幸她的年頭已過去了，她的死對皇上來說可能會有些感慨，但絕不會讓皇上黯然神傷。

聖心莫測，皇上的心思，若不是他兩世為人，估計他都不懂。

薛墨嘆了口氣。「明妃娘娘葬在皇陵旁邊的矮山丘上，六皇子和姊姊去那邊守孝，不知情形如何了？爹的意思，是讓六皇子和姊姊安安穩穩去蜀州也好，新皇即位為了名聲不好趕盡殺絕，如今整日提心弔膽的，姊姊只是一婦道人家，怕難以承受。」

時局不穩，薛怡連孩子都不敢要。

「去了蜀州所有的事情就會迎刃而解？明妃娘娘死得不明不白，六皇子沒有找出背後的凶手，肯心甘情願去蜀州？」

譚慎衍的眉目稍顯嚴厲，薛墨立即不做聲了，只聽譚慎衍問道：「你在晉州的時候沒發現晉州金礦不對勁？」

「那會兒保命要緊，我哪會注意其他。」薛墨不愛過問朝堂的事，他做的是救死扶傷的事，朝堂爾虞我詐，如果不是關係到薛怡，他才懶得管呢！

說起薛怡，薛墨又想起一件事來。「你說當初皇上為六皇子選妃，怎麼就挑中我們薛家了呢？我爹那會兒還不是院正，不過小小的六品官，六皇子可是最受寵的皇子，門不當、戶不對的……」

譚慎衍握著筆，蘸了蘸墨，輕聲道：「聖心難測，皇上挑中薛姊姊自有他的道理，你有空琢磨那些，不如好好做點其他的，薛叔張羅著給你說親，你喜歡什麼樣的姑娘和薛叔說說，否則等薛叔把人家姑娘訂下了，有你哭的時候。」

自薛墨的娘親死後，薛慶平全部的心思都在藥圃上，說親在他看來是浪費時間的事，薛墨自己不上心，以薛慶平的眼光不知會挑個什麼樣的兒媳婦回來？

薛墨嘴角一抽。「我爹的眼光也不差吧，當初我娘不就是我爹選的？你說，為什麼非得成親，不成親照樣過得好好的？娶個媳婦凡事還得將就對方，你說我好好的，幹麼給自己找罪受？」

「過得好好的？一年四季衣衫沒人做，身邊連個噓寒問暖的人都沒有，喝醉酒回到屋裡冷冰冰的，想找人說個話，身邊都是群小廝，還得擔心傳出好龍陽的名聲……」

薛墨扶額。「你這麼說，我的境況簡直可以拿慘不忍睹形容了。」

譚慎衍朝他挑眉，意味深長道：「你真不想成親、不喜歡女人，我倒是有個好主意……」

「什麼主意？」

過往經驗告訴薛墨，譚慎衍的主意絕對不是什麼好主意，但他這人有個毛病，凡事喜歡追根究柢，尤其在譚慎衍跟前。譚慎衍懂得多，從小到大給他出了許多餿主意，也害過他許多次，美其名曰對他好，他卻半點都沒感受到。

譚慎衍從善如流道：「娶個不愛你的媳婦，兩人湊合著過日子，分房睡不就好了？」

薛墨認真思索了一番，狐疑地望著譚慎衍。「你是不是看中哪家小姑娘礙著嫂子不敢弄進府裡來，讓我給你遮掩呢？」

話沒說完，就被譚慎衍踢了一腳，力道大得桌子都晃動了下，隔著靴子，薛墨只覺得小腿火辣辣得疼，抱怨道：「我就說不能成親吧，這招肯定是跟嫂子學的，以前你可不踢人，沒想到她竟然是這樣的嫂子。」

譚慎衍一怔，臉頰有些泛紅，不過瞬間就被他掩飾過去，嚴肅警告薛墨。「這話傳到櫻娘耳朵裡，你就去福州挖金礦吧！」

薛墨訕訕，疼得齜牙咧嘴，退到一旁四方桌前，老老實實坐了下來，戒備地望著譚慎衍，不受他威脅。「你真敢讓我去福州，我就去告訴嫂子。」

譚慎衍眼神一凜，薛墨察覺到不對勁，起身要逃已經來不及了，不一會兒，屋裡就響起殺豬般的叫號，以及薛墨哀痛的聲音。

「福昌、福昌，快去青湖院請你家世子……夫人……哎喲……我錯了，我錯了還不行嗎？」

福昌和福盛當沒聽見屋裡的聲音，仰頭望著偶爾飛過的鳥雀。薛墨從小被打到大，頂多疼個十天半個月，十天半個月一過又是一條好漢。

兩刻鐘的工夫，屋裡的哀號聲才停下，繼而傳來的是男子低沈的悶哼。瞅著時機差不多了，福昌才推門進屋，接過譚慎衍封好的信封，不看薛墨一眼，不疾不徐退了下去。

趴在地上渾身酥軟的薛墨心灰意冷，指責福昌道：「都是一群見死不救的，來日我讓貴榮他們好好練練為我報仇，不信收拾不了你們……」

福昌垂著眼，好笑道：「待薛世子養好身子再說吧！」

這話簡直是在薛墨傷口上撒鹽，身子一軟，整個人趴在紅木地板上一動不動了。

寧櫻聽金桂說書房傳來男子的哭喊聲，她不由得好奇，走到門口見福昌從裡面出來，問道：「世子爺可在裡面？」

福昌躬身行禮，畢恭畢敬道：「在呢，薛世子來了，和世子爺在屋裡說話，奴才這就通報一聲。」

「不用，我聽見聲音過來瞧瞧，你忙自己的事吧，我回去了。」看福昌腳步匆匆，明顯有任務在身，她不好耽誤他。

譚慎衍和薛墨在書房，金桂說的聲音估計另有其事，她不好多加過問，正準備離開，誰知譚慎衍從屋裡走了出來。身後的薛墨髮髻凌亂、腳步踉蹌，站不穩似的，遇到了，她不好當沒看見，何況她有事情問薛墨，走近了才看清譚慎衍衣衫起了綯褶，不如薛墨的明顯，可肉眼仍清晰可見，她蹙了蹙眉，問道：「怎麼了？」

「墨之許久沒來，我陪他練練身手，妳怎麼想著過來了？」

「金桂說書房裡傳來殺豬般的叫號，我過來瞧瞧……」

兩人旁若無人地你儂我儂，看在薛墨眼中極為礙眼，可憐他這會兒渾身上下都疼著，剛剛聽見外面傳來寧櫻的聲音，慌亂地爬了起來，拉扯到身上的筋骨，更是痛不欲生，他在譚慎衍手裡吃過多少虧，可總不長記性。

等等，寧櫻說殺豬般的叫號，形容得是他嗎？

薛墨忍痛挺直身子，撣了撣衣衫上的灰塵，正欲解釋一番，誰知寧櫻不給他機會，搶在他前面開口。「小太醫，你來得正好，我有話想問你呢，現在有空嗎？」

薛墨和譚慎衍的關係沒有公開，她尋思著不知道叫什麼，想來想去還是喚小太醫了。

薛墨扯了扯嘴角。他哪敢跟寧櫻說沒空，認真地點了點頭。「不知嫂子想問什麼？」

他嫂子喚得熱絡，鬧得寧櫻臉色一紅不好意思，絞著手裡的手帕，示意薛墨進屋說話。她要問得是中毒一事，想弄清楚自己和黃氏是什麼時候中毒的？她記得上輩子黃氏發病的時間比她早，難不成中間還有些她不知道的事？

薛墨不敢亂說話，小心翼翼看著譚慎衍，見他微微點頭後才和寧櫻道：「妳和三夫人體內的毒素有些年頭了，中這種毒後脈象不會有異常，便是我起初也沒發現不對勁，若要問中毒多久我是看不出來的。」

他是大夫不是神仙，什麼時候中了毒，想來只有黃氏知道了。

寧櫻皺眉，繼續問道：「這種毒可有其他誘發因素？比如過度勞累，思慮過重，可會加重病情？」

薛墨又看了譚慎衍一眼。他和薛慶平研究這毒很久了，他知道中毒會怎麼樣，但誘發因素不好說，他斟酌道：「中毒的脈象和一般風寒差不多，既是呈現風寒的症狀，妳說的勞累、憂思，的確會損害身子。」

這樣就說得清楚為何黃氏會比她先死了。黃氏先是為寧靜芸的親事愁眉不展，想方設法為寧靜芸退了親，之後又給寧靜芸挑了一門中意的親事，忙下來身子已十分不好了，更別論還有三房的一眾妾室，黃氏哪有空閒的日子？

寧櫻不說話，書房頓時一片寂靜，薛墨不知寧櫻想起了什麼，安慰道：「妳別想多了，妳和三夫人體內的毒素已清除乾淨，不會有後遺症的。」

譚慎衍明白寧櫻的想法，她應該是想起那些不開心的事情了，朝薛墨道：「你回去吧，薛叔為你挑的幾戶人家你好好看看，真不想成親，就依照我說的做。不孝有三，無後為大，你是薛府唯一的少爺，要延續香火……」

薛墨心裡暗暗誹謗。譚慎衍這番話比薛慶平還老氣橫秋，回想譚慎衍念叨的那些，比老媽子還囉嗦，不由得道：「知道了，你才多大的年紀啊，絮絮叨叨，比我奶娘都嘴碎，我瞧你心思也別太多了，老得快……」

語聲一落，看譚慎衍動了動腿，嚇得他跑了出去，這一刻，是腿不疼、腰不痠，渾身都舒坦了。

寧櫻不想薛墨這麼大的反應，掩面失笑，聽譚慎衍道：「成，我不和你說了，是人都逃不過成家立業，我和薛叔商量就是。」

薛墨心裡叫苦，從窗戶邊探進腦袋，撇嘴道：「嫂子，妳可得勸勸他，他想早日成家立業，不能把心思強加到我頭上吧？我真想過我安安穩穩、無拘無束的日子。」

話未說完，迎面拋來個茶杯，薛墨眼疾手快接了下來，扔給站在走廊上的福盛，嘀咕道：「先是踢人，如今又亂扔東西，不知哪兒學來的毛病？罷了、罷了，我還有事，先走了。」

薛墨聲音小，寧櫻斷斷續續聽清楚幾個字，耳根通紅，斜睨了譚慎衍一眼，小聲道：「我不愛亂扔東西。」

薛墨走出去幾步，想起什麼又退了回來，剛好聽見寧櫻的話，來了興致，煽風點火道：「那嫂子可得看緊了，都說相處久了兩人互相影響，別讓他背著妳在外面養了人妳都不知道。」

在譚慎衍又扔來一個杯子前，他快速蹲下身躲開了。依照譚慎衍的脾性，這回扔杯子肯定是面上不顯山露水，實則咬牙切齒，他若接下來，手泛紅是避免不了的，他可不是傻子，接不住索性不接，譚慎衍又不是沒了個杯子就活不下去。

奇怪的是，並沒有東西飛出來，薛墨不由得心裡困惑，雙手攀著窗櫺，慢慢抬起頭，就看譚慎衍似笑非笑地望著自己，笑容陰森恐怖，他起了一身雞皮疙瘩。「你笑什麼？」

「沒什麼，你忙自己的事情吧，注意身體，別累著了。」

這下，薛墨更認定譚慎衍不懷好意了，心裡犯怵，左思右想也沒想明白怎麼回事，等到走出國公府大門了，他還忍不住回眸瞅了眼皇上欽賜的牌匾，搖搖頭，只當是自己想多了。

誰知，半個月後，他握著一疊信紙怒氣衝衝跑進國公府找譚慎衍，門房卻說譚慎衍出門了，氣得他想將一疊紙丟在門房臉上，揪著門房小廝的領子，怒氣衝衝道：「世子爺是真不在，還是你們騙我的？」

小廝誠惶誠恐，一臉驚嚇不已的模樣。「世子爺出門了，好像、好像是刑部出事了，真不在。」

「好像？」薛墨眉頭一皺，重重將人摔了出去。

看來只得去刑部了。可是看到刑部門外的陣仗，他立即蔫了，悻悻然往回走。刑部門外裡裡外外圍了兩層士兵，人人嚴陣以待，面露肅殺之氣，他不敢久留，怕給譚慎衍帶來麻煩。

身旁的貴榮不懂看人臉色，問薛墨道：「譚世子的事情，世子夫人一定清楚，主子要不要找世子夫人問問？」

薛墨沒有好氣。「他醋勁多大又不是沒見過，真知道我背著他偷偷找他媳婦，爺我真的要去福州挖金礦了。」

貴榮訕訕，很想勸一句，既然明知惹不起怎麼不躲遠一點，自己湊上去，譚世子不弄他弄誰？當然，這些話貴榮只敢在心裡嘀咕，說出來，少不得得挨頓揍，他才沒那麼傻呢！

福昌裝裱的畫拿回來了，寧櫻讓金桂她們掛在西屋，自己在旁邊指揮。譚慎衍的畫作大氣非凡，一掛上去，整個屋子都亮了不少。

外面的人說薛墨來過，得知譚慎衍不在又怒氣衝衝走了，寧櫻心生疑惑，問通報的丫鬟道：「小太醫可說了什麼事情？」

明妃娘娘病逝，六皇子和六皇妃忙著修葺明妃娘娘的陵墓，朝堂上下對六皇子還留在京城心生不滿，今日六皇子回京，朝堂又有一番爭辯，譚慎衍手裡頭事情多著，一大早就出門了。

丫鬟屈膝，搖頭道：「不曾，門房的人說薛世子氣得不輕，還動手打人了。」

薛墨在外人面前透著清冷，不易和人親近，行事作風和譚慎衍有點像，接觸多了才知，薛墨實則和譚慎衍截然不同，薛墨溫潤有禮，譚慎衍卻依然是那個倨傲清冷的性子。

「我知道了，妳下去吧！」

薛墨沒來找她，想來事情不是很嚴重，等傍晚譚慎衍回來問問就知道了。

第五十七章

朝堂依舊不太平，刀光劍影，波濤洶湧。

盛夏時節，莊子送來許多水果，寧櫻清點了幾箱葡萄，準備給寧府送去。

「昨天六皇子回京，出了點事，接下來京城恐不太平，妳回寧府的話讓羅定跟著。」譚慎衍跟著坐起身，掀起芍藥花淺藍色的簾帳，一邊穿鞋一邊解釋道：「之前在刑部殺葉康的疑犯是六皇子的人，六皇子毒害朝廷命官家眷，事情沒有水落石出前，六皇子不能離開京城。」

這是他和皇上商量的結果。皇上有意立六皇子為太子的事情早就被幕後之人察覺到，否則後宮嬪妃眾多，對方為何只毒害明妃娘娘？既然有人清楚皇上的心思，再瞞是瞞不住了，眼下就是儘量爭取時間，先拖延上一陣子，等三皇子的事情明朗，再想應對之策。三皇子胸無野心，甚少過問朝廷之事，是出了名的好脾氣，懷恩侯府真和晉州有所牽扯的話，估計是皇后娘娘一廂情願。

還有就是上輩子，三皇子怎麼忽然又起了心思奪嫡？種種疑惑，亟待他解開。

寧櫻的臉色略顯凝重。譚慎衍想出這種法子，能把六皇子留在京城不假，然而卻不利於六皇子的名聲，尤其敵在暗，讓人防不勝防。

「如果對方有意置六皇子於死地，將計就計怎麼辦？」

如今他們和六皇子是一條線上的螞蚱，她只想六皇子繼承皇位。

「就怕他們沒有動作，只要他們行動，勢必會露出馬腳的，我心裡有數。」譚慎衍親了親寧櫻額頭，鬍渣戳得寧櫻額頭有點癢、有點疼，她往後縮了縮，笑了起來，說起薛墨找他的事。

「他來感激我的吧！」譚慎衍漫不經心地回。

寧櫻想起丫鬟說薛墨臉色不太好，不由得揶揄道：「你別自作多情。小太醫怒氣衝衝，還動手打人，你可見過他以怨報德的時候？你得罪他還差不多。」

譚慎衍拿著衣衫去後罩房，聲音隔著門傳來。「他氣什麼？等著吧，再過幾年，他恨不得給我磕頭道謝呢！」

寧櫻伸展手臂，好奇薛墨今日來所為何事。「他謝你做什麼？」

「待會兒與妳細說。」

譚慎衍為薛墨張羅親事，託人畫了許多閨閣小姐的畫像送到薛府，還拿薛太醫壓他，逼著薛墨出門相看，氣得薛墨七竅生煙也不為過。

「把他逼急了，小心他一生氣報復你。」寧櫻好笑道。

譚慎衍篤定地挑了挑眉。「他不敢。」

道高一尺，魔高一丈，薛墨哪是他的對手？

夫妻倆說著話，從十一的百日宴說到譚慎衍和王娘子送的畫。王娘子送來的是前朝著名畫師鄭儒的青竹圖，竹子自古以來就備受騷人墨客推崇，前朝尤甚，鄭儒以畫竹出名，他筆下的竹子栩栩如生，且帶著朝氣蓬勃的力量，王娘子送來的青竹圖看上去一模一樣，寧櫻明白，其中一幅一定是贗品，她從兩幅圖的整體構思到細節表現手法比較一輪，卻沒有絲毫出入，哪怕是竹葉隨風搖曳的方向弧度看上去都沒有差別。

「其實，再小的差別都掩蓋不過一個人作畫的感受，有機會時我與妳細說。」譚慎衍看她苦惱，承諾道。

寧櫻滿心歡喜地應下。然而幾日後六皇子謀殺朝廷命官家眷的事便傳得沸沸揚揚，皇上命刑部徹查此事，譚慎衍忙得抽不開身，哪有空指點她？

寧櫻想了很多，朝堂局勢複雜，她幫不上忙，唯一能做的就是約束好後宅，以免有心人乘機安排細作入府作亂，此舉本是提防外面的人乘虛而入，結果竟真的讓她揪出了一名包藏禍心的細作，且在府裡隱藏多年，毫無聲息，誰都沒有懷疑。

她讓聞嬤嬤梳理好各管事之間的關係，將各處管事調換職務。知人善用，水至清則無魚，下人之間的私人恩怨在所難免，她要做的是防止有人利用下人的私怨收買他們。

聞嬤嬤和寧櫻說過後宅下人們錯綜複雜的關係，寧櫻梳理各院子的人數、職位時多留了個心眼，發現在二門管採買的陶訊媳婦，和管廚房的陶通媳婦不對盤，兩人積怨已深。寧櫻將她們的職務對調後，陶訊媳婦抱怨陶通媳婦平日好吃懶做，廚房裡坐著一堆嗑瓜子聊天不幹活的小管事；陶通媳婦則抱怨陶訊媳婦管束不周，丫鬟隔三差五夜裡出門，跟府裡的主子似的。

這點勾起了寧櫻的興致，她讓金桂暗中打聽夜裡出門的都有誰？陶通媳婦巴不得陶訊媳婦被上面訓斥，一五一十說了。

金桂聽著名字覺得奇怪，常在夜裡出門的是在廚房當值的嫣紅，陶通媳婦早先在廚房當值，沒理由不認識嫣紅，她隱隱覺得事情不對，細查才知嫣紅是青竹院的人，平日喜歡去廚房和大家閒聊，陶通媳婦身為管事嬤嬤，對串門子、嚼舌根的事極為反感，嫣紅不敢挑陶通媳婦在的時候出去。

嫣紅常常三更半夜出門，不只二門沒有記錄，連外院的側門都沒有婆子說起過，不同尋常。

寧櫻讓金桂別打草驚蛇，和譚慎衍說了此事，譚慎衍派人一查，才知嫣紅是青霞院的人，是白鷺指派給譚媛媛的丫鬟。

譚慎衍讓福昌去問嫣紅，嫣紅害怕福昌，福昌一問她就老老實實說了，白鷺讓她送吃食去臨天街後的一間宅院給一些小孩。嫣紅說裡面住著白鷺的親戚，因白鷺服侍胡氏脫不開身，她空閒時替白鷺跑個腿，門房那邊白鷺打過招呼，不會阻攔她，一來二去，和門房混熟了，門房的人更不會說什麼。

譚慎衍依照嫣紅描述的位置，去那所宅子時，已經是人去樓空，一個人影都沒有，更別說孩子了。

譚慎衍查到白鷺頭上，當機立斷去青竹院抓人，毫不給胡氏面子，殺雞儆猴，一時之間，風聲鶴唳，所有人都心驚膽戰。

接下來，院子裡的下人若是手腳不乾淨、來路不明、心懷不軌的人全被寧櫻清理出去，這個夏天，譚慎衍在外忙，她也沒閒著，整個國公府烏煙瘴氣，下人們惶惶不安，提心弔膽，但是總算一切都過去了。

寧櫻從祠堂出來，瞧見樹梢上一片葉子搖搖欲墜，隨風左右搖曳著，她才驚覺，秋天到了。

老國公死了都快一年了。

回到青湖院，譚慎衍已經從外面回來。六皇子待在蜀王府，事情沒有真相大白前，六皇子和六皇妃哪兒也去不了。

譚慎衍靠在書桌前的椅子上，翻閱著桌上的一疊帳冊，是前些年胡氏昧下的銀兩，數額巨大，胡氏聰明，找了個厲害的帳房先生做假帳，他請來的帳房先生赫赫有名，花了很長時間才把胡氏貪的銀兩核算清楚；陳帳房說胡氏管家後，前前後後換了五個帳房，做帳跟寫字繪畫差不多，有自己的習慣，假帳滴水不漏，他費了些工夫才查清楚。

寧櫻見譚慎衍在，揚手揮退了丫鬟，走到桌前，好奇道：「帳房先生送來的？金桂說母親替二弟還帳，身上的銀兩估計沒有多少了，她貪了錢，我們也拿她沒辦法，何況這種事在後宅屢見不鮮。」

譚慎衍抬了抬眉，幽暗的眼底閃過笑意，他指了指身邊的椅子，示意寧櫻坐下。「她貪的銀兩要拿回來是不太可能，我奇怪的是她把銀子花去哪兒了？白鷺可不是簡單的人，這幾日吃了些苦頭，但嘴巴緊得很，什麼都不肯說。」

但白鷺不說，他也查得出來，那間宅子是掛在懷恩侯府名下的，跑得了和尚跑不了廟。

寧櫻挨著他坐下，掃了眼帳冊，說起老國公的周年祭日來。

「祖父的周年是低調些還是準備大辦？大辦的話，得吩咐管家著手準備帖子了，低調些的話，就只請幾家走得近的。」

她不太想和京城權貴打交道。那些夫人、小姐自恃身分，眼高於頂，面上滿嘴規矩禮數、溫和有禮，背過身，都暗暗看她的笑話，嘲笑她登不上檯面，寧櫻不太喜歡虛與委蛇。

「這件事我們說了不算，看皇上的意思吧。帖子的事交給福昌去辦，京城圈子什麼情形妳心裡清楚，喜歡就說幾句，不喜歡就算了，不用勉強自己。」譚慎衍放下帳冊，拉起寧櫻的手，揉了揉她眉心，和寧櫻說起外面的事。

福州金礦出了事，有人暗中斂財，是懷恩侯在暗中運作，齊老侯爺身為內閣閣老，公然插手金礦的事，已經有人著手去查了。

寧櫻不知還有這事。「齊家也要倒了嗎？」

「暫時不會。」譚慎衍不能像對付韓家那樣對付齊家，而且，裡面有沒有蹊蹺還未可知。

譚慎衍搓著她的手，她的手極為柔軟，和毛絨毯子似的，他捏了捏。「這事我問岳父，妳猜他怎麼說？」

寧櫻皺眉。寧伯瑾目光短淺，能看出什麼？

譚慎衍看她的表情就知道她瞧不起寧伯瑾，笑道：「岳父從北塞回來後，對朝堂上的事頗有見地，能考上舉人，哪會沒有幾分本事，只是以前不顯罷了。」

寧伯瑾對不起寧櫻和黃氏，然而時過境遷，寧伯瑾改了，他覺得應該給寧伯瑾一個改過自新的機會。

這樣子，十一才會活得輕鬆些，寧櫻也不會抱著過去耿耿於懷。

寧櫻心裡知道寧伯瑾變了，但每次提起他，腦中總免不了蹦出遊手好閒、不務正業的詞。

「父親怎麼說？」

「按兵不動。」

齊家的事還沒宣揚開，寧伯瑾能看清局勢，之後起復更容易，他和寧伯瑾聊朝堂之事，便是不想寧伯瑾忘記為官的那種感覺。

夫妻倆說了一會兒話，譚慎衍手又不規矩起來。寧櫻在這方面素來勢弱，掙扎沒多久只得由著他去了，且成親這些日子，她也琢磨出些門道，知道怎麼讓自己舒服。

而兩人口中的寧伯瑾，此時正抱著十一，和同樣升為人父的寧成昭聊天。

十一如今五個月大了，白白淨淨甚是討人喜歡，寧伯瑾雖縱容他，卻不是沒有底線，寧伯瑾對十一寄予厚望，生怕他性子養歪了。

十一瞧著茶几上的杯子顏色亮麗，伸手要抓，被寧伯瑾按住了，他先是小聲解釋。「是茶杯，喝茶用的，容易打碎，讓奶娘換個其他的。」

十一不聽，不肯要奶娘遞過來的波浪鼓，就是瞧上那個杯子。寧伯瑾抱起他，手在他小手上拍了兩下，語氣沈重下來。「不聽話挨手板子。」

不知十一是聽懂了還是其他，竟然立即規矩下來。

寧成昭抱著平安，勸寧伯瑾別太嚴厲了，杯子是劉足金送來的，有兩套。「十一弟喜歡，待會兒我讓金順送一套去梧桐院。老國公一周年祭日，我們可要去？」

武國公府地位顯赫，他們仍在孝期，去的話不太好。

寧伯瑾拿過奶娘手裡的鈴鐺，輕輕晃著，和寧成昭道：「我明日給櫻娘去信，老國公的祭日我們就不去了，你和你媳婦代表寧府去。你也知道府裡的事情，你大伯整日外出應酬，想立即出仕做官，櫻娘在國公府不容易，咱幫不上忙，別給她添亂。」

寧成昭會意。寧伯庸有心起復，想學譚慎衍在丁憂期間謀一個官職，到處奔走，沒奈何戶部陸放是柳府親家，壓著他一頭，寧伯庸謀劃的事情很難成。

「大伯素來是最內斂穩重的，這兩年越發沈不住氣了。」寧成昭無意說寧伯庸壞話，只是寧伯庸做的事傳出去丟臉。

譚慎衍守孝能任職，是皇上點了頭的，御史臺彈劾譚慎衍的摺子數不勝數，皇上照樣重用譚慎衍，還訓斥御史臺的人，袒護之心溢於言表；其實皇上不只袒護譚慎衍，前兩年譚富堂出事，皇上不也沒下令抄家，只沒收了譚富堂貪污的銀兩，把京郊大營的兵權給了譚慎衍？放眼整個朝堂，就寧成昭所知，皇上還沒偏袒過誰，除了譚家。

「三叔，皇上和譚家是不是還有什麼不知道的淵源？」

老國公戰功顯赫，為朝廷平定四方不假，但京城裡武將多，細數那些公爵侯府，手裡的爵位誰不是靠著命拚出來的？可皇上對譚家的態度，太不一樣了。

好在老國公心思清明，不然，皇上縱容的態度就是養虎自齧。

寧伯瑾皺了皺眉，其中細節他也不知，只知道沒有老國公，就沒有今日的皇上。

「我也不知。」

寧成昭想了想，除了老國公，沒準兒就是譚慎衍年輕有為，入了皇上的眼，至於其他，寧成昭想不明白，便和寧伯瑾說起另一件事。「朝堂立儲的摺子越來越多，三皇子人心所向，不知皇上還有何打算？我年輕，其中的門道懂得不多，我瞧著，皇上還有其他心思。」

寧伯瑾左右瞅了兩眼，沒有多說，六皇子來過寧府，和譚慎衍關係不錯，沒料到差點被譚慎衍送入監牢。譚慎衍辦事無跡可尋，其心思深不可測，事情沒那麼簡單。

「你別想多了，我們手裡沒事，發生什麼也波及不到我們。」

老國公的周年祭日只有寧成昭和劉菲菲去了，幾個皇子也在場，祭日宴辦得盛大，京城有頭有臉的人物也都去了，寧伯瑾好奇宴會上的事，抱著十一去找寧成昭聊天。整個寧府，和他意氣相投的只有寧成昭，寧伯庸利慾薰心，寧伯信固執死板，至於寧成德他們，沒有入朝為官，空有一腔熱血和抱負，不懂為官之道；寧成昭能屈能伸，對許多事見解獨到，閒來無事，聊聊育兒經，談論朝堂大事，日子不知多痛快。

沒承想，不到半月，寧府就出事了。

寧伯瑾剛走出梧桐院的垂花門，外面便傳來嘈雜聲，伴著呼天搶地的呼喊，將他懷裡的十一嚇得面色一怔，隨即放聲哭了起來，寧伯瑾將孩子交給身旁的奶娘，面色深沈。「妳抱著十一回去，不管發生什麼都別出來，攔著夫人，也不准夫人出來。」

奶娘不敢耽誤，抱過十一就退了回去，十一的哭聲越發大了。寧伯瑾理了理胸前的衣襟，眉頭緊皺，疾步尋著聲音源頭走去。

穿過穿堂，就瞧見一幫身穿紫色長袍的官兵湧了上來，他面不改色，質問為首之人道：「不知羅大人來我府上所為何事？所謂先禮後兵，羅大人的做派未免太過了。」丫鬟、婆子被官兵推開，坐地哀號不已，哪怕是抄家，罪名還沒有定，哪有欺負人的道理？

羅淮安是五城兵馬司指揮使，負責京城治安，何時能光明正大帶人進府了？而且看對方行進的方向，明顯是衝著他來的，寧伯瑾面不改色。

「副指揮去請寧老爺了，有人狀告寧老爺在任職其間除了貪污銀兩還有謀財害命，寧郎中結黨營私，你身為禮部侍郎也參與其中，多有得罪還請見諒。」說完，命人上前緝拿寧伯瑾。

不遠處，傳來女子震天的哭喊，寧伯瑾蹙了蹙眉，不動聲色避開了來人的手，沈聲道：「我自認行得直、坐得正，無愧於皇上，用不著你們押，我自己走。」

到了二門，見寧國忠和寧伯庸被人押著，寧伯信也沒能倖免。

柳氏眼眶泛紅地跟著，秦氏則雙手扠腰，尖著嗓門和人商量。「我家裡有錢，我兒媳娘家是皇商，最不缺的就是銀子，不是說官官相護嗎？你們要多少銀子，我都有。」

寧伯瑾眉頭緊鎖。五城兵馬司的人都驚動了，此事非同一般，秦氏的話不是擺明賄賂官員嗎？傳到上面，少不得給他們抹黑。

「二嫂，妳說什麼呢，劉家是皇商，金山、銀山也和寧家沒關係，妳別頭昏亂說。」

寧國忠老態龍鍾，貪污之事對他的打擊大，反應大不如前，聽見寧伯瑾的話，他才回過神，呵斥秦氏道：「妳胡言亂語什麼！還不趕緊回屋做自己的事？」

官商勾結的罪名壓下來，不只寧府，劉家也難辭其咎。

羅淮安眉目揚笑，不肯放過他們。「二夫人說的皇商可是劉家？劉家在晉州有金礦，手裡銀錢堆積如山……」

「二嫂，我寧府和劉家清清白白，妳若亂說，別怪我寧府廟小，容不下妳了。」寧伯瑾知道皇上最厭惡什麼。官商勾結易損朝廷根基，皇上是萬萬容不下的。

私底下往來是一回事，被人擱到檯面上說，就是抄家砍頭的大罪。

追上來的寧成昭聽見寧伯瑾的話，忙拉了秦氏回去。這件事來得突然，他正逗弄平安，聽到風聲便派人給寧櫻去信了。老夫人死後，他們安安分分守孝，此事分明是有人故意陷害寧府，欲加之罪，何患無辭，後面不知會如何呢！

秦氏本來心裡不太服氣，但看幾人皆義正詞嚴地望著自己，秦氏心知自己說錯了話，訕訕低下了頭。

羅淮安有要事在身，沒和秦氏耍嘴皮子，帶著人走了，一行人來得快、去得也快，院子裡的丫鬟、婆子腿軟地蹲坐在地上，淚流滿面。

秦氏見他們出了門，整個身子一晃，差點摔了下去，好在寧成昭扶著她。

「老大、老大，你爹他們是怎麼了？」

寧成昭也不知發生了何事，看向旁邊神思恍惚的柳氏，心下一沈。這些日子，他們沒出門，寧伯庸卻沒閒著，當即，他問道：「大伯母，大伯父這些日子在忙什麼？」

寧伯庸野心勃勃，寧伯瑾剛入禮部那會兒，寧伯庸心態還算正常，等他自己去了戶部，行事作風就越發不太一樣，急功近利，自私許多，他理解寧伯庸的心情。在寧府，寧國忠對他寄予厚望，把他當成寧府的頂梁柱教導，結果被不務正業的寧伯瑾搶了先，他再不奮起直追，待寧伯瑾坐穩了，他們都該避讓，沒準兒還會外放。

朝廷不允許一府獨大，寧伯瑾升上去了，寧府的其他人勢必要避開的，哪怕是他，想要在朝堂嶄露頭角，也要等寧伯瑾辭官後。

這是朝廷的規矩。

柳氏看了寧成昭一眼，身子微微哆嗦著，強穩住心神，不明所以道：「你大伯父能忙什麼？外面幾個好友約他出門聊聊天罷了。成昭，你是府裡的長孫，眼下的事情只有靠你了，你快去和譚世子說一聲，他不是刑部尚書嗎？讓他把你大伯父他們放出來。」

柳氏目光閃爍，聲音打顫，寧成昭直覺有事，扶著秦氏，沒回柳氏的話。「娘，您先回屋歇著，我去梧桐院瞧瞧三嬸，三嬸只怕剛聽到消息，還不知發生何事呢！」

黃氏的確不知發生了何事，只見奶娘慌慌張張抱著十一回來，十一大哭不止，忍不住訓斥奶娘兩句。

奶娘將十一交給黃氏，說了外面發生的事，冷汗淋漓。「三爺說您抱著十一少爺千萬別出去，聽聲音，像是官兵上門了。」

黃氏皺眉。「官兵來做什麼？」

外面，秋水打聽消息回來，得知寧伯瑾他們被抓走了，黃氏才鄭重起來，問道：「來人是哪兒的人，京兆尹府還是刑部的？」

譚慎衍為刑部尚書，若他下令抓人，勢必得到上面命令，一定是寧伯瑾他們犯了什麼罪。

「都不是，聽說是五城兵馬司的人。夫人，要不要給六小姐去信？」

黃氏細細回想了下近日寧伯瑾的動作。寧伯瑾瞻前顧後，為人謹慎，不敢做大逆不道的事，外面的人送的字畫他都挑揀著收下，就怕價值連城，他收下反而壞事。

「給櫻娘說說吧，讓她打探下消息，別慌神。」

即使寧府真的遭了難，她也不想連累寧櫻。

秋水領命稱是，退出去，遇到寧成昭在外面說有事見黃氏，秋水回頭通報了一聲，這才往外面去了。

寧國忠貪污之事，因有人在上面為其周旋，皇上才沒定罪，如今鬧出死人的事，受過寧國忠好處的勛貴也不敢多言，何況在他們看來，寧國忠任光祿寺卿時，他們得的好處已在上回償還清了，如今再牽扯進去，不知會怎樣，明哲保身才是正經。

寧櫻空閒下來，挑了兩個花樣，準備為譚慎衍做鞋。

金桂挑開簾子，面露慌張，但看譚慎衍也在，眉頭皺了起來，緩了緩步子，走向寧櫻，小聲說了寧伯瑾他們被抓之事。寧櫻一驚訝，手裡的針穿過繡花，刺入手指頭，很快，白皙的指頭上冒出小血滴。

譚慎衍的臉色立即難看起來。「往後有什麼事情，等夫人停下來再說。」

金桂見狀，找手帕給寧櫻擦手，認錯道：「是奴婢思慮不周，還請小姐原諒。」

譚慎衍快一步捧起寧櫻的手，含在嘴裡吸吮了一下，眉目凝重，沒有一絲旖旎之色，弄得寧櫻一時忘記該說什麼。譚慎衍放下寧櫻的手，替她收起手裡的針線籃子，睨著金桂道：「往後別再讓我聽見『小姐』兩字，國公府沒有小姐，只有世子夫人。」

寧櫻嫁給他快一年了，身邊的奶娘、丫鬟仍稱呼她為小姐，他不滿多時，礙著寧櫻沒吭聲，此刻聽到金桂的話，不滿更甚。

金桂惴惴不安，點了點頭，慢慢退了出去。傳話的人有兩撥，一個是寧成昭派來的，一個是黃氏身邊的人熊伯。

「我沒事，你嚇金桂做什麼？你不是說稱呼不重要嗎？怎麼又開始計較起來了？」寧櫻拿手帕擦了擦手指，垂下手，以免譚慎衍看見自己流血又不痛快，她看著譚慎衍。「父親他們犯了何事？」

「我整日在府裡，如何知曉寧府的事？刑部沒有收到消息，想來皇上是派其他人做的。妳坐著，我出門瞧瞧。」

寧府也就寧國忠那點事，能掀起多大的風浪來？

他叫福昌去打探，自己則去了刑部。白鷺被他關押在其他地方，譚慎衍命人將她押出來，裝模作樣地拷問一番，又讓人押回牢房，翻閱了下卷宗。白鷺家世清白，沒有可疑之處，嫣紅是譚媛媛院子裡的人，譚媛媛不喜歡嫣紅伺候，甚少過問她的事。

等人的時候，譚慎衍瞅了眼天色，樹梢的蟬鳴聲透過院牆傳了進來，監牢裡的人都聽到了，心裡不由得納悶，還沒反應過來，就見譚慎衍合上卷宗走了出去。

幾人面面相覷，暗道：莫不是外面的蟬鳴打斷了譚慎衍思路，譚慎衍質問衙門裡的人去了？

譚慎衍喜歡在監牢翻閱卷宗就是喜歡這裡的清靜，他處理公務時，監牢裡的獄犯安安靜靜地睡覺，不敢露出丁點兒響動，否則，擾了譚慎衍辦公，吃苦的就是他們。

走出監牢，譚慎衍放慢了腳步，守門的獄卒躬身作揖，院子裡是灑掃的衙差，譚慎衍瞅了一眼，不疾不徐朝前面衙門走，轉過拐角，拿著掃帚的衙差忽然低著頭走了過來。譚慎衍停下來理了理袖子，忽然，一片樹葉滑落，恰巧落入他手上，他漫不經心握住，繼續朝前面走。

福榮駕著馬車候在門口，他比譚慎衍先聽到那聲蟬鳴，心知出了事，先駕著馬車出來，果不其然，很快譚慎衍就出來了。福榮躬身行禮，說了寧府的事，傳信的人只說寧伯瑾他們被抓走，具體緣由不清楚。

「是齊老侯爺的意思，讓羅指揮帶人上門抓人，福昌那邊還沒有消息回來。」

譚慎衍點頭，坐上馬車，攤開手上的樹葉，上面只有兩句話。「三皇子被軟禁，皇后寢宮有變。」

遞信的人身形瘦弱，身上穿的是衙差服飾，露出的一小截衣衫是宮裡的料子。宮裡階級分明，太監有自己的服飾，那人的衣料不是上等的料子，即使在宮裡，等級也不高，應該是有人讓他代為傳話。

譚慎衍撕碎樹葉，思索起皇后娘娘來。明妃在六皇子後還懷過一個孩子，被皇后身邊的人撞倒小產流掉了，因此明妃損了身子，一輩子都懷不上，那會兒皇上有意廢后，被明妃娘娘攔住了。三皇子不沾朝堂之事，無心皇位，多年來隨心散漫，老國公在的時候，他和老國公討論過，三皇子約莫清楚皇后娘娘做的事，心存愧疚，早早將自己從奪嫡之爭上摘清去。

六皇子小時候受到的算計也是數不勝數，明妃明白是皇上太過寵愛他們母子的緣故，為了六皇子，她漸漸疏遠皇上，皇上知道明妃的用意後，開始在後宮雨露均霑，轉移眾人的視線；但是明妃娘娘不怎麼受寵了，卻還是沒逃過毒爪。

皇上曾對他說過，皇后娘娘若是個識時務的人，往後六皇子繼位，會賞她一丈白綾了事，不牽扯三皇子和懷恩侯府；若皇后娘娘生出其他心思，三皇子乃至懷恩侯府，他都不會放過。

三皇子被軟禁，不可能是皇上的意思，那就是皇后娘娘了，皇后娘娘想造反不成？

思及此，他叮囑福榮。「進宮。」

金鑾殿上，內閣閣老、五部尚書、五部侍郎以及大理寺少卿皆在。寧國忠在任職光祿寺卿時害死了人；寧伯庸賄賂大臣，買賣官職，結黨營私，其罪當誅；至於寧伯信和寧伯瑾，兩人同樣是朝中大臣，哪怕丁憂在家，寧伯庸做的事他們也有分，兄弟手足，三人合謀。

譚慎衍到的時候，戶部陸放正在列舉寧伯庸的罪名。

譚慎衍眉目淡淡，上前給皇上行禮。「微臣參見皇上。」

陸放看見他，目光閃爍了下，隨即挺直了脊背，狀似嘲笑了聲。「譚尚書來得可真快，是替你岳父洗刷罪名呢，還是擔心東窗事發匆匆趕來先發制人？」

寧府幾人，官職最高的不過正三品官員，寧伯瑾的官職如何得來，朝野上下沒有不知道的，說起來，還是禮部尚書在皇上跟前求來的，禮部尚書和寧伯瑾無緣無故，怎麼會願意幫他在皇上跟前美言幾句，分明是收了譚慎衍好處。

總而言之，幾人認定譚慎衍才是寧府背後的人，寧伯庸他們不過是傀儡罷了。

譚慎衍斜著眼，掃了眼陸放，眼神冷淡，一眼後便挪開了視線，朝皇上道：「不知微臣岳父所犯何事？」

陸放被忽略，氣得面紅耳赤。「皇上您瞧瞧他，心浮氣躁，坐上尚書的位置就以為自己能隻手遮天，金鑾殿上，連您都不放在眼裡。」

「陸愛卿言重了，慎衍這孩子也是關心他岳父，重情重義，何有不把朕放在眼裡一說？」皇上將手裡的摺子拿給身旁宮人。

宮人遞給譚慎衍，譚慎衍認真翻閱起來。

陸放不由得得意起來。原本他是想結交譚慎衍，誰知譚慎衍愛理不理的，他和柳府結親，凡事自然向著柳府。

「關於寧老爺的事，微臣不予置評，只是事情原已過去如今又被人重新翻出來，當時接手此事的除了大理寺，中間先後還有清寧侯、懷恩侯、順親王出來為寧老爺說情，皇上才留住其一條命，如今再翻出來……微臣只聽說過含冤翻案的，沒聽說過定罪兩年後覺得罪名輕了又重新定罪的。國有國法，家有家規，若往後朝野風氣都這樣，刑部和大理寺也沒用處了，只需要稟報內閣，叫上五部尚書和侍郎，逼著皇上重新定罪即可……」譚慎衍語帶嘲諷，嘴角掛著譏笑，鬧得陸放面上更是紅白相接。

「放肆！身為刑部尚書本該以身作則，怎可在皇上跟前冷嘲熱諷？我瞧譚家是越發沒規矩了。」說話的人是內閣首輔紹興，為人剛正不阿、鐵面無私，性子直來直去，年輕那會兒頗有幾分名聲，現在嘛，被人心迷了眼，好心辦了幾件壞事。

譚慎衍低著頭，嘴角笑意不減。「紹閣老在金鑾殿咆哮，這規矩，委實令下官佩服。」

「你——」

「寧愛卿的事情朕已定罪，你們是要抗旨嗎？」皇上瞪著紹興，語氣低沈。

譚慎衍說得沒錯，今日的事他是被逼無奈，內閣和五部大臣都來了，狀告寧伯庸結黨營私，又將寧國忠早先的事翻出來，他想不計較都不行，他是說一不二的帝王，他下的決定，由不得人忤逆。

至於寧伯庸，皇上擺手道：「是非黑白，交給三司會審，沒事的話，眾愛卿先退下，譚愛卿留下。」

這心思，偏袒到骨子裡了吧！

大殿上恢復寧靜，皇上掃了眼下首的譚慎衍，心平氣和地端起桌案上的茶杯，輕輕抿了一口，揮退了兩旁的宮人，低聲道：「背後的事還沒頭緒？朕瞧著皇后娘娘不是安分的，她主持後宮多年，心腸歹毒，你莫讓朕對你失望。」

譚慎衍垂目，俊逸的面龐盡是清冷，沈著冷靜道：「微臣定不負皇上厚愛。三皇子德才兼備、光明磊落，這些年低調做人，微臣不想傷及無辜。」

三皇子儒雅，早年大皇子、二皇子、四皇子開始插手朝堂之事，且在親事上選擇聯姻，三皇子娶的卻是四品官員的女兒，比起其他幾位皇子，三皇子內斂低調得多，自古牽扯進奪嫡紛爭中免不了血流成河，譚慎衍不想三皇子白白沒了命。

皇上皺了下眉頭，擱下茶杯，別有深意道：「你祖父雄材偉略、英明果斷，遇事可不會像你這般畏畏縮縮。皇后的事你派人盯著，可要朕撥人給你？」

京郊大營的將士沒有聖旨不得入京，譚慎衍人手不夠，怕會影響他的謀劃。

「刑部已著手查懷恩侯府了，至於皇宮，還得靠皇上多加留意。」譚慎衍低著頭，低垂的眉目掩飾住他眼底的情緒。

以皇上的角度看過去，譚慎衍低頭屈膝，忠厚老實，心下滿意不少，他沈吟片刻，嗯了一聲。「對了，寧伯庸的事是怎麼回事？朕瞧著他們進宮像約好了似的，你要知道，敵人多了，總有防不勝防的時候。」

皇上說這番話，意在提醒譚慎衍小心些，別落下什麼把柄。

譚慎衍不動聲色，緩緩道：「寧伯庸的事有三司會審，微臣稍後回覆皇上，至於背後之人，想來是陸放被人利用了。」

皇上失笑。「你啊，這點比你祖父強，說話滴水不漏，沒影兒的事從來不肯洩漏一個字。」

「拿賊拿贓，凡事講求證據，微臣身為刑部尚書，更該以身作則才是。」

譚慎衍心裡清楚今日的事情是誰主導的。柳府暗中結交了清寧侯府，柳侍郎和寧伯庸因為兒女的關係反目成仇，柳侍郎出這個頭少不得有公報私仇的嫌疑；陸放則不同，陸放是寧伯庸上司，而且寧伯庸做事圓滑，走動關係時肯定沒少給陸放好處，陸放知道一些寧伯庸的事情無可厚非。

譚慎衍和皇上在殿內說話，另一邊福昌在外打探消息，半路發現被人跟蹤了，他繞去一條小巷子，和對方搏鬥起來，漸漸他覺得不對勁，對方身手好但並非招招致命，而他有心抓活的，也沒痛下殺手，一來二去，像是拖延時間，他心一狠，一劍刺向對方喉嚨取了他的命，離開時，遇到五城兵馬司的人，不由分說要抓自己定罪，他驚覺中了圈套，掉頭就跑。

回到國公府，卻看見一群人圍在國公府的門口，說譚慎衍包庇罪犯，要譚慎衍給個說法。福昌不知發生了何事，見寧櫻站在門口，臉色不太好，他正欲從側門溜進府去青山院找羅平議事，但眼前亮光一閃。他跟著譚慎衍，心思敏銳，顧不得身後有沒有人追蹤，大喊道：「他們有武器，快攔著，別傷著夫人了！」

寧櫻不知發生了何事，門房的人說前面鬧起來，說譚慎衍害死了人，要他們給個說法，且圍觀的百姓越來越多，寧櫻擔心出事，出來瞧瞧。為首的是個婦人，頭髮花白、年紀過百的老婦人，情緒十分激動，看見她一個勁地湊上前，被侍衛攔著也不肯退縮，她正欲問個究竟，就聽到不遠處傳來一道高昂的聲音，緊接著，人群中有人拔劍相向，侍衛反應快給攔住了，金桂站在寧櫻身旁，拽著寧櫻往後面退。

侍衛們訓練有素，那幫人沒傷著寧櫻，可人越來越多，寧櫻進了門，侍衛們擁著她朝裡面走，退到垂花門時，外面進來的人更多，都是尋常百姓裝扮，出手卻極為狠毒。

福昌殺了幾人，奔到寧櫻跟前，銳利的眼神如利刃掃著來人。他不敢離開寧櫻半步，之後國公府湧來許多侍衛，很快就將那些人制伏住了，其中一些被侍衛們殺死，鮮血染紅了腳下的路。

寧櫻臉色驟然冷了下來。她不是真的什麼都不懂的後宅婦人，方才的事，對方明顯有備而來，她一臉冷靜，看向帶頭扭轉局勢的黑衣男子，問福昌道：「世子呢？」

福昌殺了人，臉上染了血，藏藍色的衣衫一片猩紅，他回道：「世子爺讓奴才打探消息，他應該是去刑部了。」

寧櫻吩咐人去京兆尹府備案，門口的婦人被嚇傻了，呆呆坐在角落裡，福昌不讓寧櫻往前走，萬一對方是喬裝的刺客，寧櫻上前就是找死。

「我什麼都不知道，求夫人放過我。」

寧櫻朝跑來的陶路揮手，冷然道：「將她一併送去京兆尹府，稟明京兆尹國公府發生的事。」

陶路躬身稱是，一群人被押著走了，而周圍充斥的血腥味卻經久不散。

寧櫻將目光移到黑衣男子身上，她曾見過他一回，容貌不怎麼起眼。

羅定掃了她一眼，見她眉色鎮定從容，沒有露出絲毫懼意，心裡暗暗稱讚。老國公慧眼獨具，這個孫媳婦挑得好，方才的事不管換作誰，只怕都會嚇得花容失色，她站在最中間，自始至終沒有流露出丁點兒的怯意，委實讓人佩服，他拱手作揖。「世子夫人好。」

語聲剛落，便聽見遠處院子傳來尖銳的鳥叫聲，他面色微變，轉身飛奔出去，一旁的福昌倉促地給寧櫻行了禮也跟著羅定跑了。

寧櫻蹙了蹙眉，看向一旁驚魂未定的金桂和翠翠。翠翠手臂上被劃了道口子，寧櫻吩咐旁邊的下人去請大夫診治，打賞了守門的侍衛一人三十兩銀子，若非他們反應快，自己非死即傷。

她見對方是婦人，放鬆了警惕，且又在國公府門口，沒有憂患意識，竟然差點被人鑽了空子。

她整理衣衫，正欲離開，卻看見一群紫色官服的官兵站在門口，說是要捉拿凶手。

寧櫻望著為首之人，是五城兵馬指揮使羅淮安，寧伯瑾他們就是被他抓走的。

寧櫻蹙了蹙眉。方才羅定走得匆忙，想來府裡發生了事。羅淮安沒有資格進國公府，她無心應付羅淮安，冷聲道：「府裡的一切事，等世子爺回來再說，若有人硬闖，殺無赦。」

羅淮安站在門口，聽見寧櫻的話，臉色頓時轉為青色，尤其，寧櫻說完這話轉身就走，連個眼神都沒給他。

羅淮安捋了捋自己鬍鬚，有種嚴重被輕視的感覺，但他不敢硬闖，闖進府，被侍衛殺了傳到外面也會說他居心不良，沒人敢為他伸張正義。

寧櫻穿過穿堂，忽然想起一件事來。老國公死的時候，福昌和羅定在屋裡燒紙，當時胡氏擔心好處全讓譚慎衍和她占了，迫切地想要進屋，羅平攔著不肯讓她進屋，胡氏身後的白鷺也躍躍欲試。

老國公征戰沙場，平定四方，手裡一定有許多重要的東西。她想起譚慎衍偷偷回京陪她放花燈，她問譚慎衍回府看過老國公沒，譚慎衍的說法是他的馬一離開劍庸關，老國公就收到消息了，老國公消息靈通，一定是有自己的渠道。

白鷺當日進屋想做什麼？思及此，她快速朝青山院走去。

青山院裡住著的下人都是老國公培養出來的暗衛，羅定離開後，他們擔心出事也跟出去瞧個究竟，誰知，走出去沒多遠，後面便湧進來一批黑衣人，直奔老國公屋裡去，福榮耳朵靈，聽著聲音不對，轉身一瞧，才發現不對勁，雙方打了起來。

寧櫻到的時候，院子裡的人被收拾乾淨了，譚富堂站在院子裡正在問話，老國公屋裡住著人，那些刺客一進門就被殺死了，一個活口都沒留，寧櫻插不上手，只有問福昌。福昌也不知發生了何事，他原先出門是譚慎衍吩咐他打探寧府的事情，誰知譚慎衍一離開，鬧出這麼多事情來。

「聲東擊西，他們借寧府的事想把世子支開。」

先讓人喬裝成百姓引她去前院，對她下手，引出青山院的暗衛，好趁虛而入，竊取自己想要的，寧櫻只得出這個理由。

譚富堂問羅平。「對方什麼人？老國公才死了一年，青天白日就有人闖進來，你們怎麼辦事的？」

羅平低著頭，皺眉不言。

譚富堂見羅平不回答自己，心裡更來氣。「還不趕緊查是誰在背後作怪？」

羅平這下才抬起頭，說道：「是。」

譚富堂沒進屋，眉頭緊鎖，看寧櫻站在旁邊，嫩綠色的衣衫沾了血跡，額頭、臉頰也有，他走向寧櫻，嚴肅道：「往後府裡再發生這種事，妳命人去書房找我，多加小心，別著了人的道。」

說到這，譚富堂語氣溫和不少。「往後府裡的事情還得靠妳和慎衍，你們小心些，這兒有我，妳先回去換身衣衫吧！」

好在有驚無險，若寧櫻有個三長兩短，依照譚慎衍的性子，不知要殺多少人，他這個兒子可是個癡情種。

寧櫻點了點頭，見大家都在忙，她瞥了一眼福昌，慢慢回青湖院了。福昌有眼色地跟在寧櫻身後，聽寧櫻問起寧府的事，福昌一五一十將路上被跟蹤的事說了。

寧櫻細細一想，道：「對方見你出了門，肯定也知道世子出門去了，方才羅指揮在外面說抓凶手，就是來抓你的？」

福昌沒料到寧櫻會遇見羅指揮，如實道：「是。」

「你暫時別出門，沒有皇上的命令，五城兵馬司的指揮使沒有資格進府抓捕犯人，你別自投羅網。」

寧櫻覺得羅淮安和背後之人有關係，至於什麼關係，她說不上來。福昌是譚慎衍的人，難道羅淮安是衝著譚慎衍去的？

此時剛聽到消息的譚慎衍，一臉肅殺之氣。那些人好本事，聲東擊西，目標不是寧伯庸他們，而是寧櫻和青山院的名單。

他跳下馬車，待看見在門口悠然踱步的羅淮安時，倏然笑了起來。

羅淮安老遠就看見譚慎衍的馬車了，對這個殺伐決斷的刑部尚書，羅淮安心裡多少有些犯怵。譚慎衍在邊關聲名遠播，毫無聲息地把西蠻部落的達爾抓回京，至於如何瞞天過海的，沒人知道。

見譚慎衍對著他笑，羅淮安只覺脊背生涼，渾身上下像被寒冰凍結似地動彈不得，等到譚慎衍走上臺階，他努力地拉扯嘴角，舔了舔乾裂的嘴唇。「譚尚書總算回來了，方才有人瞧見你府上的小廝在外面殺了人後衝進府裡不見人影，還請譚尚書別徇私廢公，把人交出來。」

譚慎衍挑了挑眉，落在腰間的手微微一動，羅淮安以為譚慎衍要拔劍，嚇得後退一步，語氣立即變了。「譚尚書莫讓下官為難。您掌管刑部，包庇下人，滿朝文武百官不敢出頭，可總要有人維護京城秩序……」

譚慎衍笑得雲淡風輕，重複著羅淮安的話。「維護京城治安？羅指揮說得不錯，方才國公府門前有一場惡鬥，不知羅指揮抓到人了嗎？」

羅淮安頭搖得跟波浪鼓似的，縮著脖子，有些忌憚譚慎衍而不敢上前。他年紀比譚慎衍大一輪，可在朝中威望不如譚慎衍。「抓疑犯是京兆尹和刑部的事，和下官無關，國公府門口有人滋事，想必中間發生了什麼……」

「羅指揮既然知道是京兆尹和刑部的事，你站在門口做什麼？」說著話，譚慎衍忽然上前一步，抓著羅淮安領子將他拎起來。

看羅淮安嚇得嘴唇都青了，譚慎衍滿意地勾了勾唇，為他整理胸前的衣襟，以兩人才聽得到的聲音道：「你說，若半夜你死在家裡，有沒有人肯站出來為你主持公道？」

羅淮安面色大變，雙手放在自己胸前，吞吞吐吐道：「你、你要做什麼？信不信我去皇上跟前告你。」

「去吧，我剛從宮裡出來呢！」譚慎衍鬆開他，漫不經心撣了撣肩頭上的灰，若有所思道：「您想進宮可得快些，若被人搶先一步，估計只有等上一、兩個時辰了。」

羅淮安不明所以，他說這話不過嚇嚇譚慎衍罷了。不說皇上偏心譚家，光無憑無據地說譚慎衍要殺他，皇上只會以為他搬弄是非，到頭來譚慎衍沒事，他倒先被皇上訓斥一通。

皇上可不管什麼孰是孰非，如今整個朝野，誰不想成為老國公那樣子的人？個人功勞，蔭封子孫。

前人栽樹，後人乘涼，譚家在朝堂可謂表現得淋漓盡致，譚慎衍有恃無恐，不就仗著老國公嗎？但他們沒法子，誰讓他們的祖父不像老國公戰功赫赫，活了一大把年紀，死前為孫子升了官職，死後又給孫子領得公爵之位，萬般都是命。

譚慎衍站在門口，淡淡地望著他。羅淮安心裡七上八下，站了一會兒也沒聽到譚慎衍開口說話抑或進門，他抿了抿唇，諂慫道：「沒事的話，下官先回去了。」

譚慎衍仍然沒說話，羅淮安拿不准譚慎衍的想法，倏然，眼前銀光一閃，他反應過來時已晚了一步，譚慎衍已拿刀架在他脖子上。

羅淮安止不住雙腿發抖，聲音打著哆嗦。「你想做什麼？殺害朝廷命官……」

「今日的事最好和羅指揮無關，否則的話，黑燈瞎火，別怪我刀劍無眼。」譚慎衍定定望著羅淮安，看他額頭冒出了汗才收回劍，闊步進了大門。

副指揮看羅淮安面色泛白，湊到他耳朵邊，小聲道：「譚尚書自視甚高，大人您給他面子做什麼？真打起來，誰輸誰贏還不知道呢！」

羅淮安斜他一眼，滿臉瞧不起。「馬後炮，少吹牛皮，你打得過，你上前把譚尚書給我攔下試試。」

副指揮立即不吱聲了，他不怕譚慎衍，他怕死。

第五十八章

寧櫻沐浴出來，總覺得鼻尖還縈繞著淡淡的血腥味，她讓金桂點燃熏香，坐在書桌前，認真想著事。

背後之人所謀的到底是什麼？如果為了太子之位，目標不該在國公府，而且還把寧府牽扯進來，倒像是在找什麼東西。

她兀自想著事，直至外面傳來金桂行禮請安的聲音才拉回思緒。

抬起頭，就見譚慎衍冷著臉進屋，寧櫻還沒來得及開口，身子就被他抱了起來。她髮梢還滴著水，感受到他堅實的胸膛，她笑道：「做什麼呢，快放下我，聽說府裡的事情了？」

譚慎衍悶悶嗯了一聲，不肯鬆開寧櫻，在寧櫻剛剛坐著的椅子坐下，問寧櫻道：「誰讓妳去前院的？」

寧櫻知道他回來會問這些，鉅細靡遺道：「沒人讓我去，可我聽說是老百姓，放心不下才出去瞧瞧，沒想到會發生後面的事。青山院也出事了，你可要過去看看？」

「福昌和我說了，損失不大，妳沒受傷吧？」他說著，手從上到下，在寧櫻身上摸起來，摸得寧櫻犯癢，急忙拉住他。

「我沒事，你別亂動，今日的事情到底怎麼回事？」發生的事情一環扣一環的，她都有些不明白了。「是皇后娘娘嗎？」
譚慎衍沒有回答，上上下下檢查一遍，確定她沒受傷才放鬆下來。今日之事不管是不是皇后娘娘，都和她脫不了關係。三皇子被皇后娘娘軟禁起來，怕是三皇子不肯聽她的話，皇后才出此下策。
寧櫻又問道：「京城要亂了嗎？」
譚慎衍抵著她額頭，篤定道：「暫時亂不了。皇上身強力壯，後宮稍微有風吹草動就會引起皇上的注意，皇后娘娘不敢冒這個險。」
寧櫻忽然想起寧伯瑾來了，譚慎衍主動道：「岳父沒事，大伯父的話就不好說了。」寧國忠的事情皇上既往不咎，寧伯庸就不好辦了。寧伯庸急功近利，若依照正規路子走，幾年後寧伯庸說不定能升官，如今官職保不住，還會吃上官司，按照律法，活罪難逃。寧櫻想到寧伯庸近兩年的為人行事。嘆了口氣，這樣的人即使為官也不會長久。她問道：「大伯父犯了什麼事？」
「賄賂官員、買賣官職，暫時說不清楚，妳別擔心，事情牽扯不到岳父頭上，岳父為人謹慎，不會出錯。」
寧伯瑾進入禮部最初是怕掉腦袋，漸漸地是真的開竅了，想立起來，為黃氏和寧櫻撐起一片天。
「父親有沒有把柄落到禮部尚書手上？」

「沒有，妳別風聲鶴唳，都說官官相護，妳想什麼呢！」譚慎衍做事喜歡和人用條件交換，禮部尚書把矛頭對準寧伯瑾，他自己犯下的事也掩飾不了。在朝為官，手裡或多或少有些不乾淨，寧國忠就是活生生的例子。

這時候，福昌在外面稟道：「世子爺，禮部尚書府來人了，您可要見？」

譚慎衍鬆開寧櫻，聲音低沈道：「不見，今日的事就說我知道了。」

陸放夥同五部尚書和內閣四位閣老故意瞞著他，想來禮部尚書他們也是到了宮裡才知道發生什麼事，陸放還算清白，只是性子愚蠢。

外面沒了聲音，寧櫻不再問今日之事，站起身，讓譚慎衍去青山院。她隱隱猜到一些事情，眼下不是說穿的時候，有了適合的機會，譚慎衍會告訴她的。

譚慎衍捏著她的手，沒有久留，走之前親了寧櫻一口，一走出門，臉上的溫和立即消失不見。

青山院沒有丟失任何東西，羅定他們細細清理過。

譚慎衍坐在以前老國公坐的靠椅上，聽羅平回話，抓了幾個活口，他們只說是拿錢為人賣命，沒見過對方的面。

「世子爺，白鷺還在，您看怎麼處理？」

譚慎衍漫不經心抓著手裡的珠子。老國公死後，屋裡有用的信紙全燒毀了，白鷺那日應該也親眼瞧見了。

「你和白鷺說，我知道她背後的主子是誰了，不會被她利用，看看她什麼反應，若留著她沒什麼用，處置了。」

皇后娘娘、懷恩侯府和這事脫不了關係，晉州的網，可以收了。

「給晉州去信，收網。」

羅平心神一震，激動道：「是。」

晉州的事情抽絲剝繭，雖不知背後的人的錢財花到哪兒去，但絕對不是用在正途上。晉州的事情傳開，懷恩侯府得遭殃，清寧侯府也跑不了。

羅平欲轉身去辦時，聽譚慎衍補充道：「懷恩侯府暫時別動，先將兵部引出來。」

羅平稱是，挺直胸膛，意氣昂揚地出了門。

譚慎衍又去了刑部。早先給他傳話的衙差不見了，他讓福盛給薛慶平說一聲。兩日後，薛慶平回了個「明妃娘娘」，偽裝衙差傳話的宮人是明妃娘娘宮殿的人。譚慎衍讓福盛告訴薛慶平別查了，當這件事情沒發生過。

在國公府門前鬧事的人被抓了，譚慎衍對他們拷問一番。和闖入青山院的人差不多，都說是拿錢為人賣命的，沒見過對方長什麼樣子。譚慎衍一個活口都沒留，風聲不知怎麼傳了出去，京裡關於譚慎衍心狠手辣的事情傳開了，說譚慎衍蒙祖上蔭封才有今日，不把百姓的命當一回事。寧櫻聽金桂說起，心裡擔心。水能載舟，亦能覆舟，老百姓最關心的是有沒有安穩的日子過，譚慎衍在他們眼中是亂殺無辜的人，會激起民憤。

誰知，沒過幾日，京城大大小小的官員府邸皆發生老百姓佯裝殺人的事情，京兆尹忙得腳不沾地，有心將此事移交給刑部，譚慎衍卻事不關己擺起高姿態；上面的人催得緊，京兆尹沒法子，殺了一些人以儆效尤，這樣一來，京城頓時安靜了，再也沒人敢說譚慎衍半句不是。

寧櫻心裡覺得奇怪，問譚慎衍。「那些人哪兒來的？」

京城發生這種事還是頭一回，直覺告訴寧櫻，和譚慎衍脫不了關係。

譚慎衍沒否認，湊到寧櫻耳朵邊親了一口，答非所問道：「娘子，時辰不早了，是不是要就寢了？為夫伺候妳可好？」

寧櫻拿開他的手。「說話別陰陽怪氣的，是不是你做的？」

譚慎衍瞅了一眼漆黑的窗外，的確有些晚了。這些日子譚慎衍早出晚歸，有幾個晚上回來寧櫻已經睡著了，她窩在他懷裡，說道：「你別到處得罪人，真惹急了他們，他們暗中聯合對付你怎麼辦？一個敵人可以不怕，一群敵人你還不怕？」

譚慎衍抱著她，手熟門熟路探入她衣衫裡，罩著那團軟玉，回寧櫻的上一個問題道：「監牢裡有些人沒有死處，只好便宜了京兆尹；至於外面的敵人，真要有，在對方沒出手前就被我先扔監牢去了。」

手輕輕握緊，寧櫻反應過來，嬌笑了一聲，察覺他的呼吸加重，她亦羞紅了臉。這些日子，兩人都沒怎麼親近，這會兒察覺他身子有了反應，寧櫻不好矜持，主動抱住他腰身，仰起小臉，脈脈望著他。

她漆黑的眸子如黑曜岩般閃亮，又像極黑色天幕下璀璨的繁星，他心頭好似有羽毛輕輕拂過，癢癢的、痲痲的，一隻手蓋在她眼睛上，聲音嘶啞低沈。「櫻娘，我好似喝醉了，今晚，妳來吧！」

寧櫻羞得臉色通紅。譚慎衍以為她會不好意思，良久，見她輕輕點了點頭，譚慎衍手一緊，俯下身，重重地穩住了兩瓣紅唇。

寧櫻的臉燒成了火，意識模模糊糊，只記得她在上面，在他進入的時候忽然一個翻身，腫著紅唇道：「你說過我來的。」

「好。」譚慎衍口乾舌燥答了一句。

這一晚，寧櫻暈過去兩回，譚慎衍不知饜足似的，中間還讓她趴著來了一回。寧櫻不喜這個姿勢，可渾身酥痲，沒有拒絕的力氣。她咬著唇，起初還能抑制，到後面，被譚慎衍磨得受不了，哭了起來。

她好似睡在藍天下的雲朵上，被風一會兒吹到南，一會兒吹到北，有時候風急了，她歪著身子，被雲朵拋下，身子直直下墜，臨到地上了又被雲朵接住，一晚上，反反覆覆……

她睜眼時，外面黑沈沈的，不知自己睡了多久。轉頭看向床頭的男子，他沈著眉，目光專注地望著手裡的信件，深邃的目光閃過幾分狠戾。

寧櫻渾身使不上勁，開口道：「什麼時辰了？」

一說話，聲音沙啞，像得了風寒，喉嚨痛得嗓音嘶啞似的，她面色不自然地紅了紅。昨晚到後面時，情不自禁喊出了聲。

譚慎衍聞聲抬起頭，對上寧櫻的視線，臉色一緩，輕聲道：「天都快黑了，妳一覺睡得踏實，金桂來了兩、三回，擔心妳生病，沒給我好臉色看呢！」

寧櫻睨他一眼，不信他的話。她的幾個丫鬟沒有不怕他的，他給金桂臉色看還差不多，金桂是萬萬不敢給他臉色看的。

譚慎衍放下手裡的信件，掀開被子扶她坐起身，靠在軟枕上。

寧櫻神色微微不自然，譚慎衍見她蹙眉，問道：「怎麼了？」

寧櫻搖頭，挪了挪位置，但還是痠疼，她索性將被子往下壓，挪著屁股，坐在被子上，但那種痠疼感太過強烈，她眉宇皺成了川字。

譚慎衍音量提高了些，脫下鞋子坐上床。「怎麼了，是不是哪兒不舒服？」

昨晚他興致勃勃，到最後有些沒控制住力道。不怪他自制力差，實在是寧櫻雙眼朦朧，泛著水霧的樣子太勾引人，他發洩了好幾回，後來給她上藥的時候才驚覺她那裡都有些擦傷了。

因為這件事，寧櫻好幾日沒和譚慎衍說話。她坐不了凳子，站久了腿受不了，便只有躺著。譚慎衍一次性吃得夠，不敢惹寧櫻生氣，每日早早回來和寧櫻說話，手裡帶著小禮物，有時候是簪花，有時候是一盆花，變著法子哄寧櫻高興。

樹梢的葉子掉完了，只剩下光禿禿的枝幹，一進入十一月，天氣冷得人哆嗦，屋子裡燒著炭爐，寧櫻就窩在屋裡，哪兒都不想去。

哪兒都不去的結果就是身子豐腴了些，洗澡的時候極為明顯。女為悅己者容，寧櫻開始縮減自己的食量。

寧伯庸的罪名定下了，和譚慎衍說得差不多，買賣官職，賄賂官員，流放南邊。其間柳氏來府裡找過她兩回，國公府處於風口浪尖，譚慎衍愛莫能助，尤其事情還是柳氏娘家挑起的，寧櫻更覺得幫不上忙了。

寧伯庸被流放，不牽扯妻女，柳氏兩個兒子、一個女兒還沒有說親，柳氏捨不得離開京城，尤其是寧靜芳，嬌滴滴的千金小姐去了流放之地，一輩子就毀了。柳氏著急地想為寧靜芳訂下一門親事，隨後再追隨寧伯庸，一對兒子只有交給寧國忠。

寧伯庸罪名定下後，柳氏又來了，寒冬臘月，柳氏卻穿得極為單薄，寧櫻在門口瞧著她連走路腳步都是虛浮的，人瘦得厲害，她吩咐金桂給柳氏泡茶。

柳氏聽見聲音抬起頭來。有些日子沒見，寧櫻身子豐腴了些，髮髻上戴著一支紅梅金絲鏤空珠花簪，款式清新，襯得她唇紅齒白，極為豔麗。她不由得想起了寧靜芳，都是寧府小姐，一個在天上，一個卻在地下。

柳氏牽強地笑了笑，厚厚的脂粉掉落，她渾然不覺。「小六，妳比以前更好看了。」日子清閒，面色紅潤有光，她羨慕不來。

寧櫻笑著招手。「大伯母快來屋裡坐。」

她不喜歡柳氏，但不至於落井下石，她大致猜到柳氏來的目的。寧靜芳親事沒有著落，柳氏是為了寧靜芳而來。

果然，柳氏落坐後，開門見山說明來意。「大伯母知道妳不喜歡拐彎抹角，妳大伯做錯事受到了懲罰，大伯母認了，只是妳七妹妹，大伯母放心不下啊！小六，妳如今日子好了，幫她一把吧！」

要不是走投無路，柳氏不願來找寧櫻。她打聽過寧櫻的事，譚慎衍對她有求必應，夫妻感情好，她也是真的沒有辦法了。

寧伯庸遭殃，寧靜雅在蘇家或多或少會受到影響，她不敢再牽連寧靜雅了，寧櫻是她唯一的希望。

寧櫻將金桂倒好的茶遞給柳氏，如實道：「姊妹一場，能幫的我一定幫。」

誰都少不更事過，寧靜芳現在懂事許多，能幫的，她不會拒絕。

柳氏眼角一熱，握著茶杯，熱淚盈眶，忙低頭喝茶掩飾，哽咽道：「我就知道妳是個好的，靜芳性子執拗，硬要和她爹一起，妳勸勸她吧！」

寧櫻皆應下。

離開時，柳氏眼眶通紅，走出門時，想起什麼，轉身朝寧櫻道：「我瞅著妳像是有身子了，找大夫來瞧瞧吧！」

她是過來人，經驗多，寧櫻身形豐腴，十有八九是懷上了。

寧櫻一怔，旁邊的金桂卻歡呼雀躍起來。出了孝期，聞嬤嬤就叮囑她算著寧櫻的小日子，她尋思著等幾天再說呢！

「夫人，奴婢請小太醫過來瞧瞧。」金桂說完，不等寧櫻吩咐，自顧自跑了出去，步履匆匆，急不可耐。

傍晚時分，譚慎衍掀開簾子進屋，眉梢凝聚的冰霜融化，落在睫毛上，他眨眨眼，笑著看向拔步床上的寧櫻。「妳別躺著了，前兩日誰還嚷著腰間多了一圈肉的？」

聽見聲音，寧櫻坐起身，推開身前的茶几，盤子裡的兩份糕點被她吃得差不多了，她舔了舔嘴唇，好奇道：「刑部忙完了？」

兵部以權謀私，擅自集結晉州擁有金礦採伐權的員外，意欲在金礦上橫插一腳，被晉州總兵揭發，滿朝譁然，首當其衝被問罪的是柳侍郎——柳氏娘家。

「刑部哪有忙完的時候，真忙完，妳相公我就沒用了。」譚慎衍靠著寧櫻，視線落在她嬌豔欲滴的紅唇上，蠢蠢欲動。

金礦的事情被揭發，兵部尚書段瑞被降職，柳侍郎入獄，事情多著呢！

寧櫻笑著打趣。「馬上就要臘月了，記得年前把來府裡鬧事的人抓起來，這麼久了，刺客到底是何方神聖啊？」

寧櫻撇著嘴，一臉揶揄地望著譚慎衍。上回那些人來府裡鬧過後，忽然就安靜沒聲了，來無影、去無蹤，有些恐怖。

譚慎衍挨著她坐下，伸手拉起她，低聲解釋道：「晉州金礦的事情牽扯出來的人多，柳家遭殃，陸家也好不到哪兒去，兵部和戶部人人自危，忙過這陣子我再好好查。」

寧櫻聽他語氣慎重，忽然又想起六皇子的事情來。「六皇子一直這麼住在蜀王府不是法子，往人身上潑髒水容易，洗脫嫌疑難，你想到法子了嗎？」

六皇子在明妃娘娘死後，他倒成了無人問津的那位了。

「年後就有結果了，近日晉州事情鬧得大，轉移了朝堂注意力，倒是為我們爭取了些時間，年後就好了。」

背後之人十有八九是懷恩侯府的人，可沒有確鑿的證據，牽一髮而動全身，他不敢貿然打草驚蛇，尤其在奪嫡的事情上。

「妳擔憂的事情是不是太多了？」

一會兒刺客，一會兒六皇子，都快成憂國憂民的清官了。

寧櫻故作沒聽見，坐直身子，揉了揉吃撐了的肚子，緩緩道：「你自己小心些。」

譚慎衍的手搭在她手上，輕輕揉了揉，她的身子暖和，一靠近，他便捨不得離開，道：「為了妳，我也要好好保重自己。」

寧櫻抽出手，撫著自己肚子，微微笑道：「還有他。」

她懷孕了，這是她想都不曾想過的。

譚慎衍面色一滯，靜默片刻，有些不可思議地看看寧櫻，不確定道：「懷上了？」

寧櫻故作雲淡風輕。「是啊，懷上了，那孩子就在你嫌棄的這坨肉上。」

譚慎衍哭笑不得，忙為自己正名。「我可沒嫌棄，是妳自己說的。墨之來看過了？」他有些束手無措。之前在寧府的時候他還尋思著生一個孩子，沒料到，如今真懷上了。

寧櫻點了點頭，撫摸著肚子的手極為溫柔，是為母的天性吧！

夫妻倆輕聲細語說了會兒話，牆角邊，等著看譚慎衍出糗的薛墨一臉憮憮。初為人父都這麼鎮定，果真不愧是見過大場面的。

夫妻倆神色如常，整個武國公府卻沸騰了。寧櫻有孕，譚家後繼有人了，謝天謝地。聞嬤嬤知道後哭紅了眼眶。不管如何，寧櫻是徹底站穩腳跟了。

黃氏收到消息後，帶著十一來武國公府看寧櫻。

十一已經八個月大，有些認生，譚慎衍伸出手抱他，十一不肯。

黃氏失笑道：「是六姊夫，十一認識不？家裡的木馬就是六姊夫送的。」

十一歪著頭，看了譚慎衍兩眼，仍然不肯讓譚慎衍抱，很快被院子裡的景色吸引過去，指著臘梅枝頭的花，啞啞說著話，一張嘴，口水流了一下巴，黃氏手裡備著巾子，替他擦了兩下，隨即把十一交給奶娘，問起寧櫻的情形。

懷孕的頭三個月是最重要的時候，出不得半點差錯，黃氏叮囑了譚慎衍小半個時辰才放人。

寧櫻沒有嘔吐的跡象，胃口好，黃氏直誇她是個有福氣的人，聊著聊著說起寧府的事情來。

柳氏到處託人給寧靜芳說親，瘦了很多，寧伯庸出事差點牽扯到二房、三房，秦氏鬧著要分家，被寧國忠罵了幾句，立即不做聲了。

若讓寧櫻來看自然是希望分家的。分了家，寧伯瑾進退有度，果敢有擔當，三房自立門戶，黃氏也輕鬆些。

「妳父親不同意，說現在分家無異於落井下石。手足兄弟，困難時扶持著度過難關後再說。」

寧伯瑾有主見，和黃氏聊了許多，黃氏沒有反駁，由著他去了。

「妳父親說寧府原本有出息的應該是妳大伯，他進了禮部，而妳大伯從正直公允的一個人變得貪婪自私，他於心不忍。」

說起寧伯瑾，黃氏眉眼溫和許多，寧櫻看在眼裡，沒有點破，她希望黃氏和寧伯瑾能回到以前的樣子，即使回不去，也別怒目相向，就當為了十一。

送走黃氏，她諸多感慨。寧府裡，寧國忠把寧伯庸培養得圓滑世故，而寧伯瑾畏畏縮縮、登不上檯面；誰知，因緣巧合，寧伯瑾幡然悔悟，變得嶔崎磊落，而寧伯庸卻成了昏官……

待晉州的金礦事情忙得差不多了，文武百官閒下來，又開始拿六皇子的事情說事。

這日，譚慎衍在刑部待了一會兒，然後去了蜀王府。

六皇子最得皇上喜歡，哪怕六皇子早早賜了封地，工部在建造蜀王府的時候也花了大心思討好皇上，亭臺樓閣，假山水榭，景色不比御花園差。

六皇子和六皇妃在冬榮院鏟雪，六皇子一身暗色蟒袍，彎腰握著鏟子，一點一點刮著五彩石甬道上堆積的雪，六皇妃和他背靠背，兩人一左一右，默契十足。

六皇子身邊的宮人朝譚慎衍解釋道：「六皇子說閒來無事，不如做點事修身養性，六皇妃提議鏟雪，六皇子應下了。」

譚慎衍站在走廊上，漫天的雪蓋在六皇子頭頂、肩上，後背也一片雪白；薛怡穿著白色狐皮大氅，戴著帽子，渾身上下包裹在一片白色中，看不見神色。他不顯山露水地頓了頓，隨即走上前給六皇子和六皇妃見禮。

六皇子看見他沒有太多詫異，手撐著鏟子站起身，臉上揚起笑來。「慎之來了，可是朝堂催你催得急了？」

譚慎衍拱手作揖，瞅了眼直不起身的薛怡，不動聲色道：「葉康是在刑部喪命的，下官有些細節想問問六皇子。」

六皇子也看見因為彎腰久了直不起身子的薛怡，扔下手裡的鏟子，往左挪兩步扶著薛怡。薛怡戴著帽子，可髮髻上的雪黏著頭髮結了冰，六皇子伸手揉了兩下。「去書房說吧！」說完，吩咐丫鬟備水。

薛怡沒有絲毫彆扭，看六皇子身上的情況比她還嚴重，催促道：「你快回去洗洗，別感冒了。」

夫妻兩人眉眼盡是柔情，譚慎衍站在兩人跟前，反而有些插不上話。

等六皇子洗漱出來已經是半個時辰後的事，譚慎衍喝了一杯茶，望著牆壁上的畫，掃了幾眼，隨即又移開。

門吱呀一聲打開，六皇子走了進來，臉上依然是方才那副樣子。「墨之怎麼沒過來？他姊姊說起他好多回了。」

「薛太醫近日為他說親，得等年前把親事訂下才有空過來。」譚慎衍握著茶壺，給六皇子倒了一杯茶。

聽六皇子好奇道：「他不是不成親嗎？如何想通了？」

六皇子勸了他好幾回，薛怡拿藤條打他都沒用，說什麼都不肯成親，還以為薛墨不知要等多少年腦子才會開竅，誰知才多久的時間，就想娶媳婦了。

六皇子感慨道：「都說女人翻臉比翻書快，我瞧我那小舅子翻臉不比女人慢。」

譚慎衍握著茶杯的手微微一僵，忽然神思一動。「你想知道他是為何想說親的嗎？」

六皇子來了興致，落坐後握著茶杯抿了口。「快和我說說。」

「把牆上的兩幅畫給我。」

「……」六皇子瞅了眼牆上兩幅名家大作，又看向譚慎衍，眼裡盡是鄙夷之色。「什麼時候你喜歡趁火打劫了？」

譚慎衍手敲著桌面，臉不紅、心不跳道：「一直都喜歡，往昔看在好友的分上，不好意思罷了。」

「如今怎麼又好意思了？」

「當了爹，臉皮厚了吧！」譚慎衍斜著眼，面不改色。

六皇子嘴角抽搐了兩下，不點頭也不搖頭。「你是不是帶他去青樓了？以前是不知道鸞鳳和鳴的美妙，一旦體會到陰陽調和的好處，瘋狂起來比誰都厲害。」

六皇子暗暗想，他如果猜中原因，牆上的畫就能保留下來了。

這兩幅畫是從皇上國庫中挑出來的，乃吳道子的名作，坊間也有流傳說誰誰誰早已收藏了，實則真品一直在國庫，也不知譚慎衍什麼眼力，竟認得出真假，連他都沒認出來，還是皇上告訴他的呢！

譚慎衍搖了搖頭，嘴角噙著高深莫測的笑，六皇子又道：「給他灌春藥推了個世家小姐到他床上，逼著他娶人家？」

譚慎衍繼續笑，別有涵義道：「那種不入流的手段我從來不用，六皇子懂得倒是不少，難怪今日我給他去信說來蜀王府，他說什麼都不來呢！」

六皇子訕訕一笑，喝茶緩和臉上的尷尬。薛怡為這個弟弟操碎了心，他前途不明，總想著幫她完成她的心願；誰知薛墨戒備心重得很，調換了兩人的酒杯，那晚他把薛怡折騰得三天下不了床，薛怡將他訓斥了一通，一個月沒理他。

薛怡問他，他只說吃錯了藥，不敢說給薛墨下藥之事，不然的話，薛怡估計更來氣。

「說親可是他親口答應的？」

不是六皇子往歪處想，薛墨自小到大在譚慎衍手裡栽了太多回跟頭，吃一塹，長一智，薛墨不警醒，反而黏譚慎衍黏得更緊了，六皇子不由得想，是不是譚慎衍握住薛墨把柄，暗暗威脅他？

「說親自然是他親自點頭的，不然薛太醫也不敢給他張羅，薛太醫時間寶貴得很。」譚慎衍站起身，走向牆邊，牆上的畫保持得完整，畫軸是新換過的，裝裱得低調，與書房其他東西比起來，一點也不顯眼。

六皇子想了一會兒，實在想不通，又看譚慎衍望著畫作的眼神發光，不情不願道：「這是假的，你如果喜歡就拿去吧！」

譚慎衍不置可否。「那下官多謝六皇子割愛了。」說著，朝外喊福昌進屋取畫，自己在旁邊看著，叮囑福昌小心點，別把畫弄壞了。

六皇子再次嘴角抽搐，但他說出去的話萬萬沒有收回來的道理，忍不住望向福昌。見福昌取下畫，捲起畫軸，小心翼翼遞給譚慎衍，然後在譚慎衍的指示下取下另外一幅，主僕兩人神色專注，全然沒把屋裡的他當回事。

福昌抱著畫，倉促地給六皇子施禮後便走了出去，六皇子想喊住他，但又抹不開面子。牆上少了兩幅畫，空盪盪許多，原先掛了畫六皇子沒覺得多好看，但一旦沒了，怎麼看都覺得彆扭。

「說說吧，到底是何原因？」

刨根究底，果真不是什麼好事，用兩幅名畫來換答案，代價太慘痛了。

譚慎衍不疾不徐道：「無非曉之以理、動之以情罷了，墨之心思通透，一點就通，覺得我說得有理就點頭了。」

六皇子嗤之以鼻。「你當我傻子呢！」

福昌抱著畫，繞過迴廊，步伐匆匆地朝外面跑，穿過假山，很快不見了人影，而假山後有一名男子走出來，朝福昌消失的方向看了兩眼，回眸掃了一眼緊閉的屋門，遲疑了下，掉頭匆匆朝福昌離開的方向追了上去。

不遠處的閣樓上，一雙秀麗的眸子將這幕看得一清二楚。

譚慎衍坐下，見六皇子面上的情緒有些繃不住了，笑道：「我給他介紹了一位小姐，又讓薛太醫準備上門求親的聘禮單子，墨之無論如何都不肯娶……」

聽到這裡，六皇子臉色才好轉了些。「這才是我小舅子。」

誰知，譚慎衍話鋒一轉。「但薛太醫堅持，墨之急了，就說只要不是她，其他小姐都行；沒法子，薛太醫就這麼一個兒子，總要娶一個墨之喜歡的，近日便帶著墨之到處相看女子呢！」

六皇子若有所思地看了譚慎衍一眼。「你給他介紹的那戶人家是……」

譚慎衍沒有賣關子，如實道：「寧府的七小姐。」

寧府？

六皇子細細想了想，隨即了然，甘拜下風道：「薑還是老的辣，他哪是你的對手。」

薛墨剪了人家寧七小姐的頭髮，還趁人不注意偷偷劃傷人家小姐的臉，不管誰都嚥不下這口氣。薛墨本就不喜女子接近，如何會同意把仇人放在自己身邊？哪怕那樁事他是給別人揹黑鍋了。

「我也是為了他好。」

六皇子沒反駁這句話，不一會兒，外面傳來敲門聲，丫鬟通報道：「六皇子，人找出來了。」

霎時，六皇子臉上的雲淡風輕消失殆盡，語氣驟冷。「知道了，告訴六皇妃，暫時別輕舉妄動。」

他身邊有多少奸細無從得知，放長線釣大魚，要把那些人全抓出來還得再等等。

譚慎衍手指輕敲著桌面。方才他在院子裡那句話是故意說給旁人聽的，殺葉康的人，除了六皇子和他，就只有凶手知道，他秉公辦案詢問六皇子相關事宜，凶手定會想方設法陷害，若府裡有奸細定會探查他們說了什麼，福昌小心謹慎地抱著東西出門，在對方看來只怕

紅。

有另一層意思。

「好大的膽子！查到背後之人，我要他死無葬身之地。」六皇子語氣森然，眼眶有些泛紅。

譚慎衍坐在椅子上沒有插話，待六皇子情緒平和下來，才開口道：「你別輕舉妄動。」

若對方只是為了太子的位置，為何要派人闖青山院？老國公生前留下的信件、名單全部被燒毀了，當年他保留那份名單是怕先皇位置不穩固，後來是為了平定邊關，擔心朝廷有人叛變，留著它們是習慣，老國公一死，那些東西已全部燒毀。

知道老國公手裡有東西的人屈指可數，為何會把矛頭對準青山院？

譚慎衍細細回想了一下燒毀信件裡的內容，並沒有可疑之處，對方在忌憚什麼嗎？

六皇子握緊的拳頭慢慢鬆開，臉恢復了溫和，淡然道：「我知道，對方籌劃那麼多年，豈會因為一、兩件小事就暴露？宮裡來消息說，皇后娘娘頻頻接見懷恩侯夫人以及清寧侯夫人，你當真還不行動嗎？」

「韓家的事情是教訓，雖然韓越罪有應得，但我不想成為別人借刀殺人的工具；晉州金礦的事，抓到了木石，但木石嘴巴硬，什麼都不肯說，現在把懷恩侯府牽扯進來，沒有足夠的證據定不了罪，還會惹上不必要的麻煩。」譚慎衍的眼神落在紅木桌子上，輕輕摸著光滑的桌面。「下官讓人再去查大皇子、三皇子、四皇子、五皇子的事情，等有消息，再做打算。」

他懷疑懷恩侯府被人利用了。懷恩侯府根基深厚，齊老侯爺門生眾多，威望高，除去懷恩侯府，他們勢必會元氣大傷，假如那時候還有人攔著六皇子，他們便舉步維艱了，不到萬不得已，他不想兵刃相見，弄得京城人人自危，民不聊生。

「你懷疑大皇兄？」六皇子的目光有些複雜。大皇子早年受了傷，不可能成為太子。

譚慎衍沒有否認，就事論事道：「我只是不想最後便宜了別人，大皇子當年受傷的事情被人抹得乾乾淨淨，我只是懷疑罷了。」

六皇子沈吟許久，如實道：「我和大皇兄去避暑山莊時一起在池子裡泡過澡，他不像是裝出來的。」

「大皇子和四皇子如何，查查就知道了，五皇子的事情，六皇子可知道？」

五皇子的生母也是宮女，不過和明妃娘娘小時候被賣進宮裡不同。五皇子的生母德妃娘娘是從清白人家選進宮的，等級更高，皇上在寵幸明妃娘娘之前，寵幸了還是宮女的德妃娘娘，不久之後德妃娘娘就懷孕了，皇上提了她為昭儀，之後有了明妃娘娘，皇上就對後宮的嬪妃提不起興趣了。德妃娘娘一直是昭儀，到後來，皇上意識到明妃娘娘沒有母族，容易被人欺負，開始疏遠明妃娘娘，雨露均霑，那時候，德妃娘娘才從昭儀晉升為德妃。

德妃進宮前姓白，白家在京城連五品官都不是，且白家陰盛陽衰，平日不怎麼和他們這些圈子裡的人往來，譚慎衍對白家的事情知道得不清楚，就查出來的結果，白家沒什麼可疑，只有後宅鬧得厲害，不算大事。

六皇子點頭。白家那點事算不得什麼，德妃娘娘父親年逾古稀，只有一個兒子，娶的媳婦是青梅竹馬，後宅養了兩個小妾，生了幾個女兒，獨子才兩歲多。

「大皇子和四皇子呢？」

六皇子沈默。大皇子是賢妃娘娘所出，賢妃的父親已經過世，如今還有兩位兄長，在大皇子出事後，賢妃兩位兄長都自請外放，想來是知曉大皇子繼位無望，先將自己摘清出去。至於四皇子，是容妃娘娘所出，容妃娘家關係比較複雜。容妃的父親是前內閣閣老，德高望重，百年書香世家，當年皇上寵幸容妃娘娘，本就是為了借容妃娘家的勢力穩住朝堂。先不提四皇子傷疾之事，皇上本對容妃頗為忌憚，四皇子娶的又是名門望族之後，皇上更不會挑中四皇子，否則四皇子繼位，外戚專權，威脅皇權，皇上怎會留下這麼個隱患？幾個皇子，誰都有可能，不可能是四皇子。

六皇子也琢磨過來了，不會是四皇子。

「六皇子別擔心，我派人去查了，誰在裝傻充愣，過不了多久就會露出馬腳來。」

想到將來種種，六皇子心底有些迷茫，問譚慎衍道：「你說，害我母妃的到底是何人？」

其實，他只想報仇，誰坐上那個位置，他並不是很在意。

「我也想知道，不管他是何人，都有真相大白的一天。眼前，是該商量之後的事情了。葉康的事，查不清楚只有歸到懷恩侯府頭上，挫挫皇后一黨的銳氣，接下來皇上會給所有的皇子賞賜封地，這樣一來大家都一樣，誰都不比誰優越，你做好準備了？」譚慎衍目光如炬地看著六皇子。

六皇子沈重地嗯了一聲，突然問道：「你為何要支持我？以譚家的勢力，用不著捲進來。」

六皇子不信譚慎衍是為了從龍之功，譚家要權有權，不須冒著生命危險來錦上添花。

譚慎衍肅然道：「我知道你心繫黎民百姓，會是好的君王。」

譚慎衍眉目坦然，臉上盡是浩然正氣，他說的是實話。六皇子有勇有謀，膽識過人，會是明君，上輩子在蜀州，六皇子興修水利，扶持農桑，蜀州百姓安居樂業，離不開六皇子的功勞。

「你倒是信任我，罷了，不說這些了，府裡的奸細還得想法子解決。聽說你媳婦懷孕了？」

譚慎衍笑著聳肩，眉宇溫和。「是啊，我要當爹了，六皇子也抓緊了，別等墨之成親做了父親，你和六皇妃還在原地踏步。」

六皇子會心一笑。「不會的。」

他和薛怡私底下商量好，暫時不要孩子，外面情勢不明，有了孩子照顧不過來，他們希望孩子能無憂無慮，等京城的局勢明朗了，他們會有孩子的。

兩人閒聊了一些其他事，譚慎衍才起身告辭。

雪勢越來越大，到處霧茫茫的一片，早先鏟出來的路，此時又被白雪覆蓋，譚慎衍穿好大氅，旁邊拐角走來一個碧綠色衣衫的丫鬟，手裡端著盒子，到了跟前，給兩人行禮後，道：「皇妃說送給世子夫人的。」

盒子外包裝了一層紅色的紙，譚慎衍沒有多問，示意福榮收下來，朝丫鬟道：「代我謝過六皇妃。」

雪大了，走出蜀王府的門，譚慎衍肩頭落滿了雪花。

福昌坐在馬車前，見他們出來，跳下馬車，躬身靜候。待譚慎衍上了馬車，他把手裡的鞭子交給福榮，自己撩起簾子進了馬車，坐在旁邊的小凳子上，低聲道：「人是通過內務府進來的，是皇后娘娘身邊的人。」

譚慎衍解開大氅的繩子，靠在軟墊上閉目養神。皇后娘娘最近有些著急了，留下的蛛絲馬跡越來越多，究竟是皇后娘娘坐不住了，還是有些人坐不住了？

「別打草驚蛇。」

聞言，福昌稱是。

第五十九章

然而，樹欲靜而風不止，御史臺的人三天兩頭彈劾譚慎衍，暗指譚慎衍徇私舞弊，六皇子謀害葉康之事遲遲不定案，分明有包庇之嫌。

正逢過年，皇上心情好，對彈劾的摺子置之不理，偏袒之意甚重，漸漸地文武百官倒琢磨出些別的意味來，好比說，六皇子乃戴罪之身，六皇妃的弟弟卻和文寧侯府訂了親，中間沒有貓膩誰都不信。文寧侯府乃世家，又有長公主下嫁，家世顯赫，六皇妃只有薛墨一個弟弟，薛墨成親後，自然是要幫襯六皇妃的；連帶著文寧侯府都站到六皇妃那邊去了，於是朝堂上又多了彈劾六皇子的摺子。

只是過年朝堂休沐，文武百官再不滿，也只有等年後開朝再說。

這些都是寧櫻從譚慎衍嘴裡聽來的。她好奇薛墨和文小姐的親事，譚慎衍作畫，她便在旁邊磨墨。「薛府和文寧侯府說親真的是為了六皇子？」

她知曉薛怡的性子，絕不會為前程拿薛墨的一輩子賭，尤其文小姐臉上還有些瑕疵。

薛墨坐在梨花木桌前，輕握著筆，一筆一畫勾勒著一幅美人側臥圖，抬眼掃了眼寧櫻，搖搖頭道：「不是，是墨之自己同意的。他是大夫，最喜歡疑難雜症了，他想治好文小姐臉上的斑，娶了她，好慢慢研究。」

寧櫻一噎，委實沒料到會是這個原因，不過薛墨的確做得出這種事。

這時，外面有人敲窗戶。「世子，木石死了。」

譚慎衍皺眉，頓了頓筆，看向寧櫻。「妳接著畫？」

寧櫻瞅了一眼畫上的女子，女子只有半張臉，白皙精緻，雙瞳翦水，她搖頭。「不要。」

譚慎衍失笑，擱下筆，從容地捲起畫，低聲道：「那先放著，待會兒回來繼續。」

寧櫻懷孕後，渾身上下透著淡淡的溫柔。女為母則強，她卻越發溫柔了，今日心血來潮，他想畫一幅她懷孕的肖像。

寧櫻點頭，轉身取下一件深藍色大氅，送他出門。譚慎衍喚金桂進屋伺候，這才頭也不回地走了。

木石在地牢，怎麼嚴刑逼供都沒用，沒想到突然死了。

譚慎衍剛走下臺階，一道黑影就從旁邊飛了出來，他眸色平靜如水。「他說了什麼？」

「死前喊了聲老侯爺。」羅平躬身，嚴肅道：「懷恩侯早露出蹤跡，世子為何不先發制人，將一眾人連根拔起？」

木石嘴裡的老侯爺已證實一切，他是懷恩侯府的人無疑。

譚慎衍目色幽暗，許久，他才開口道：「齊家根基深厚，又和清寧侯府沆瀣一氣，雙方交戰，邊境怕會起動盪，若鬧得民不聊生，非我所願。」

如今戍守劍庸關的人是程宇，乃清寧侯庶弟。他把程宇扶上那個位置，不是為了再給自己樹立個敵人，何況齊家如百年大樹，想要撼動容易，連根拔起卻難，他不打沒有把握的仗。

羅平不懂裡面的彎彎繞繞，汗顏地低下了頭。

「木石的屍體呢？」譚慎衍負手往前走，臉上的神色如窗外漆黑的夜，黑沈沈的，面無表情。

羅平低著眉。「在地牢。」

「送回懷恩侯府，別驚動他們，讓齊老侯爺和懷恩侯看見就行了。羅叔，有件事得麻煩你幫忙。」

羅平福身，肅穆道：「世子爺請說。」

「我不放心福繫，你去幫他的忙。」

他不動齊家，不代表齊家沒牽扯進奪嫡之爭中，如果齊家這回露出破綻也是有心人故意為之，那背後之人才是整個事件的關鍵，他預料得沒錯的話，福繫會有麻煩。

白鷺死的時候，他讓福昌詆過白鷺，背後之人真要是懷恩侯，福昌告訴白鷺幕後黑手另有其人時，白鷺該歡喜地附和，福昌卻說白鷺的表情是難以置信，慢慢面露死灰之色，難道是白鷺以為他們猜到背後之人，事情功虧一簣嗎？

白鷺的事情讓他決心探查宮裡幾位娘娘的背景家世，大家都查得出來的事情不算，不為人知的一面才是關鍵。

羅平毫無聲息地離開後，譚慎衍若有所思地去了地牢。木石心性堅韌，嚴刑拷打都沒用，死前說的話不見得是真的。

天邊泛起了魚肚白，院子裡的景致漸漸變得清晰，屋裡燃著炭火，寧櫻抱著被子滾了一圈，探出手摸了摸身旁，身旁空空如也，褥子也是涼的，她猛地睜開了眼，床畔的枕頭沒有睡過的痕跡，她蹙了蹙眉，撩起簾子喊了聲金桂。

外面傳來應答聲，寧櫻問道：「世子爺一宿沒回來？」

寧櫻睡得沈，夜裡發生的事一概不知。才大年初三，譚慎衍就開始忙了？

金桂挑開簾子，回稟道：「沒呢，可要奴婢去問問？」

金桂推開小扇窗戶，服侍寧櫻更衣，見寧櫻氣色不錯，說起找產婆和奶娘的事情來。寧櫻見過黃氏生孩子，知道一些裡面的事。產婆找得好，生孩子不會手忙腳亂，奶娘更是重要，於是她和金桂道：「我記著了，出了正月讓陶路打聽一下。」

金桂點頭。這是聞嬤嬤提醒她的，寧櫻懷頭胎，聞嬤嬤心下緊張，廚房那塊看得嚴，剛來的廚子，聞嬤嬤不知其秉性，生怕寧櫻吃了不乾淨的東西傷了肚裡的孩子，寸步不離地守在廚房。

寧櫻裝扮一新，走出內室遇到譚慎衍從外面回來。身上的內衫換過了，衣容整潔，寧櫻瞅了眼屋外，天色晴朗，樹枝上的雪晶瑩剔透，看不出是冷是熱，她問譚慎衍道：「是不是出什麼事了？」

譚慎衍進屋，脫下身上的外衫遞給金桂，如實道出木石的死。

聞言，寧櫻面色沈重。「你說背後之人的目的是什麼？」

只為了那個位置，為何要毒害她和黃氏？

「無非就是想贏，過兩日就知懷恩侯府的深淺了，等著吧！」

齊老侯爺看到木石的屍體就會追查死因，真要是齊家，齊老侯爺會有動作，如果不是，就更好辦了。

聯想所有事，他覺得硬闖青山院的人和殺葉康、明妃娘娘的不是一夥人。殺明妃娘娘的主使者，是看穿皇上對明妃娘娘用情至深；闖青山院則是為了老國公苦心經營的人脈。

老國公平定四方，到處都有他的眼線，且名單寫在信紙上，闖青山院的人，目的是那份名單；可這世上，知道這份名單的人屈指可數，究竟是誰？

寧櫻和他想到一處去了。「那白鷺是不是懷恩侯府的人？」

她懷疑白鷺是懷恩侯府的人，畢竟除了皇后娘娘扶持三皇子之事，朝堂沒有其他的事，六皇子謀害葉康不也是皇后娘娘從中作梗？

「不是。」

白鷺不是懷恩侯府的人，不過和宮裡脫不了關係就是了。

三皇子被皇后娘娘的人囚禁在宮殿裡，皇上不會任由皇后娘娘為所欲為，宮裡才是所有爭鬥的起源。

寧櫻只覺得事情複雜，理不清頭緒，繼而問起葉康之事。之前說六皇子謀害葉康是故意使的計策，可如果年後洗脫不清六皇子的嫌疑，文武百官恐會逼著皇上處置六皇子了。

「妳別擔心，我心裡有數。」

初六開朝，朝堂上滿是彈劾譚慎衍和六皇子的摺子，任御史口沫橫飛，譚慎衍仍舊巋然不動，待御史臺一行人說得口乾舌燥了，他才站出來，彈劾懷恩侯買通獄卒殺害葉康。葉康的姨娘是經過懷恩侯的手送到葉家的，葉康和懷恩侯府私交甚密，有所往來，譚慎衍找到雙方往來的信件，而懷恩侯買通的獄卒也找到了，直言是受了懷恩侯指使。

冰雪還未融化，朝堂卻一片戰火硝煙，懷恩侯極力否認，反咬譚慎衍栽贓陷害，以權謀私，排除異己，上奏皇上，請皇上撤掉譚慎衍的刑部尚書之職。

韓家的沒落是譚慎衍一手策劃的，如今又是齊家，不管齊家結局如何，譚慎衍在眾人心中的名聲不太好就是了。

朝堂上刀光劍影，不過在武國公府卻是另一番景象。寧櫻吩咐針線房準備小孩的衣衫，專心致志養胎，做做針線或畫畫，日子還算清閒。

其間，清寧侯府的程雲潤死了，程家老夫人告到太后跟前，請太后娘娘為程家做主。譚慎衍又被人推到風口浪尖，說他濫殺無辜、私設刑堂，譚慎衍一時四面楚歌。

早朝上，多是請皇上下令徹查譚慎衍利用職位謀取私利之事。齊老侯爺站在前面，哪怕齊家被下令徹查，他還是處變不驚，面上沒有一絲波瀾起伏。

譚慎衍站在紹興的身後，面對眾人彈劾，他眸色平靜，面不改色，嘴角似噙著若有還無的笑，不過眾人朝著大殿上首，倒是沒人發現他在笑。

御史臺的人彈劾完畢，大殿上安靜下來，皇上翻閱著彈劾譚慎衍的奏本，一言不發。良久，皇上合上摺子，微微抬眼掃了眼大殿內黑壓壓的人群，聲音渾厚有力。「譚愛卿，你怎麼看？」

譚慎衍漫不經心整理著官服，往左一步站了出來，俊逸的五官因為嚴肅的神色染上了凝重之色，但沒有丁點兒慌亂。「微臣不服。京城每天都有人死，難道都要算在微臣頭上？不能因為微臣是刑部尚書就往微臣身上潑髒水。」

齊老侯爺疊在胸前的手微微一動，隨即有御史站出來反駁譚慎衍道：「譚尚書以權謀私，公報私仇，微臣查過，程雲潤荒淫無度，曾在南山寺襲擊譚夫人，你用刑部侍郎的身分將其關押進監牢，濫用私刑，廢其手腳扔到郊外，程雲潤福大命大爬回來，雙腿因此落下殘疾。荀夫人心比天高，心甘情願入程家為妾，譚尚書那時正和譚夫人議親，惱恨程雲潤毀了荀夫人的名聲；在避暑山莊時，程雲潤試圖侮辱譚夫人，你知道程雲潤死在避暑山莊自己難逃罪責，特意設計陷害二皇子，隨後再毫無聲息地除去程雲潤，其城府深不可測……」

譚慎衍眉目一凜，回眸輕瞟一眼一身朝服的張御史，冷笑道：「張御史不來我刑部真是屈才了，若照張御史的說法，我倆在朝堂上唇槍舌戰，針鋒相對，你回府後有個三長兩短便是我下的毒手了？依張御史的話，我原本便能在這裡要了你的命，但為了洗脫嫌疑，只有等下朝後？」

張御史抬起頭，對上譚慎衍如鷹隼的眸子，身子一顫，雙腿屈膝跪地道：「皇上，譚尚書目中無人，公然威脅微臣，還請皇上為微臣做主啊！」

皇上沒有說話，再次打開彈劾譚慎衍的奏摺，來來回回看了好幾遍才開口道：「譚愛卿，是你做的嗎？」

張御史聽著這話就知道皇上是要包庇譚慎衍了，俯身磕頭，情詞懇切道：「皇上，譚尚書黨同伐異，利用職位之便謀取利益，其岳父寧伯瑾禮部侍郎的位置就是他為了討好其妻謀劃得來的，此種官風不能長啊！」

語聲一落，又有幾人站出來請皇上徹查譚慎衍，皇上充耳不聞。

譚慎衍作揖，擲地有聲道：「不是。」

他要程雲潤的命就不會讓他活著離開刑部監牢，有時候死了反倒是種解脫，他要程雲潤生不如死。

「譚愛卿光明磊落，他既是不承認，想必就不是他做的。」皇上語氣輕緩，看著奏本，面露厭惡之色。

文武百官心神一凜，齊齊跪下。「皇上！」

張御史明白，皇上話裡的意思是不肯定罪了，他跪在金鑾殿上，滔滔不絕說起寧伯瑾任禮部侍郎的事情來，一定要將譚慎衍置於死地似的，頗為不依不饒。

譚慎衍站在中間，身形玉立，威風凜凜，渾身散發著浩然正氣，不卑不亢，從容應對。寧伯瑾的事，有禮部尚書出面作證和譚慎衍無關，誰敢強行將欲加之罪冠到譚慎衍身上？一場辯論下來，譚慎衍毫髮無傷，張御史到後面力不從心，想到譚慎衍報復的手段，後背衣衫都濕透了。

「微臣行得直、坐得正，從張御史的話更能證明微臣的清白，既然微臣是無辜的，以下，就輪到微臣說了……」

朝堂上眾人大氣都不敢出。譚慎衍語氣溫和，將葉康之死娓娓道來，還談論到晉州金礦之事，六皇子清清白白，此事是懷恩侯府嫁禍給六皇子的，葉康之死也是懷恩侯殺人滅口，滿朝譁然，沒有人站出來為齊老侯爺說話，這關頭誰站出來誰就是死。

張御史額頭冷汗淋漓，正想起身退回去，但聽譚慎衍不痛不癢道：「說來也奇怪，張御史目無下塵、鐵面無私，懷恩侯的事情查出來有些日子了，御史臺卻遲遲沒有動靜，倒是在程雲潤那種半死不活的人身上下工夫，是同為父親的緣故嗎？」

雲淡風輕的一句話，嚇得張御史雙腿一軟又跪了回去，哆嗦著唇，說不出話來。

齊老侯爺面色沈著，插話道：「譚尚書把事情栽贓到我齊家頭上，想必是有萬全的準備。晉州金礦的事早已結案，葉康的死是獄卒所為，和我齊家有什麼關係？我齊家素來不和六部走動，還請譚尚書解釋一番。」

「微臣勤勤懇懇，從不冤枉一個好人，葉康和懷恩侯往來的信件，獄卒收了懷恩侯的銀票都在微臣手裡。」譚慎衍揚著眉，語氣篤定。

齊老侯爺幾不可察地皺起眉，譚慎衍看不到齊老侯爺的表情，慢慢將錢莊的事情說出來，不忘拿齊老侯爺的話嘲諷他道：「齊閣老說不和六部的人往來，那給獄卒的巨額銀票是怎麼回事？獄卒膽小怕事，下官還沒來得及審問他便全招了，前提是讓下官保證他的安全，說他得罪了人，對方會像殺葉康那樣殺他。」

齊老侯爺微微色變。「胡說八道！我齊家的銀票如何會落到一個獄卒手裡？欲加之罪，何患無辭！」

「下官也希望是這樣，但獄卒一口咬定是懷恩侯府做的，還說了懷恩侯給他銀子的情形，需要下官一字一字說嗎？」譚慎衍手裡的證據足夠定懷恩侯的罪，至於齊老侯爺的那群門生，譚慎衍不欲連根拔起，水至清則無魚，給他們留條生路，反而會讓齊家更提心弔膽；攀附的人多，成功時是助力，失敗時他們就是指著對方的刀子，那些人手裡或多或少有懷恩侯府在晉州金礦的把柄，懷恩侯府不敢輕舉妄動。

「好了，茲事體大，明日再敘。」皇上一錘定音，算是結束了早朝。

齊家不好對付，暫時挫挫他們的銳氣，下面還有更重要的事，皇上沒有糊塗，若真將齊家處置了，朝堂烏煙瘴氣不說，後宮也不安寧。

為了權衡各方勢力，暫時動不得懷恩侯府。

皇上的話讓許多人鬆了口氣。

譚慎衍下了早朝徑直去衙門，金桂打聽外面的消息回來，寧櫻聽得蹙眉。對付齊家的時機剛剛好，為何不一鼓作氣將齊家連根拔起？

她讓金桂繼續打聽外面的事情，下午譚慎衍回來，她少不得問起這事。

「明日懷恩侯會被問罪，降爵是免不了的，其他估計不能了，真將懷恩侯府逼急了，牽扯出一大批人，不利於整個計畫。」

齊家沒了，背後隱藏的人就會更肆無忌憚，譚慎衍不會給對方機會。

寧櫻沒細問他們的計畫，只道：「你小心些，你若沒了……」

「說什麼呢，我們有了孩子，我自是要看著他歡歡喜喜、平平安安長大成人，妳別擔心。」譚慎衍的手覆在寧櫻肚子上。如今已三個月，肚子有些顯懷了，尤其寧櫻吃完飯那會兒最是明顯。

「你自己心裡有數就好。」

說了一會兒話，譚慎衍陪寧櫻吃完飯又去了書房，寧櫻不敢打擾他，拿出裁剪好的料子，做嬰兒的鞋襪。

第二天，關於懷恩侯府的事有了結果。懷恩侯府從一等侯爵降為二等，齊老侯爺年事已高，辭官回家，頤養天年，不再過問朝中之事。

至此，譚慎衍在京中的名聲可謂令人聞風喪膽。

皇上對譚慎衍的偏袒大過對六皇子的寵愛，整個朝堂人心惶惶，不過也有人傳皇上對譚慎衍起了忌憚，意欲捧殺譚慎衍。

整個寒冬，京城上空盤旋著烏雲，直至綠意灑落枝頭，烏雲仍久久不散。

春風拂面，院子裡的櫻桃樹比去年高了些，葉子打著旋兒，鬱鬱蔥蔥，十分耐看。寧櫻整日在院子裡待著，和聞嬤嬤、金桂一起縫製孩子的衣衫、鞋襪，日子過得也快。

隨著春天到來，晉州金礦的事情徹底明朗，六皇子是清白的，皇上心生愧疚，把六皇子和六皇妃叫去宮裡，賞賜了不少東西，明眼人都看得出來，六皇子重新受寵了。

一切，多虧了譚慎衍從中周旋。

皇后一黨受挫，六皇子重新出現在眾人視線中，再無知的人都隱隱聞出一點不同尋常的味道；尤其，不知受齊家事件影響還是什麼，宮裡幾位皇子都封了王、賞賜了封地，往後幾位皇子又再度平起平坐。

朝堂硝煙已起，不血流成河，怕是難以平息了。

齊老侯爺辭官了，但每天都有彈劾譚慎衍的摺子。齊家根基深厚，皇上的判決對齊家來說不痛不癢，若三皇子當上太子，齊家想要晉升為一等侯爵不過時間早晚的問題，齊家有恃無恐。

劉菲菲來府裡探望寧櫻。寧成昭有現在的境遇，全靠譚慎衍從中活動，劉菲菲大手一揮，又贈了一疊銀票。

寧櫻哭笑不得。譚慎衍在外凶神惡煞，不近人情，他願意幫寧成昭，想來寧成昭是可造之材。

「大哥學富五車，沈熟穩重，是金子，早晚會發光的。」

劉菲菲笑盈盈的，生了孩子，氣質變得越發平易近人，跟初春的陽光似的。「妳也說早晚，總不能等七老八十吧？妳懷著身孕，妳繼母沒找妳麻煩吧？」

黃氏還在孝期，不便來國公府探望，劉菲菲來之前，黃氏叮囑她許多，怕寧櫻吃虧。

寧櫻懶洋洋的，靠著身後的墊子，笑道：「沒，她自顧不暇，哪有空找我麻煩？」

白鷺死了，胡氏沒了主心骨兒，又有譚富堂坐鎮，胡氏掀不起風浪，更別說譚慎平房裡的丫鬟時不時氣她幾句了。現在的胡氏，夫妻不和，又和兒子離了心，哪有上輩子的威風？

「那就好，有這番話，三嬸能放心了。」劉菲菲看寧櫻杏臉桃腮、膚色紅潤，心裡為寧櫻高興。

女人過得好不好，全靠有沒有丈夫支持，而寧櫻被譚慎衍呵護得如嬌花。

姑嫂倆說了許久的話，到後面，話題不由自主地圍繞孩子，不得不說，有劉菲菲的開導，寧櫻心情開朗許多。

臨走的時候，劉菲菲從懷裡掏出一個漆木四方盒子遞給寧櫻，眼神有些複雜。「昆州送來的，指明給妳，妳瞧瞧吧！」

寧靜芸自去了昆州，性情大變，再無嬌生慣養的嬌小姐脾氣，跟著苟志走訪村落，裡裡外外操持做個賢內助，很受昆州百姓稱讚。

寧櫻眼神微詫，拿著盒子，撲鼻而來一股濃濃的藥味，裡面含著淡淡的櫻桃花香，她蹙了蹙眉，打開盒子，內裡有兩個小格，左邊是黑糊糊的藥膏，右邊的顏色清淺至發亮，她問道：「這是什麼？」

劉菲菲搖頭，指了指下面。寧櫻拿起盒子，下面墊著一封信，她徐徐打開，看完後，眉頭緊鎖。

「五妹妹，變了許多。」

是啊，變了許多，她早就看出來了。

寧靜芸捎來的是治療夜咳的藥，擔心寧櫻懷疑有毒，告訴她右邊淺顏色的是毒藥，寧櫻讓金桂收起來，並未當一回事。

她夜咳的毛病已經好了。

日落西山，晚霞似火，譚慎衍從衙門回來，換了身常服，坐在西窗下陪寧櫻說話，夕陽的光傾瀉而下，暖了他臉上的神色。

「我讓陶路打聽產婆和奶娘的事情，已找到人，如今送到寧府去了，岳母有經驗，產婆和奶娘好不好，岳母知道。」

譚慎衍辦事面面俱到，又有黃氏幫忙，寧櫻倒也放心，在屋裡走了幾圈，經過譚慎衍身邊時被他攬入懷裡，他的手自然而然落在她肚子上。

寧櫻不掙扎，望著窗欞上傾瀉的餘暉道：「大嫂說十一會認人了，我想回寧府看看，他快一歲了。」

譚慎衍蹙了蹙眉，十一的生辰在三月，那會兒京中不知道是什麼情形呢。

「衙門事情多，一時半刻走不了，給妳多派兩人跟著。」

「你忙自己的事情就是了，我自己能行。」

譚慎衍不肯，夜幕時分，院子裡多了兩個身形壯碩的男子來給寧櫻請安。兩人一身黑衣，眉宇陰沈，乍看寧櫻沒認出來，定睛一看，眼神微詫，不可思議地轉頭看向譚慎衍，指著兩人，以為自己眼花。「熊大、熊二？」

熊大、熊二躬身作揖，異口同聲道：「奴才參見世子夫人。」

譚慎衍一臉平靜，為寧櫻解惑道：「往後讓他們跟著妳，什麼事情吩咐他們就是了，其他的不用想。」

寧櫻心裡有些厭惡。熊大、熊二是老夫人的人，之前背叛過黃氏和她，早先她就覺得熊大、熊二規矩好，和莊子上的小廝大不一樣，無論是談吐還是行禮的姿勢，極為標準，後來才知是專門訓練過的。

熊大、熊二低著頭。兩人也沒想到譚慎衍會讓他們保護寧櫻，寧櫻恩怨分明，睚眥必報，對他們的背叛估計還記在心頭，兩人心裡也彆扭。

譚慎衍簡單說了熊大、熊二的事，他願意給熊大、熊二機會，是因為兩人雖為老夫人賣命，卻沒有做過傷害寧櫻的事，如果有的話，兩人早就沒命了。

寧櫻心下唏噓，讓他們下去休息，順便給熊伯遞消息，讓他老人家開心。

因為熊大、熊二的事情，寧櫻的神色有些恍惚，她靠在床上休息，譚慎衍挨著她，拿起書翻閱著給孩子起名。

寧櫻昏昏欲睡，外面陡然傳來鳥叫聲，夜裡寂靜，丁點兒的聲響就格外入耳，寧櫻猛地睜開眼。

譚慎衍已放下書，看寧櫻望著他，輕聲哄道：「妳睡，福昌找我有事。」

寧櫻不是第一回聽到鳥叫，猜到他們用聲音傳遞消息，坐起身道：「你去吧，夜裡涼，穿厚些。」

這時，門口傳來福榮的通報聲。「世子爺，急事。」

不是真的急事，福榮來就是了，而靠鳥聲傳遞消息後，福榮還匆匆忙忙而來，可見事情非同尋常。

譚慎衍套上衣衫，叮囑寧櫻道：「夜裡不回來了，妳睡，我讓金桂進屋守著妳。」

寧櫻夜咳的毛病好了，但譚慎衍還是不敢讓寧櫻一個人在屋裡睡，擔心她出事。外間亮起了光，譚慎衍邊走邊整理腰間的束帶，到了門口，他整理好衣襟，大步走了出去。

福榮等不及他出門，走進屋，然後和譚慎衍一併往外面走，聲音急切。「福繁回來了，城郊的宅子被人襲擊，裡面的人全部撤退了。」

譚慎衍愛護下人，吩咐他們打不過就跑，天黑時分，宅子裡去了很多人，裡面的人見勢不妙，從暗道逃離了。宅子是老國公留下的，年輕時，老國公處理的機密要件都在宅子裡，那些人有備而來，不知是哪方的人？

「你讓人出城通知秦副將，他們人多，一定會留下蛛絲馬跡，讓他帶人去查。」

譚慎衍邊走邊吩咐，問起福繁的情況。福榮心頭發麻，聲音不自覺小了下去。「福繁受傷了，一路有人追殺，他去京郊大營了，秦副將託人送了消息過來，有人通知小太醫去了，您看可要出城？」

譚慎衍皺起了眉頭，無風無月，天際籠罩在層層黑暗中，他沈吟了一會兒，忽然想起上輩子他的死來。「去把小太醫攔住，暫時別讓他出城。」

福榮聽他語氣冰冷，不敢耽誤，一陣風跑了出去。

譚慎衍繞過走廊，叫來身邊的小廝。「你們守著青湖院，不得讓青湖院以外的人出入。」

他朝黑暗中吹了一聲口哨，片刻，一群黑衣人冒了出來，為首的羅定看著譚慎衍，眉色凝重。「是不是出事了？」

「我料得不錯的話，城外有一批人埋伏著，你多叫上些人，備上弓箭，一個不留。」

福繁傷勢重，不會去京郊大營，除非有他不得不去的理由。譚慎衍首先想到的就是福繁知道城外有人埋伏，且人手眾多，他回來的話一定會沒命。

他問一旁的福昌道：「來送信的人是誰？」

福昌想了想。「看穿著是大營裡的將士。」

譚慎衍皺眉，大步離開。「立即出城，墨之遇到埋伏了。」

福昌神色一凜，恍然大悟。福繁受了重傷，送消息的人不可能是生面孔，京郊大營有譚慎衍的人，福繁是清楚的，怎麼會隨隨便便讓人跑腿？

譚慎衍騎上馬，出動了府兵，漆黑的夜裡，街道上急促的馬蹄聲響徹雲霄。宵禁的時辰是子時，而這會兒子時不到，城門已經關了，譚慎衍勒住韁繩，命人開城門，守門的將士看譚慎衍來勢洶洶，面面相覷，不知發生了什麼事？

「紹將軍呢？」

監門將軍是紹家的人，和紹興有點關係，譚慎衍特地挑南門出城便是篤定背後之人設計好了，不會讓他們輕易出城，他和薛墨的關係知道的人少之又少，但不是無跡可尋，對方謀劃多年，一定早就安排好。

薛墨若因為他而死，六皇妃便會和他生了罅隙，間接挑撥他和六皇子的感情，環環相扣，幕後之人早就料到了。

士兵們瑟縮不已，支支吾吾道：「紹將軍家裡有事，暫時離開了。」

「開城門。」

是真的家中有事還是存心躲著，譚慎衍稍後會慢慢追究。

見他眉目肅然，周身籠罩著肅殺之氣，士兵們往後退了兩步，為難道：「前一刻，太后娘娘不太好，說是中毒，皇后娘娘下令封城，說是不准把罪犯放出城……」

他的話還沒說完，譚慎衍手起刀落，對方的人頭已經落地，譚慎衍森然道：「我再說一遍，不想死的開門。」

紹門知道自己躲不過，畏畏縮縮地從後面走了出來，硬著頭皮道：「違抗皇后娘娘的指令，所有人都得死，太后有個三長兩短，抓不到犯人……」

「不開門你現在就得死，真以為紹興能保住你？」

譚慎衍就知道其中有貓膩。紹興不在城門這裡，若被御史臺彈劾，可不只是瀆職之罪這麼簡單。

紹門顫顫巍巍吩咐士兵開城門，譚慎衍揮著馬鞭，揚長而去，身後一群府兵緊隨其後，聲勢龐大，不知情的還以為起戰事了。

其中一個士兵小心翼翼湊到紹門身邊，害怕道：「紹將軍，您看這事可怎麼辦？鬧到皇后娘娘跟前，以為我們把下毒害太后的人放跑了，如何是好啊？」

紹門瞅了地上的屍體一眼，渾身發寒，踢了對方一腳，沒個好氣道：「沒用的傢伙，連個世子都攔不住。怎麼辦？還不趕緊把屍體收拾了。」

他收到命令關城門，事情傳出去不是他的錯，但想了想，道：「你們守著，我先去找救兵，不想跟著一起掉腦袋，給我警醒些。」

紹門是紹家的人，看譚慎衍的臉色應該是發生大事了，他不聰明，但腦子還沒愚笨到什麼都不懂，前一刻宮裡傳出消息說封城門，下一刻譚慎衍就浩浩蕩蕩領著府兵出城。

紹門惶惶不安地去紹府找紹興拿主意，另一邊，譚慎衍出了城門，沿著官道走了一公里左右，便聽見打鬥的聲音極為明顯。譚慎衍吩咐亮火把，黑壓壓的山頭，忽然亮起了光，便看見薛墨被一群人圍在中間，殺紅了眼。

譚慎衍厲聲道：「備弓箭，射！」

他的聲音強而有力，薛墨抬起頭來。支撐到現在他已精疲力竭，身上備的迷藥全部用完了，他對譚慎衍揮手。「你再不來，我怕真沒命了。」

聽到消息說福繁受傷讓他去京郊大營，他心知不好，身邊只帶了兩個小廝，出了城門才知遇到埋伏。好在他身邊的小廝機靈，身上帶了煙火，引來一批人，那些人是譚慎衍宅子的，但寡不敵眾，他將平日防身備的迷藥全撒了，對方前仆後繼，他們堅持不了多久。

譚慎衍帶的人多，很快就扭轉局勢。譚慎衍跑過去扶薛墨，手剛碰到他手臂，入手盡是滑膩的感覺。

薛墨靠在他身上，聲音漸漸低了下去。「我庫房的奇珍異寶估計真的要給你女兒了……」

「別瞎說，櫻娘懷的是兒子，你的那些還是自己留著。」

「我……」薛墨想罵人，但他動了動唇，說不出一個字，身子一歪，陷入了黑暗之中。

譚慎衍眉目間殺氣畢露，厲聲道：「一個都不留！」

可能有了孩子的緣故，他不容許自己有一絲一毫的閃失，聽了福榮的話，快速將裡面的關係理清楚了。對方是衝著薛墨和他來的，先讓城門士兵拖住他，等殺了薛墨，他出城門時再把他也解決了，一石二鳥；不得不說，幕後之人心思深沈，不管哪一處環節失敗，都不會影響整個局，先攻擊城郊的宅子，是怕他搬救兵，環環相扣，不得不說真是好算計。

他抱著薛墨，盯著倒下的屍首，墨色沈沈的眼眸下，如鷹隼的眸子嗜血地閃爍著，陰森恐怖。

朦朦朧朧夜色中，下起了綿綿細雨，火把的燭火隨風搖曳，細細綿綿的雨，如冬日的霧毫無聲息，滿地的屍體，血流成河，對方的人全死了，羅定正和福昌挨個兒檢查屍體，以免有漏網之魚。

薛墨躺在譚慎衍懷裡，閉上了眼，不知過了多久，火把的火滅了，整個山頭又陷入了黑暗。

第六十章

天際露出一抹魚肚白，如濃霧般的雨仍不見停，濕漉漉的地面上，橫七豎八的屍體沒了，徒留一地的鮮血，以及經久不散的血腥味。

城郊的宅子裡，羅定穿著一身血染的衣衫，靠在走廊的石柱下休息；福昌坐在地上，背靠著紅木雕花大門，仰頭和羅定說話。

「可派人回府裡送信了？世子夫人會擔心。」

薛慶平在屋裡為薛墨和福繁診治，一晚沒動靜，而譚慎衍也在裡面，沒有任何指示，福昌他們不敢打擾。吃了這麼大的虧，就這麼算了？

「派人回去說了。福繁的身子怎麼樣了？」

昨晚的事都因福繁而起，薛墨有個三長兩短，福繁死不足惜，但他看著福繁長大，多少有些感情，心裡不免有些難受。

福昌搖頭，回眸瞅了一眼緊閉的窗戶，嘆氣道：「估計沒醒，不知他到底遇到什麼事情了，羅叔不是接應他去了嗎，怎麼還會傷得如此嚴重？」

羅定皺了皺眉。羅平一直和他們保持書信往來，信從十日前就斷了，他們知道中間發生了事，可山高水遠，他們鞭長莫及，想到羅平可能遇險，羅定心下煩躁。

「不管什麼事情，鐵定是大事，你守著，我去周圍轉轉，看看那些人昨日可有留下蛛絲馬跡？」人走過必會留下足跡，說不定能發現什麼秘密。他搓著手，如鷹隼的目光四下逡巡著，高大的背影消失於淅淅瀝瀝的雨中，很快不見蹤影。

門吱呀一聲從裡面打開了，福昌身子一顫，立即站了起來。

薛慶平提著藥箱，側身和譚慎衍說話。「太后年紀大了，病情反反覆覆，從沒聽說中毒，昨晚的事早有預謀，你小心些。小墨的身子不宜抬動，暫時在這邊養著，過兩日我再來看他。」

譚慎衍還穿著昨晚的衣衫，被雨淋濕的衣衫已經乾了，譚慎衍傾著身子，陰沈的臉有了些許和緩之色。「薛叔放心，我會好好照顧墨之的。」

「你忙你的事，待會兒讓福昌去藥鋪找掌櫃的開些藥，不管來多少人，保證他們有去無回。」薛慶平抬眼掃了一眼床榻上昏睡過去的薛墨，臉上的疲憊轉為擔憂。「他傷得重，我讓紅綾過來服侍。」

女子做事心思細膩，男子無論如何都比不上。

「成。」

薛慶平說起懷恩侯府的事，譚慎衍以實相告。他和皇上商量留住懷恩侯府，除了利用懷恩侯府藉機給幾位皇子封王、賞賜封地，再者就是探查幕後真凶，此時福繁昏迷著，等福繁一醒，背後之人就無所遁形了。一現出真身，要對付就容易多了。

譚慎衍要送薛慶平離開，薛慶平原先婉拒了。

想到昨晚的事，譚慎衍心有餘悸。薛墨自幼跟著他練武，遇到壞人尚且能應付一二，可薛慶平手無縛雞之力，一人回去他不放心，猶豫片刻，譚慎衍吩咐人備馬車，堅持送薛慶平回城，另外，他還有事做。

背後之人步步為營，不知路上有沒有埋伏，小心為上，他與薛慶平一道是對的。

雨勢不大不小，經過那片山頭時，鼻尖又瀰漫起濃濃的血腥味，譚慎衍問了薛怡在宮裡的情況。在朝堂為官的多是人精，怕已猜到六皇子也要參與奪嫡之爭，幾位皇子都已封王，誰也不比誰尊貴，那個位置，能者居之。

「她自己能應付，你別分心，倒是你媳婦，她懷著身子，多安排些人手，上回闖青山院的人可抓到了？」薛慶平總覺得那件事和現在的事情不是同一人的手筆。青天白日就敢命人闖層層防守的青山院，方式直接，不計後果，和昨晚暗殺的手筆截然不同，明顯是兩撥人。

兩撥人，更麻煩。

譚慎衍搖頭。「那件事不著急，等福繁醒了，一切都會明朗。皇后娘娘常常刁難薛姊姊吧？」

齊家落敗，皇后娘娘心裡窩著火無處發洩，又逢幾位皇子封王，皇后娘娘跟著皇上多年，如何不明白皇上踩著齊家扶持六皇子的心思？在最後一層遮掩的布撕開前，皇后娘娘定會不斷找薛怡的麻煩。

「皇后娘娘氣惱是有的，刁難算不上，她貴為皇后，該有的臉面還是得要，畢竟多少雙眼睛盯著呢！」

三皇子被皇后娘娘囚禁，前些日子才被放出來。對朝堂發生的事，三皇子態度極淡，說要帶著三皇妃回封地，被皇后娘娘以各種理由攔著。他在宮裡走動多年，和三皇子打交道的次數不少，沒看出三皇子是有城府之人。

皇后不擇手段，不知是對還是錯。

譚慎衍冷哼一聲。「她腦子夠聰明，從昨晚的事情中就該察覺到端倪。三皇子品行良善，去了封地是好事。」

明妃娘娘已經死了，不管誰做太子，皇后娘娘都是後宮的主母，除了皇上，誰都越不過她去。

薛慶平想想，沒有作答。

到了城門外，薛慶平掀起簾子，不經意看見城門上掛著白色帆布，正中央，白色的花兒明晃晃刺了薛慶平一眼，他身子一僵，掀著簾子的手垂落。

「慎衍，出事了。」

譚慎衍撩起簾子，一眼就看出了究竟，城門掛孝布，多為國喪，他心頭一凜，若皇上出事……

福榮機靈，已經駕馬去問了。

守門的人仍然是紹門，昨晚他去紹府沒有看見紹興，是堂兄接待他，聽了他的推測，紹門脊背生寒。給他傳令的是宮裡的太監，但那時候太后娘娘並沒有中毒，由此可知，有人利用他。

紹門派人出城打聽，得知譚慎衍和薛墨遇到埋伏，心知事情鬧大了，這會兒看馬車是薛府的標記，又見譚慎衍坐在裡面，他訕訕一笑，放低自己的姿態，小心翼翼將太后病逝的消息說了。譚慎衍回眸瞅了眼薛慶平，兩人交換眼神，皆暗暗鬆了口氣。

不是皇上就好，一切還要皇上主持大局呢！

紹門雖然和福榮說話，一雙眼卻盯著譚慎衍，躬身行至馬車邊，點頭哈腰道：「太后娘娘是子時過後去的，據說是中了毒，還有……昨晚，臨天街發生了一場廝殺……」

能住臨天街的官員多是天子近臣，譚慎衍額頭突突一跳，吩咐人回國公府。

紹門昨晚落下把柄，心裡犯怵，瞅著馬車經過他身邊，他急忙揮手。「薛太醫，宮裡一團亂，您進宮瞧瞧吧！」

譚慎衍一頓，快速撩起簾子跳下馬車，騎上福榮的馬，揮鞭揚長而去。

薛慶平想去國公府瞧個究竟，可太后中毒，皇上肯定勃然大怒，如果昨晚有人去薛府傳話而見不著他，他可就犯下欺君之罪了。薛慶平拿出坐墊下準備的衣衫，換上新的，四方桌上有茶水，他簡單用茶水洗漱一番，徑直入宮。

寧櫻一覺睡到天明，全然不知臨天街發生了場惡鬥，金桂在屋裡守著，知道得也不多，寧櫻沒有往深處想。

小雨淅淅瀝瀝，簾子掀開，譚慎衍一身濕漉漉地走了進來，寧櫻握著湯勺的手頓了頓，蹙眉道：「怎麼不撐傘？」

「宮裡出了事，待會兒還要進宮，讓丫鬟打水，我洗漱後就走。」

昨晚的人是衝著國公府來的，不過沒有成功。寧櫻之前在門口差點被人刺殺，他便多留了心思，買下臨天街中間靠後的宅子監視臨天街的動靜，就是防止有人偷襲國公府，沒料到昨晚真被他們逮到了。

譚慎衍看寧櫻沒事，心下稍安。

走近了，他身上有一股刺鼻的血腥味，寧櫻眉頭一皺，跟著他進屋。「是不是遇到刺客了？」

譚慎衍點了點頭。他腳上的鞋子是髒的，走了幾步就留下痕跡，他停下來，轉身，準備出門不去內室了。「妳去內室幫我找衣服，待會兒我再與妳說。」

福繁回京受傷是真，對方設下連環計也是真，宮裡太后的事不知道是誰做的，朝堂怕是再難風平浪靜了。

寧櫻去內室給他挑衣衫，此時後罩房內，譚慎衍已經脫下身上的衣衫，精瘦的後背上，幾條鮮紅的疤痕極為惹眼，寧櫻想起他出門是為了福繁之事，怎麼會遇到奸細？

她把衣衫掛在衣架上，輕聲道：「青山院又來刺客了？」

「不是，福繁被人重傷，昏迷不醒，我出城找他中了埋伏，我帶足了人，沒有吃虧，妳別擔心。」浴桶裡裝滿了水，譚慎衍泡進去，示意寧櫻坐在旁邊椅子上，言簡意賅和寧櫻說了昨晚的事，略過有人來國公府之事不提。寧櫻懷著孩子，不能思慮過重，知道有人隨時會上門行刺，他怕她會惶惶不安，影響肚子裡的孩子。

寧櫻聽後心跳都慢了一拍。「小太醫沒事吧？昨晚下旨關閉城門的事，肯定就是為你和小太醫設計的。」

譚慎衍靠在浴桶壁上，半瞇著眼，沈吟道：「今早回來看紹門的態度，他應該是知道自己被陷害了，昨晚假傳命令的人早就被斬草除根。」

但對方揚言是皇后娘娘的旨意，背後之人不把皇后娘娘拖下水不甘休，皇后娘娘一黨經過這件事，三皇子再難成事。

「那太后……」

「最後會落到皇后娘娘身上。」

太后娘娘年事已高，身子早就不行了，而對方毒害太后，居心叵測，除了是對付皇后娘娘還有誰？

寧櫻又道：「皇后娘娘？豈不是宮裡要亂了？」

譚慎衍沒有回答。皇上孝順，太后娘娘中毒之事不知多少人要賠命，皇上對皇后娘娘早就存了殺害之心，如果有心人故意栽贓到皇后娘娘頭上，是與不是，皇上估計都容不下皇后。皇后出事，後宮無人打理，朝野動盪……

思及此，他簡單洗了洗，讓寧櫻將棉巾遞給他，叮囑道：「外面不太平，妳就留在府裡，別到處走。」

換上衣衫，他來不及吃飯，心急火燎進了宮門。

如他所料，給太后娘娘下毒的宮人和皇后宮裡的宮女有所往來，皇上怒火中燒，要把皇后娘娘送去內務府查辦，宮殿裡跪了一群人，三皇子也在其中。

譚慎衍蹲下身，通報道：「皇上，皇后娘娘操持後宮，還請三思，別讓真正的凶手逍遙法外。」

皇后娘娘真要對付太后的話，可以選擇毒害明妃的那種毒藥，毫無聲息，誰都發現不了，何必蠢到讓自己宮殿裡的人毒害太后？明顯是栽贓陷害。

喊冤一宿的皇后像抓到了最後一根稻草，啞著嗓音辯解道：「臣妾接管後宮數十載，自問兢兢業業、問心無愧，不知何人在背後陷害，還請皇上莫偏聽偏信，還臣妾一個公道才是啊！」

「妳問心無愧？妳有臉把妳做的事一樁一樁說出來？」皇上拍桌，壓住心裡的怒氣，深吸兩口氣，切齒道：「滾！」

他當然明白皇后不是幕後黑手，可是他想藉著這件事情將皇后除去，來日就不會有人壓著六皇子。皇上神秘莫測地抿唇，眼神有意無意地掃過譚慎衍。
宮殿的人全部退下，譚慎衍才敢上前，小聲和皇上說話。「除掉皇后，下一步，您和六皇子就是他們的目標了，小不忍則亂大謀……」
皇上輕哼出聲。他忍皇后多年，若非皇后派人害得明妃流產，他和明妃或許早有好幾個孩子了，這個仇一直壓在他心底，今日皇后做的一切又讓他想起那些，再難自制。
譚慎衍聽到一聲輕微的冷哼，忙將昨晚夜裡發生的事情娓娓道出。昨晚他和薛墨出事，對方拿太后解決掉皇后一黨，朝堂就沒有對手了，或許，連皇上都不能倖免。自古以來，奪嫡之爭最是殘忍，父子反目成仇、手足相殘的事比比皆是，不知會鬧出多大的事情來？
皇上漸漸冷靜下來，端起茶几上的杯子，想喝水又放下了，嚴肅道：「可是北鎮撫司被人控制了？」
譚慎衍搖頭，將自己心裡的猜測說了出來。對方行事一環扣一環，心思縝密，不是北鎮撫司的做法。
「皇后執掌後宮多年，蒼蠅不叮無縫的蛋，太監敢冒充她的指令，定是她生出過這種心思，沒有朕的命令，誰都不得擅自做主關閉城門。懷恩侯府好大的做派，真以為朕饒過他們不成？」
譚慎衍無言以對，他想不通的是為何要對太后下毒，且還是皇后娘娘寢宮的人？陷害的計謀說不上高明，若非皇上對皇后早就有懷恨之心，便會功虧一簣，可見對方深知帝后恩怨，明顯是後宮裡的人，且還是宮裡的老人。

譚慎衍問了一些昨晚太后中毒之事，皇上一五一十說了，聞言，譚慎衍陷入了沈思。

宮殿外，皇后身影狼狽。昨夜太后死後，皇上就把她關押在宮殿內，連給她梳妝洗漱的機會都沒有，她在殿內跪了一宿，雙腿發麻，面露疲憊之色。

屋簷下雨滴成簾，皇后惴惴不安，許久，她緩緩抬起頭來，朝一旁的三皇子道：「太后喪事後，你去封地吧，母后不攔著你了。」

她看得出來，方才皇上是真對她下了殺心，當年之事，皇上歷歷在目，只等著她犯錯好懲治她。三皇子是無辜的，不該牽扯進這些事情中。做不成太子不要緊，保住一條命就好，即使有朝一日六皇子真成了事，有她在的一日，他就不敢對付她的兒子。

三皇子沈著臉，沒有立即應聲。他早想離開，而眼下是走不了了，皇后看不明白，他什麼都懂，那個位置，他不愛，明妃小產後，他的心思就淡了。

母債子償，他欠了明妃和六皇子，理應退出。

「母后，這些稍後再說吧，您先回宮殿，仔細盤問昨晚的事情。」

雖然事件背後的痕跡幾乎被抹去了，但該有的態度還是要有。

皇后瞅了兩眼緊閉的殿門，悶悶笑了起來。若不是剛才皇上態度堅決要處死她，她還看不明白，蜀州山高水遠，易守難攻，她以為皇上早早賞賜六皇子封地是保護他，六皇子再受寵，到了年齡終究是要離開的，她忙著和大皇子、二皇子鬥，眼下才如醍醐灌頂，皇上心底一開始的打算就是把皇位傳給六皇子。

早早賞賜封地，不過是為了迷惑眾人的目光，不讓六皇子站在風口浪尖，由於大皇子、四皇子受傷，沒了當太子的資格，韓家與她針鋒相對，她的算計從來沒落在六皇子身上過，直到皇上同樣給大皇子、二皇子賞賜封地，她才有所察覺；但是，她覺得不太可能，畢竟六皇子娶的是薛府長女，薛慶平是太醫院的，官職不大，明妃又是一介宮女出身，連娘家都沒有，皇上如果立六皇子為太子，文武百官都不會答應。

六皇子年齡最小，無論是立長還是立嫡，都輪不到他。

可能後宮的幾位嬪妃和她有同樣的想法，都沒暗中對付六皇子，如今看來皇上卻快要成功了，若此次除去她，便沒人反駁立六皇子為太子了。

聖心難測，卻也不難測，逃不過一個情字。

皇后娘娘髮髻上的鳳簪歪了，她扶了扶，和三皇子並肩而行，她忽然問道：「你父皇的心思，你是不是早就知道了？」

所以他才迫不及待想離開。她不明白的是，譚家為何要站在六皇子那邊？明明支持三皇子的成算更大，且依照譚家的身分地位，無須把自己陷入此等艱難中，但譚慎衍站隊了，沒挑明支持六皇子，可一言一行都是為六皇子打算，除掉韓家，約莫就是為六皇子鋪路。

三皇子低著頭，神色不明。「我知道什麼？父皇心裡想什麼，誰都不知道，母后別想多了，還是想想怎麼洗脫眼前的嫌疑吧，遲了，恐會生變。」

皇上不懲治皇后是因不知道幕後之人是誰，一旦皇上查清楚，說不定會藉著這個機會除掉皇后，有的事情不用他多說，皇后認真一想就知道了。

皇后娘娘心神一凜，嘲諷地笑了笑。「母后知道了，你回宮吧！」

大殿內，譚慎衍和皇上說了一番話。

因太后逝，今日沒有早朝，皇上命薛慶平診斷太后中了什麼毒，無論如何要抓住真凶；對皇后之事，他心裡卡著一根刺，遲早是要拔掉的。

殿外的雨不知何時已經停了，譚慎衍走出宮殿，不遠處的宮門站著一名石青色服飾的太監，譚慎衍掃了眼他腰間的腰牌，靜默無言。

太監恭順地給他行禮，壓低聲音道：「三皇子有事向您請教，還請譚尚書賞臉。」

緊要關頭，譚慎衍不敢和皇后一黨聯繫，三皇子心思通透，不會不知道其中利害。

譚慎衍上下審視著太監，目光如炬，片刻才將視線挪開，望著遠處的天際道：「春雨綿綿，這會兒雨停了，應該會晴朗幾天，我還有事情處理，麻煩公公轉達三皇子，近日怕是沒空。」

昨晚有太監冒充皇后娘娘身邊的人傳旨封城，來龍去脈沒查清楚，管理內務府的是順親王，順親王心性豁達、八面玲瓏，不會平白無故給皇后身上潑髒水，皇后娘娘暫時是安全的，至於以後，就說不準了。

太監低著頭，雙手交疊在胸前，緊張得瑟瑟發抖，尾音都有些打顫。「奴才會如實轉達三皇子的，還請譚尚書有空時，陪三皇子暢聊一番才好。」

「會有那麼一日的，我還有事，先回去了。」

太監動了動手，不知該說點什麼，遲疑間，只得低頭給譚慎衍行禮。

譚慎衍越過太監徑直往前走，等回到刑部，不等他派人把紹門抓來，幾個守門將軍已老實地自己來刑部找他交代昨晚的事，三人說法一致，篤定傳旨的是皇后娘娘身邊的人。

「譚尚書，下官若知道您要出城辦事，萬萬不敢攔您，下官有眼不識泰山，還請譚尚書別往心裡去。」紹門不知自己哪兒運氣不好，竟落到譚慎衍手裡。雙方素來井水不犯河水，哪怕譚慎衍在朝堂和紹興有些不對盤，卻也是在公言公，私底下沒使過絆子，紹門連連朝譚慎衍作揖，低頭屈膝，倒是安分許多。

譚慎衍翻閱著手裡的公文，沒著急回答，東、西城門的守門將軍見譚慎衍臉色不好，垂眉說起昨晚的事。

譚慎衍抬眼，目光灼灼地盯著幾人，若有所思道：「你們能坐上這個位置，該想想怎麼做。皇后娘娘管理後宮，如何會過問朝堂之事？你們說說，是皇后娘娘的什麼指令？」

幾人立即不做聲了。懷恩侯犯罪，皇上高高舉起，低低放下，他們只是芝麻大點官，怎麼敢忤逆皇后的意思？看那人穿著宮人的衣裝便沒有多想，下令把城門關了，真不知是有人假傳皇后娘娘旨意，栽贓到他們身上。

譚慎衍繼續翻著公文，眼皮子都沒掀一下。

紹門是紹家的人，消息知道得快，看譚慎衍充耳不聞，他小心將在紹府聽來的事情說了。「聽我堂伯父說，懷恩侯府在暗中斂財，做招兵買馬用。」

譚慎衍睨了紹門一眼，看得紹門渾身哆嗦，他沒吭聲，繼續審閱手裡的公文。紹門熱臉貼了冷屁股，不敢有絲毫不滿，臉上一直帶著笑。

許久，譚慎衍才讓他們離開，幾人只覺得肩頭一輕，走了幾步，聽譚慎衍道：「此事待太后事情過了是要追究的，你們準備好了。」

幾人面色慘白、灰頭土臉地離開了。

譚慎衍將積壓的公文全部翻了一遍，走出刑部時，已經是傍晚。下了雨，到處霧濛濛的，看不真切。太后中毒嫁禍給皇后的事情用不著他操心，三皇子一定會想法子洗脫皇后嫌疑，且必定是在最短的時間裡。

回到青湖院，他才發現一整天沒吃東西，寧櫻胃口不錯，陪著他吃了許多，並問起宮裡的事情來。太后娘娘宅心仁厚，喪事是要好好張羅的，只是不知能不能將凶手繩之以法，讓太后娘娘安息？

「太后娘娘的事情有內務府辦，凶手跑不了，妳多吃些，待會兒我陪妳散散步。」夜裡他還得去宅子看看薛墨和福繁怎麼樣了，恐不能留在家裡。

寧櫻道不用。「你忙自己的事情就是。」

吃過飯，寧櫻催促譚慎衍離開，讓金桂給他準備了兩身衣衫。「你別來回奔跑，好好休息，府裡的事情不用擔心。」

譚慎衍來來回回跑不是法子，索性把外面的事情辦完後，有了空閒再回來就好。

看著金桂收拾包袱，譚慎衍失笑。「人家巴不得丈夫留在家裡，妳反而把我往外面攆。」

寧櫻撇了撇嘴，沒吭聲。

他沒有拒絕金桂遞過來的包袱，提在手裡，和寧櫻說了幾句話才緩緩離開，和往常一樣，穿過青湖院的垂花門，步子才陡然加大。身後的福榮清楚譚慎衍的性子，再火燒眉毛的事，主子在寧櫻跟前一向從容淡定，跟什麼都沒有發生似的。

他亦步亦趨跟著譚慎衍，聽譚慎衍道：「給薛太醫去信，盯著德妃，讓府外的眼線注意白家的動靜。」

德妃娘娘是五皇子生母，和明妃娘娘一樣，同樣是宮女出身，不過宮女分三、六、九等，明妃是九等，德妃娘娘是三等。

福榮不懂譚慎衍的心思，稱是道：「奴才這就去。」

宅子裡燈火通明，福昌守在門外，短短一日的工夫，下巴的鬍渣都冒出來了，看譚慎衍來了，福昌心裡著急。「小太醫和福繁還昏睡著，您說要不要請薛太醫再來瞧瞧？」

小太醫是薛府的命根子，出了事，薛家就後繼無人了。

「不用，依照薛太醫的話定時給他們餵藥就行，紅綾來了？」

紅綾是薛府的下人，薛墨不喜丫鬟伺候，但有些用到丫鬟的場合都會讓紅綾應付。

福昌搖頭，譚慎衍問了幾句薛墨的情況，推開門進了屋，屋裡東邊和北邊安置了兩張床榻，薛墨和福繁就躺在上面。

譚慎衍讓福昌進屋，眼神幽暗不明道：「你把德妃、容妃她們背後的關係再與我說說。」

他查過大皇子、四皇子受傷之事，背後有皇后的手筆，尤其大皇子乃皇上長子，皇后娘娘對他忌憚頗深，最先對大皇子下手的就是她；而四皇子的事情沒有蛛絲馬跡，他想應該不是皇后娘娘從中作梗，三皇子長於四皇子，皇后沒理由擔心四皇子會阻礙三皇子的前程。皇后不是傻子，對付大皇子和二皇子後，三皇子便能占盡天時地利。

依照皇后對付大皇子的思路來看，想先除掉四皇子的人，只有五皇子的生母德妃了。

福昌不懂譚慎衍的意思，將很早之前查出來的事情倒背如流地告訴譚慎衍。白家身分低微，一個普普通通的五品官就能像捏死螞蟻那樣捏死白家，但是看譚慎衍目光幽暗不明，福昌放慢了速度，邊說邊想是不是中間漏掉了什麼？然而，他把白家的事情裡裡外外說了一番，也沒發現不對勁的地方。

「主子，您懷疑德妃？」

「很快就不是懷疑了。」

德妃想得周全，皇后為三皇子謀劃，除掉大皇子、二皇子是早晚的事，她只需要除掉四皇子，其他的由皇后代勞，她便能坐收漁翁之利。

可惜二皇子的外家強大，且不在京城，德妃娘家不顯，要對付韓家談何容易？且韓家出事，會引起皇后懷疑，於是德妃想方設法地把他牽扯進來。

譚家是武將，韓家也是，韓家敗了，皇后不會懷疑到她身上，她就能繼續瞞天過海。

這個女人的本事，不容小覷。

福昌依然不明白哪兒出了問題。德妃和明妃娘娘身分差不多，五皇子做太子，朝野上下都不會同意，他忍不住把心裡的想法說了出來。

「德妃雖是宮女出身，家世卻是清白的，且沒了大皇子、二皇子、三皇子、四皇子，你說說，五皇子與六皇子之間，文武百官會選誰？」譚慎衍單手敲著桌面，琢磨德妃的勢力。

德妃雖出身低微，若善於鑽營，能引起宮人的共鳴，對宮人好好加以利用，勢力只怕不比在後宮隻手遮天的皇后差。

想到一個宮女在背後算計鑽營，讓他們連連受挫，福昌氣得臉頰泛紅，低著眉目，一言不發，緊抿的下巴盡顯他的怒意。

初晴的天空，偶有幾朵白雲飄過，譚慎衍敲著桌面的手微微一頓，沈吟道：「把消息放給齊家。」

坐山觀虎鬥，不是只有德妃會，想到在福州的韓越，譚慎衍抿唇笑了笑。「韓將軍雖說罪有應得，但一直對被設計陷害之事耿耿於懷，你把風聲透露給他，有仇報仇，有冤報冤，他知道怎麼做。」

當日一得知韓越的事是有人極力促成的，他便給韓越留了一條命，達爾也放回去了，德妃藏得深，他不是沒有籌碼。如今戍守劍庸關的是清寧侯府的人，清寧侯府和懷恩侯府乃一條繩子上的螞蚱，不會聽德妃的話，五皇子想要做太子，得保證邊境安寧，否則，不過鏡花水月罷了。

福昌緊繃的臉上漾起了一抹別有深意的笑來。他跟著譚慎衍多年，自然清楚譚慎衍的打算，韓越出事，譚慎衍沒趕盡殺絕，其中有些涉事的人也睜隻眼、閉隻眼，約莫就等在這兒呢！

福昌神色激動地退下，遇到羅定，勾了勾唇。羅定看他笑得不懷好意，心裡納悶，想細問一句，福昌已抬腳跑了出去，速度快得令人嘖嘖。

譚慎衍叫羅定是有事安排。「福繁受傷是在回京路上被人追殺所致，你去做件事。」

譚慎衍朝他招手，附耳說了兩句，羅定眼神一亮，神采奕奕點了點頭，離去時，步伐輕快，沈穩有力，相較來時的沈重大不相同。譚慎衍知道緣由，德妃娘娘韜光養晦多年，勢力多大尚不可知，對羅定來說，強勁的對手能激起他的戰勝慾。

既然知道德妃藏在背後，譚慎衍就不讓德妃繼續陷害。他不著急進宮覲見皇上，如今要做的是把齊家的後路斷了，以免齊家和皇后聯手對付他。皇上和皇后娘娘關係破裂，帝后不和，朝堂波瀾更甚；太后娘娘中毒之事，估計是德妃做下的，不過她隱忍多年，敢明目張膽對太后下手，估計查不到線索。

幾位皇子已經封王，內務府忙著建造庭院，幾位皇子沒有去處，故而，除了六皇子，其他幾位皇子仍然住在宮裡。

譚慎衍給宮門口的太監遞了牌子，求見三皇子。

太后過世，宮裡正忙著，三皇子沒料到譚慎衍能這麼快就來了，他和譚慎衍去了書房。

「你是不是發現了什麼？」三皇子擔憂的是皇后娘娘「毒害」太后之事，他以為譚慎衍來是因為發現了幕後真凶。

三皇子揚手，示意譚慎衍坐下說話，譚慎衍沒拐彎抹角，直接道：「三皇子是不是早有離京的打算？」

沒有人是沒有慾望的，除非他經歷了什麼，不得不勸服自己克制慾望，懂得取捨。

三皇子對皇后娘娘一黨的扶持深惡痛絕，不然皇后娘娘不會想方設法將他囚禁起來，隨後又阻攔他離京。

三皇子一怔，隨即驚詫的臉上轉為了然，他執起茶壺，給譚慎衍倒了杯茶，沒立即回答譚慎衍的問題。如今他能平安無事，除了皇后的庇佑，再來就是懂得審時度勢了，這和他自身的性格有關，他從小就不愛出頭，做事以謹慎為上；當年獨得聖寵的明妃忽然受皇上冷落，明妃自幼跟著皇上，多年的情分不是假的，父皇即使再喜新厭舊，也不會忘記明妃陪伴的情分，更不會毫無緣由冷落明妃，尤其，還是最疼愛六皇弟的父皇。

他發現明妃小產是母后搞的鬼，父皇也知道，但僅私底下訓斥過皇后，這件事沒漏出一絲風聲，是因為明妃勸住了皇上。他成親後，和三皇妃相處的過程中，慢慢琢磨出皇上的心思來，他很早就懷疑父皇屬意的太子人選是六皇子。大皇兄受傷，連他都知道是母后做的，但父皇卻隻字不提，刑部和內務府查出來說是意外，除了大皇兄生母，沒有任何人懷疑，他大膽猜想，或許父皇是想借母后的手除去幾個兄弟。

試想，若母后依照計畫除去幾人，父皇在最後關頭隨便以什麼理由剝奪他做太子的資格就行了，幾位弟兄皆沒了繼承皇位的資格，除了去蜀州的六皇弟；不得不說，父皇留著母后，是想借母后的手為六皇子鋪路，可惜母后不明白，由著父皇利用，好在大皇兄、四皇弟還活著，否則母后的罪孽更重。

三皇子端著茶杯輕輕搖晃，茶杯裡，盛開的茶葉好似片片青綠的嫩芽，鮮活清亮。「遲早是要離開的，何須拖著，你來找我是為了這件事？」

譚慎衍不碰桌上的茶杯，他與幾位皇子可以說一起長大，認真比較，其實三皇子更適合那個位置，只怪既生瑜，何生亮。

「瓊州物產豐富，且只能乘船前往，皇上心裡已為您打算好了。」

三皇子心思敏捷，定能明白他話裡的意思。

通往瓊州地界只能坐船，瓊州知府清正廉明，瓊州百姓安居樂業，比起大皇子、二皇子的封地，瓊州算好了，哪怕有朝一日兵變，戰火也不會蔓延到瓊州去，皇上選擇瓊州給三皇子，只怕也是清楚三皇子的為人。蜀州易守難攻，源於地勢險要，一夫當關、萬夫莫敵；而瓊州易守難攻則源於需要糧草和水，還有船，三者同時具備才能攻打，更為困難。

三皇子輕輕一笑。「你是表明自己的立場了嗎？」

譚慎衍是六皇弟的人，前兩年他就察覺到了，不說開，是怕母后對譚慎衍下手，真觸了父皇逆鱗，母后日子不會好過，他不明白的是為何譚慎衍選擇六皇子？

「六皇弟性子可圈可點，但明妃娘娘的身分……你如何選擇了他？」

譚慎衍沒有遲疑，如實道：「與其說我選擇六皇子，不如說是依照皇上的意思，譚家效力的是皇上。」

三皇子頓了頓，點頭道：「也是。你能不能幫我一件事？母后犯錯不假，可身為人子，總希望她能長命百歲。有朝一日，如果六皇弟容不下她，哪怕將她送去冷宮，也別……」

三皇子相信譚慎衍一定知道太后的事不是皇后所為，他暗中留意著皇后的動靜，除了大皇兄和四皇弟的事情，皇后沒有害過人，他想皇后好好活著，求六皇弟是沒用的，六皇弟也知道明妃小產的事情，一直記恨著皇后。

「六皇子孝悌仁義，不會生出這種心思，三皇子別想多了。下官答應您，若六皇子真生出這種心思，下官會勸他歇了心思，可如果是其他人想做什麼，我怕有心無力。」譚慎衍端起茶杯抿了一口。

六皇子真繼承了皇位，皇后就是太后，礙於孝道，六皇子不會做什麼的，倒是皇上估計不會放過皇后。

三皇子明白譚慎衍的意思，微微變了臉色。是啊，比起六皇弟，父皇對母后的痛恨更多。

「我知道了，皇祖母的喪事後我就離京，待會兒便讓人收拾行李，你可有需要我幫忙的地方？」

他都要走了，能幫襯一把，來日，譚慎衍能念著情分為皇后說句話，他感激不盡。

譚慎衍搖頭，在三皇子有些失望的目光下，說話留了餘地。「有需要的地方，一定會煩勞您的。」

第六十一章

春暖花開，萬里無雲，皇上請欽天監看日子，將太后出殯的日子定在兩日後，朝堂上頗有微詞。依照規矩來，停靈得足七天，太后德高望重，受人景仰，她的靈位卻只停三天，入宮祭拜的官員內務府都安排不過來。

可欽天監監正言之鑿鑿，錯過這個日子，只有等下半年了，文武百官再有微詞也不敢出來指責半句，皇上是孝子，這種事不會亂說。

太后出殯後，當日三皇子便領著三皇妃一眾家眷離京前往封地。皇后娘娘操勞後宮之事，得知三皇子離京後，她一蹶不振地暈了過去，宮裡人仰馬翻。

後宮烏煙瘴氣，朝堂也不太平。五皇子在守靈回來的途中遇到劫匪，劫匪劫持了一村子百姓，五皇子當機立斷，以自己為誘餌換回一村百姓的命，和侍衛裡應外合，將劫匪窩端了，一時之間，五皇子聲名大噪，連無人問津的德妃都冒出了頭。

而且，內務府對太后的死因毫無所察，皇上怒不可遏，將徹查之事撥到譚慎衍身上，批准譚慎衍能隨時進宮，還賞賜了譚慎衍出入宮裡的權杖。

暮春時節，朝堂上的刀光劍影沒有丁點兒緩和的跡象，天氣漸暖，各處鳥語花香，生意盎然。

御花園內，女子一襲素淨的百褶長裙，迤邐拖地，碧綠色的玉釵上以藍寶石雕刻的蘭花栩栩如生，她微微俯身，聲音清脆。「臣妾給皇后娘娘請安，皇后娘娘怎麼一人在院子裡散步？臣妾陪娘娘說一會兒話吧！」

三皇子走後，皇后一蹶不振，為人低調許多，連帶著齊家都沈寂下去。

皇后抬眼淡淡掃了眼來人。近日朝堂劍拔弩張，是誰挑起來的不用多說，千算萬算，沒料到德妃能生出那等心思。

皇后心下後悔，她若早日發現德妃的心思，哪有德妃的今天？她斜著眼，高高在上道：「近日五皇子得到聖上嘉獎，妹妹說不定能往上再升一升。」

德妃輕輕一笑，算不得出眾的臉上現出一抹彩霞，刺了皇后一下，只聽皇后話鋒一轉。「五皇子救了一村百姓是積德之事，留在京城養傷是理所當然的，但是誰讓聖上心裡只有六皇子呢？明妃又從小照顧聖上，衝著這份情義，不管聖上怎麼寵六皇子都是應該的，妹妹，妳說呢？」

德妃臉上的笑僵硬了一瞬。「姊姊說得是，明妃是皇上身邊的老人了……」

皇后笑得更歡了，打斷德妃的話道：「本宮聽說民間有句俗語，叫愛屋及烏，妳說聖上對六皇子寵愛有加，怎麼明妃生前聖上卻甚少過問呢？冷落了那麼多年，委實奇怪。」

三皇子走之前給她留了信，皇后是看了信才氣暈過去的。這些年，她步步為營，到頭來三皇子卻讓她幫六皇子，提防德妃，她做的一切彷彿成了笑話。明妃什麼身分，她生下來的六皇子如何能和他相提並論？他再堅持一段時間，等齊家緩過氣來就好了，如今他倒好，一走了之。

她氣了兩日，再看三皇子的信，只覺得脊背生涼。德妃在她眼中是連明妃都不如的貨色，皇上寵幸明妃是看在陪伴的情分上，寵幸德妃則是機緣巧合，何時德妃手中的勢力竟如此大了？同時，她收到齊家來信，晉州、福州的金礦看似是她在背後作祟，受利的卻是德妃，她執管後宮多年，如何吞得下這口氣。明裡、暗裡沒少給德妃找麻煩，但是都被德妃輕易地避過去了，然後就是五皇子救百姓有功，德妃又出現在眾人視線裡。

皇后才恍然，德妃韜光養晦，修身養性，估計就等著呢！大皇子被她除掉了，二皇子沒有韓家成不了事，三皇子前去封地，四皇子身體羸弱又有傷疾在身，康健的就剩下五皇子與六皇子。兩位皇子的生母身分低微，可德妃勝在她還活著，娘家身分雖不高，卻是老實本分的清白人家，而明妃自幼被賣進宮，娘家在哪兒都不知，文武百官不可能接受隨時會冒出不知名親戚的六皇子來繼承皇位，五皇子的皇位，穩操勝券。

皇后氣息不順，望著園子裡開得正豔的花，語帶嘲諷。「有的事，我也是許久才參透。聖上嚴以律己、以身作則，好端端的，如何會莫名其妙寵幸一個宮女？雖說聖上挑中誰是聖上的事，可一個時辰不到，消息就鬧得沸沸揚揚還真是少見，換作平日，本宮定會賜死那個宮女，聖上卻勸本宮給她一個身分；有的事妹妹也明白，妥協了一回就有第二回，故而，本宮知道聖上中意明妃時，為了討聖上歡喜，本宮二話不說就答應了。

「本來是兩件無關緊要的事，如今想來，其中卻透著端倪，畢竟，沒有妹妹的事情在前，明妃是成不了聖上的枕邊人的，說起來，六皇子能有現在的寵愛，還得謝謝妹妹妳。」

當時皇上臨幸了一個宮女，她心裡是氣憤的，可那段時間皇上為了德妃好言好語哄著她，她就答應了。第二回，皇上提了明妃之事，她不想壞了兩人的感情，尤其皇上還是皇子的時候，她就想讓明妃跟著他了，因而皇上對她提起時，她沒有反對；等到看了三皇子留給她的信後，她才明白，自始至終，皇上心裡只有明妃，寵幸德妃不過是給明妃鋪路罷了，有了德妃的事情，後宮再多一個宮女出身的嬪妃不會惹人注意。

皇上，把她玩得團團轉。

德妃臉色微變，不過很快掩飾過去。「大家只記得住最後笑的人，過程如何，有誰會真正在意？」

皇后挖苦她又如何，笑到最後的人才是贏家。

皇后神色一僵，杏眼圓睜道：「也不掂掂自己的斤兩，聖上寵幸妳之後才來與本宮說，而聖上寵幸明妃，卻提前徵得本宮同意，中間的差別妳會不懂？對了，我忘了，妳向來的本事就是裝傻充愣，這麼多年，性子一點都沒變。」

說完，皇后徑直往自己的寢宮走，走出兩步遠，聽後面傳來德妃語氣不明的話。「姊姊妳多欣賞欣賞這園裡的景致，太后之事還沒過去，妳千萬要保重身子，不然的話，三皇子沒到瓊州又得回京了。」

她竟敢詛咒自己死?!

皇后捏著錦帕，目光淬毒似地盯著她，頗有幾分咬牙切齒地說：「妳方才說什麼？」

「姊姊近日心力不濟，聽不清就算了，妹妹我還有事，不像姊姊這般清閒，一大堆事情等著我呢，就不陪姊姊散步了。」德妃說著話，拖著長裙，背影怡然自得。

皇后氣得咬牙。她怎麼能讓德妃爬到她頭上撒野，於是提高音量，掩唇笑道：「妹妹說得是，本宮可得好好保重身子，不管將來誰贏了，都得喚本宮一聲母后呢！」

德妃步伐一滯，皇后心裡的氣順了不少，學著方才德妃的模樣，悠哉悠哉地往寢宮方向去。她是皇后，誰做太子有什麼關係，左右都得稱呼她一聲母后，德妃再懂得韜光養晦，身分也不可能與她並肩。

院子裡飛來幾隻蝴蝶，白色翅膀在陽光下透著光，皇后和德妃背道而馳，雍容富貴的身影很快繞過石青色小徑，消失在園裡。

寢宮，宮人將外面傳來的消息遞給德妃，小聲道：「娘娘，事情真的能成嗎？」

譚慎衍初生之犢不怕虎，不好對付，事情成則算了，不成的話，她們都得跟著遭殃。

德妃揚著唇。「成與不成，接下來就知道了。」

她沈寂這麼多年，若不是被譚慎衍識破，她不會讓五皇子在此時站出來。譚慎衍有今日的成就，倚仗的是老國公當年留下的人手，她能知道這些秘辛，多要感謝她是宮女出身。她本該認常公公為乾爹的，但最後卻被拒絕了，想當初自己爭著當常公公乾女兒的時候，她聽聞了一些事，沒料到老國公在宮裡有眼線，這件事除了先皇，就只有皇帝知道了，虧得常公公拒絕了她，否則她哪有現在的日子？

譚富堂的事情被揭發，皇上不追究是忌憚老國公，外人只看到皇上如何偏袒譚家，壓根兒不知譚家在全國各地有自己的眼線，而常公公就是老國公當年留在宮裡的眼線。

皇上不容許任何人威脅皇權，皇上不信任譚家，事情沒有挑明，只怕譚慎衍自己都不知道，她只需要挑撥皇上和譚慎衍的關係就夠了，皇后想坐穩那個位置，真是白日作夢。

宮裡暗流湧動，國公府身處漩渦，寧櫻的日子卻極為清閒。

櫻桃樹開花了，花瓣掉落後結出了小小的青色櫻桃，寧櫻喜不自勝，繞著櫻桃樹轉了好幾圈，每一株櫻桃樹都結了果，水潤、嬌豔欲滴的櫻桃，很快就能吃到了，她高興不已。

寧櫻帶著金桂，將櫻桃樹上的櫻桃數了數。颳風下雨後，櫻桃掉落得多，周圍地上堆積了不少，寧櫻覺得可惜，整日就圍著櫻桃樹打轉，以致院子裡來了人她也沒發現。

最初寧櫻能剪掉枯黃的葉子，可如今枯黃的葉子越來越多，寧櫻剪也剪不過來，全剪了，寧櫻擔心影響櫻桃的發育，特意問了花房的花奴，說葉子少了不利櫻桃長成，寧櫻只能歇了心思。

手拖著一簇櫻桃，細細數了數，抽回手時，猛地被一雙修長的手按住了，突如其來的手嚇得寧櫻驚呼出聲，認出是譚慎衍的手後，她沒好氣道：「幹什麼呢，嚇死我了。」

「我看妳最近看櫻桃的時間比看我的時間都多，真這麼喜歡？」

譚慎衍鬆開手，寧櫻捏著樹枝的手一鬆，樹枝顫抖，又落下一顆沒成熟的櫻桃，寧櫻懊惱地轉頭瞪了譚慎衍一眼，清明晶亮的眸子怨氣四溢。譚慎衍感到好笑，聳聳肩，表示不關他的事。

「你整日忙前忙後，我連你的人影都見不著，櫻桃樹就在院子裡，想看不見都難。」言外之意是他錯了？寧櫻懷著孩子嗜睡，他回來的時候她已經睡下了，而他早上出門時她還睡著，偶爾說幾句話，也是寧櫻夜裡半夢半醒的時候。

譚慎衍的手覆在她眉心處，揉了揉，輕聲道：「今日得空，回屋我讓妳看個夠。」

寧櫻奇怪。「那德妃的事呢？」

「德妃養精蓄銳二十多年，豈是一朝一夕就能拔除的？走吧，進屋與妳細說。」

對付德妃那種人，不能走正常的路子。德妃在宮外替她做事的只有白家，白家低調，連他都差點被白家的人矇騙過關，白家宅子裡住著兩撥白家的人，身形、容貌和白鴻升夫妻倆有八分相似，加上妝容，不仔細辨別根本辨別不出來。

白鴻升外出辦事時，讓假的「白鴻升」頂替他在宅子裡生活，白鴻升有兩房小妾，生的都是女孩，白家女兒多，嫁的人家都不是顯赫人家，但暗中卻關係匪淺，德妃在宮裡多年沒露出破綻，全靠有人掩護。

回到屋內，譚慎衍揮退丫鬟，抱著寧櫻坐在榻上，雙手不老實起來。寧櫻怕癢，到處閃躲，望著敞開的窗子，臉色緋紅。

「青天白日的，你做什麼呢！」

「我做什麼妳不是感覺到了嗎？」

譚慎衍這些日子憋得久了，他以為寧櫻懷著身子不能行房，一直忍著不碰她，火氣無處發洩，心情煩躁，被薛墨看出來了，與他嘀咕了兩句，他才知道，近日他忍著不碰寧櫻，皆怪他太孤陋寡聞，出了三個月就能行房了。

譚慎衍知道她害羞，而且他沒表演活春宮的心情，打橫抱起寧櫻走到窗前，聲音啞得不像話。「櫻娘，關窗戶。」

寧櫻臉紅如霞，低著頭，白皙的手指拉著撐窗戶的木棍，不待她用力，譚慎衍身子左右一晃，她手裡的木棍應聲而落。

不一會兒，屋裡響起令人臉紅心跳的聲音，聲音時急時緩，夾雜著身心愉悅的低喘，起初彷彿是久旱逢甘霖的急驟暢快，到後面又像極春雨潤物無聲的綿柔。

金桂、銀桂站在門外，兩人背對而立，滿臉通紅，揉著手帕，恨不得揉出個洞來。

起風了，微風拂面，在臉上撓起輕輕的癢意……

隨著三皇子離去，支持五皇子的人多了起來，幾日後，關於劫匪的事有了其他說法。循著劫匪的身分追查，竟然查到是晉州百姓，說起晉州，最為轟動的莫過於晉州金礦案件，齊家就是因為這件事栽了跟頭。

至於劫匪為何和晉州有關，皇上將此事交給清寧侯查辦。清寧侯府和懷恩侯府休戚相關，皇上的用意明眼人瞧不出來，內裡人是清楚的，皇上是要借齊家的勢力打擊某些人。

想來也是，皇上身強力壯，上奏請皇上立儲的奏摺一天比一天多，皇上是忍無可忍了呢！

為此，朝堂又安靜下來。

寧櫻肚子顯懷，孩子在肚子裡會動了，第一回嚇了寧櫻一跳，她以為身子不對勁，大驚失色，聞嬤嬤在旁邊整理小孩子的衣物，明白是胎動，笑著跟寧櫻解釋了一番，寧櫻才歡喜起來。

她沒有懷過孩子，那種感覺很奇妙，感覺他在肚子裡動好似真正有了生命。她剛吃飽飯，肚子左側像心跳似的，一下、一下地動，動了十來回就沒動靜了。

寧櫻輕輕托著肚子，如花似月的臉上浮起一絲疑惑，問身旁的聞嬤嬤。「他為何不動了？是不是哪兒不舒服？」

孩子在肚子裡，不舒服不會說，沒什麼反應，想到這點她心裡有點著急。

聞嬤嬤失笑，手輕輕搭在她肚子上，感受了兩下，緩緩道：「小主子約莫是累了，夫人您別擔心，前幾日薛太醫才來看過，一切好著呢！」

寧櫻想想也是，可她還想聽聽他的動靜，左右走了幾步，但肚子怎麼都沒動靜，可能真像聞嬤嬤說的那樣，他是累了。

譚慎衍從衙門回來得早，他給寧櫻帶了酒樓的芙蓉湯和八寶鴨，剛進屋就見寧櫻意猶未盡地撫摸著肚子，眉梢漾著生動的笑。

「今天孩子動了。」

譚慎衍身子一震，視線落在她肚子上，恨不得盯個窟窿出來，吩咐金桂去廚房傳膳，挨著寧櫻，目光直勾勾盯著她的肚子，輕聲說起外面的事。

為了應付清寧侯，五皇子忙得焦頭爛額，當日那些名義上的「劫匪」全部被殺人滅口了，不得不說，五皇子拉攏百姓將自己暴露在朝堂上的方法確實好，可有一批劫匪就會有第二批，他引導輿論說那些人是晉州人，五皇子明知那些劫匪不是晉州人又能如何，敢暴露自己嗎？暴露越多，漏洞越多，不管怎樣，五皇子接下來的日子不好過是顯而易見的。

齊老侯爺老謀深算，卻差點白白為他人做了嫁衣，接下來，雙方之間會有一場惡鬥，誰輸誰贏，就看誰更厲害了。

寧櫻聽了譚慎衍的話，心裡有些擔憂。「你說那些劫匪是晉州的，他們信嗎？」

為官之人不是傻子，會聽風就是雨？

譚慎衍撣了撣衣襟上的灰，悠然拉著寧櫻坐下，手輕輕放在她肚子上，摸了一圈，肚子一點動靜都沒有，他蹙了蹙眉，答非所問道：「他怎麼不動了？」

寧櫻拿開他的手，搖頭道：「我也不知呢，可能月分太小，奶娘說越往後，動的時候會越多。你還沒回答我呢！」

譚慎衍抽回手，意興闌珊道：「信不信無所謂，皇上信、清寧侯信就夠了。」

寧櫻點了點頭。清寧侯負責追查這事，最後定奪的皇上，皇上一錘定音，事情的結果就無法更改。

寧櫻又道：「被五皇子發現了怎麼辦，會不會再生事端？」

寧櫻指的事端自然就是來國公府行刺的一幫人了，那幫人被抓住了不假，但關於背後之人一點線索都沒有，即使知道是五皇子做的，他們也沒有證據。

「妳別擔心，不會了。」

德妃不是傻子，這時候再派人來國公府，即使什麼都不做也洗清不了嫌疑。

除去晉州之事，就是調查太后的死因了。宮裡水深，內務府的人要查到背後之人估計不太容易；至於德妃，他觀察過了，朝堂上一定有她拉攏的對象，至於怎麼拉攏、平日如何保持聯繫，這些只有交給薛怡了。

找到了德妃和官員往來的證據，德妃就難翻身了，後宮不得干政，違背這一條，株連九族，律法不是說著玩的。

飯桌上，譚慎衍給寧櫻挾菜的同時，話題不離孩子的胎動，話比平日多了一倍不止。

寧櫻無奈，解釋道：「他什麼時候動我也不知，不然你明日不去衙門在家裡守著，他哪一刻高興了就會動，怎麼樣？」

譚慎衍挑了挑眉，好似在思考寧櫻這話的可行性，弄得寧櫻哭笑不得。

「你還是好好忙自己的事情，忙完了再說。」她私心自然希望譚慎衍在家裡陪她，但朝堂風雲變幻，為了長久利益來看，譚慎衍不能一直待在家，只有等皇上立下太子，幾位皇子老老實實去了封地，事情才能結束。

譚慎衍抿唇，沒說話，就在寧櫻以為譚慎衍不高興的時候，寧櫻肚子左邊動了一下，疼得她停下了筷子，驚呼道：「孩子動了。」

她聲音細細綿柔，譚慎衍握著筷子的手一頓，眼神一亮。「真的？哪兒？」

見寧櫻手指著肚子左側，他推開凳子，快速行至寧櫻左側，蹲下身，只看寧櫻身上穿的銀紋蟬紗外衣一凹一凸地極為明顯，譚慎衍情不自禁地斂了呼吸，聲音也低了下去。「他真的在動呢！」

寧櫻嗯了一聲，肚子又動了幾下，譚慎衍激動不已，盯著寧櫻的肚子，伸手想掀起她的衣衫，又擔心嚇著孩子，手捏著衣角，一眨不眨地盯著，寧櫻只能催他吃飯。

「孩子往後還會動，你先吃飯吧！」

寧櫻說得不差，洗漱後，她躺在床上，肚子又動了好幾下，譚慎衍躺在寧櫻身旁，說起孩子命名的事情來。名字想得差不多了，最後再仔細挑選就行。

月上樹梢，夫妻倆的聲音逐漸低了下去，蠟燭熄滅，屋內陷入了黑暗。

院子裡櫻桃樹上的櫻桃一天天大了起來，顏色轉黃時引來許多鳥兒啄食，整日嘰嘰喳喳，鬧得寧櫻靜不下心，且有好些櫻桃遭了殃。

金桂知道寧櫻愛吃櫻桃，吩咐丫鬟輪流守著，若有鳥兒來，就揮動竹竿嚇嚇牠們。

日子晃悠到了五月，朝堂局勢越發劍拔弩張，清寧侯查出劫匪之事另有玄機，牽扯出晉州金礦案。

許多人都不明所以，金礦不是和齊家有關嗎？難道清寧侯府和懷恩侯府關係破裂，反目成仇了？

眾人暗中打聽兩府關係的時候，清寧侯爆出驚天內幕，齊家替人揹了黑鍋，還將木石生前的口供拿了出來，頓時，文武百官再也無法淡定了，金礦之事皇上已有定奪，清寧侯此時翻出來，不就是指責皇上受人蒙蔽，打壓忠良嗎？

清寧侯不是傻子，自然不會把過錯放到皇上身上。木石是懷恩侯身邊的人，齊家被人矇騙，罪有應得，只是，這明晃晃藉著齊家行事的人還沒有落網，這人才是值得大家深究的。

清寧侯順著源頭查，最後所有的證據都指向白家。

白家何許人？德妃娘家，身分低微，怎麼可能有本事參與金礦案？

五皇子一黨站出來，一口咬定清寧侯胡言亂語，構陷皇子，雙方明爭暗鬥，互不退讓，鬧得不可開交。

皇上中立，態度不明，文武百官偷偷看出了些苗頭，搖擺不定。三皇子的封地在瓊州，是離京城最遠的州，沒有皇上的指令，三皇子不可能回京，即使京城發生了什麼事，三皇子也趕不回來，清寧侯咬著五皇子不放，是齊家想東山再起嗎？

譚慎衍坐山觀虎鬥，樂得悠閒。

院子裡的櫻桃漸漸紅了，寧櫻最愛的便是提著籃子，繞著櫻桃樹一圈圈轉，遇到顏色稍微深的櫻桃便讓金桂摘下來。櫻桃有些酸，但寧櫻快五年沒吃過櫻桃了，饞得厲害，不覺得有什麼，連著吃了三日，直到吃什麼都是酸的，才打住讓金桂摘櫻桃的念頭。

天氣炎熱，寧靜芳出嫁，寧櫻和譚慎衍回寧府住了一宿。

寧靜芳成親，死氣沈沈的大房總算有了少許生氣，柳氏難得露出笑容來。寧靜芳是在鞭炮聲中離開的，寧櫻和譚慎衍站在屋簷下，望著寧成志背上大紅色的嫁衣，長長嘆了口氣。大喜的日子，她只感覺到冷清，想當初她和黃氏回府的時候，府裡一派繁榮富貴，才五年的光景，老夫人死了，寧伯庸流放，柳氏也要走了，大房已經衰落。

寧靜芳嫁了人，寧靜蘭的親事也定了下來。黃氏和竹姨娘雖不對盤，倒沒為難寧靜蘭，挑了一戶殷實的人家，只不過不在京城。

天氣越來越熱，跟蒸籠似的，皇上被朝堂上的事情鬧得心緒煩躁，連去山莊避暑的事情都沒提。齊家和五皇子互相攀咬，唇槍舌戰過後，五皇子救百姓的功勞沒了，還落下一個居心叵測的名聲。

信。

太陽西沈，天邊殘餘一抹火紅的霞光，日照西牆，如火焰般通紅，寧櫻又收到王娘子來信。

王娘子空閒了，問寧櫻還用得著她不？寧櫻大喜過望，她當然用得著，王娘子學識淵博不輸男子，與她聊天，如沐春風般舒爽溫暖，寧櫻快速回了信，讓銀桂送去前院給吳琅，叫他趕緊送出去。王娘子炙手可熱，她擔心晚了一步，王娘子就被人搶走了。

第二天，金桂邊給寧櫻整理衣衫邊道：「清晨時，陶管家說王娘子搬進府來了，擔心吵著您，將王娘子安頓在青水院，待會兒吃過飯就讓王娘子過來。」

寧櫻大喜過望。「王娘子來了？」

雖然昨日給王娘子去信時，她就料想王娘子不會拒絕她，可是沒料到王娘子一大早就來了。寧櫻心下歡喜，穿戴整潔去了青水院，故人相見，相談甚歡自是不必提。

國公府其樂融融，宮裡卻出了大事。多名宮人無辜被殺，死者從十幾歲至六十幾歲的都有，內務府忙得焦頭爛額。

晴空萬里，拂面的風漸漸變得躁熱，樹上的蟬鳴聒噪，令人心緒煩躁。

八角飛簷的涼亭裡，譚慎衍坐在一旁，清冷的眉目幽暗不明。

薛怡坐在對面，愁眉不展，她低聲道：「那些人手的確是老國公送我的人，但我甚少讓他們幫忙辦事，如何會平白無故喪命？你早先說有宮人假扮士兵去刑部找你之事我亦是不曾吩咐過，你說，難道宮裡有人發現了嗎？」

老國公扶持先皇登基，困難重重，為了保護先皇的安危，老國公在宮裡安插了人，先皇登基後，後宮各方勢力混雜，鬧得朝堂烏煙瘴氣，老國公利用那些人手梳理後宮關係，給先皇出謀劃策才穩住了朝堂；後來那些年，老國公征戰沙場，後宮漸漸安寧，先皇沒追究老國公在宮內安插眼線之事，這麼多年過去，追隨老國公的人都死了，新皇繼位，對此事更是隻字不提，知道的人少之又少，如何會發生這種事？

明妃纏綿病榻那段時間，那些宮人幫了她許多忙，她不是鐵石心腸之人，想著那些人可能因她喪命，薛怡心生愧疚。「我把名單給你吧，你讓他們別捲進來丟了命。」

譚慎衍輕輕搖了搖頭，沈吟道：「事情與妳無關，來衙門向我報信的宮人死了，我想可能有人故意找宮人試探我。」

想來是德妃無疑了，只是不知皇上扮演什麼角色？

「宮人們聽到風聲約莫心生恐懼了，要不要暗中給他們送消息，讓他們別輕舉妄動？」「宮裡人人自危，長此以往會人心渙散，但她沒有召見不得入宮，許多事情鞭長莫及。「宮裡的事情，你別出面了，皇后和德妃盯得緊，我擔心中途生事。」

她在宮裡幾年了，怎會看不出此事背後的蹊蹺？五皇子此時正在關鍵時期，德妃不敢胡作非為，除非有人撐腰。

至於撐腰的人，她不敢細想。

「你……」

譚慎衍打斷她的話。「宮裡的事我會想辦法的，皇后對三皇子之事耿耿於懷，近日妳別進宮了。」

皇后記恨德妃，兩人在後宮鬥得天翻地覆，哪有心思管她。

「你別擔心我。對了，櫻娘身子如何了？」

她嫁給六皇子後，和寧櫻打交道的次數少了，更不能像往常那樣約寧櫻出門，嫁了人，局限許多。

說起寧櫻，譚慎衍語氣輕緩不少，輕聲道：「她沒事，京城局勢不穩，等時機成熟，我再帶她來看妳。」

「好。」

日頭升高，天氣越發熱了，走出蜀王府的大門，譚慎衍皺起了眉頭，看向宮門的方向，他如點漆似的眸子越發深邃。

福昌站在馬車前，小聲回稟道：「福繁身子調養得差不多了，可要派他去接應羅平叔？」

譚慎衍淡淡瞥了福昌一眼，沈默不言，福昌狐疑地低頭瞅了眼自己，以為自己裝扮不對，正欲問什麼，只見譚慎衍跳上馬車坐了進去，風吹起簾子，譚慎衍陰沈著臉，臉色極為難看。

福昌以為發生了什麼大事，悻悻然彎腰道：「世子爺是回府還是……」

「出城。」

另一邊，王娘子看寧櫻大著肚子，由衷為她高興。寧櫻和譚慎衍成親兩年不到，第一年為老國公守孝，第二年就懷上了，不管怎麼說，對寧櫻來說是好事，孩子永遠是女人能否在夫家站穩腳跟的關鍵，尤其譚慎衍身邊沒有通房姨娘，寧櫻壓力更是大。

「看來妳養得不錯。」王娘子收回目光，如實道。

寧櫻揉了揉自己臉頰，有些不太好意思，指著凳子示意王娘子坐下用膳，邊吃邊聊。

王娘子透過信件指點她許多。肚子裡懷著孩子，精力終究比不得以往，繪畫斷斷續續，離得久了，前面的構思、顏色搭配都有些忘記了，譚慎衍收起她的紙和筆，讓她生完孩子再說，否則自己壓力大，孩子也遭罪。

思及此，寧櫻緩緩道：「沒什麼煩心事，吃吃睡睡，的確胖了。」

王娘子道：「懷著身子哪有不胖的？當母親的身體好，生下來的孩子才健康。」

薛太醫也是這麼說的，寧櫻笑了笑，問起王娘子在外面的事。王娘子拿著筷子，面色一派輕鬆。「到哪兒都差不多，只是和妳待久了，更願意來妳這兒。」

說完，王娘子盯著寧櫻的肚子道：「看妳的肚子，只怕還得幾個月才能生產，我寫信給妳，其實還有其他意思。」

寧櫻不解其意。

王娘子抿唇笑道：「妳如今的功底，我指點不了妳什麼，熟能生巧，多多練習罷了，我來國公府是想藉妳的名義出外遊歷。」

寧櫻從昆州回來時，送了些畫作給她，簡單樸實的景致勾起了她的興趣，她想趁著能走動的時候出京轉轉，她將自己的打算說了。「蜀道艱險難走，有生之年只聽人說過，具體情形卻是不知，我想四處轉轉。女子不如男子建功立業、實現自己的抱負，可也不能於後宅埋沒了志氣，從妳的畫作中，我有所感悟，妳寥寥數筆，勾勒出來的景物卻栩栩如生，讓人身臨其境，我能指點別人，可對自己卻無能無力，想來是視野不夠開闊，紙上談兵得多。」

自收到寧櫻的畫作她就在考慮這件事了，依照協議教導好府裡小姐後，去外面見識一番的心境越發強烈。腦子裡想出來的與親眼所見所聞大有不同，五感相通，出門遊歷，無論是對自己心境還是畫作，肯定會有助益。

寧櫻眼神微詫，她沒料到王娘子有此等想法。她前往昆州時，王娘子還說她自己可能一輩子無法出京了，誰知，王娘子不知何時改變想法，她驚訝道：「妳府裡的事情怎麼辦？」

王夫子教書育人，名聲還算不錯，王娘子離京的話，傳出去多少會影響王夫子的名聲。夫妻同體，王娘子此舉，會損壞兩人的名聲。

王娘子揚眉一笑，笑容明亮。「此事我與他說過了，他沒什麼看法，否則，也不會藉妳金蟬脫殼了。」

男子出門遊歷是為了增長見識，女子出門遊歷實屬少見，在許多人眼中，女子的責任就是三從四德、相夫教子，王娘子沒有孩子，遺憾的同時倒是讓她有時間做自己喜歡的事。

寧櫻思索一番，跟著笑了起來。「妳好好在國公府住著就是了，不會出事的。」

「我相信妳的能耐。我打算一路南下，從西往東最後回京，這一去，沒有三年五載的光景回不來，妳多擔待了。」王娘子看了寧櫻一眼，離京的事情沒有寧櫻幫忙成不了。

寧櫻一怔。「會不會太久了？」

「既是存了到處轉轉的心思，各處的風土人情定要好好體驗，山川河流，綠樹青山，該去的都會去。」王娘子心裡有了主意，天南海北，往後的日子一點都不會無聊。

寧櫻不知王娘子和王夫子的事，以她的心態來看，要她出門遊山玩水離開親人那麼久，她定是捨不得，她猜測是不是王娘子和王夫子出了什麼事，可礙於是王娘子的私事，她不好多問，只得道：「妳好好保重自己……」

王娘子看她欲言又止，猜到些她心裡的想法，解釋道：「妳不用擔心我，我成親多年，一直沒有孩子，私底下找大夫看過，王家知道不是我的問題，並沒諸多刁難；他也並非傳統守舊之人，讀了多年聖賢書，比旁人看得開，命裡有時終須有，命裡無時莫強求，他接受現狀了。後年科考結束，他會來找我，到時我們夫妻一起遊遍大好河山。」

有捨才有得，關於孩子的事，他們夫妻看開了，若她只是在後宅相夫教子的女子，也入不了他的眼，眼下雖有遺憾，但幸運的事情更多，至少他們都能做自己喜歡的事，一做就是幾十年。

「那就好。」寧櫻不知曉王娘子會把這等私事告訴她，想到她自己，真是有些狹隘了。

「妳何時啟程？」

「再過幾日吧，我剛出來，表面上總要做做工夫。」

此事只有寧櫻和王夫子知曉，王夫子私下為她準備出遠門要用的東西，估計要過幾日才能安排妥當，她在國公府先住幾日再說。

寧櫻嘆氣。「這點我比不上妳。」

「人各有志，妳現在的生活是多少人求之不得的呢！聽說世子爺對妳言聽計從、有求必應，於女子而言，未嘗不是一件好事。」

王娘子人不在國公府，卻聽說不少寧櫻和譚慎衍的事。寧櫻是老國公看中的孫媳，成親後，老國公以迅雷不及掩耳之勢讓胡氏把管家的權力交給寧櫻，連老國公的喪事都是寧櫻操持的，得來一片讚譽，更別說譚慎衍寵妻的程度了。婚前便保證一輩子不納妾，婚後凡事順著寧櫻，暗地說寧櫻是妒婦的人，何嘗不是出於嫉妒？

王娘子將離京的線路都規劃好了，寧櫻聽了一遍，要去的地方多，她只能記得大概，能有王娘子這等氣魄的人少之又少，換作她是萬萬不敢的，心裡生出些許羨慕，但沒有絲毫衝動，她清楚自己要的是什麼，離家三、五載，她捨不得。

寧櫻叫來陶路，說準備辦個宴會，既是告訴其他人王娘子在國公府，也有為王娘子送行的意思。

第六十二章

夜幕低垂，月過半牆，譚慎衍風塵僕僕地從外面回來，臉上難掩冷意。

福昌和福榮跟在他身後，兩人小心翼翼，生怕不小心得罪了譚慎衍。福繫查出了幾個奸細，今日在大營裡面，譚慎衍以雷霆手段處置了多名將士，他們在外面聽著都渾身打顫，裡面的情形可想而知。

走過穿堂，青湖院走廊的燈還亮著，福昌兩人察覺譚慎衍步伐微頓，兩人對視一眼，感覺譚慎衍步子緩了下來，繞過青湖院的垂花門，譚慎衍冷若冰霜的臉已換上溫和。

有些事情他心裡早就起疑了，宮裡發生的事情證實了他的猜測，的確是那個人做的，只有那個人，才有能耐把事情抹得乾乾淨淨。

羅淮安，五城兵馬司的指揮使，藏得滴水不漏，他差點都以為羅淮安只是個欺軟怕硬的主兒了。

寧櫻手裡捧著一本遊俠傳，王娘子離京在即，她想多看看各州風土人情，她原本對這類書最不感興趣，如今卻看得津津有味，看入了神，有人進屋都不知道，還是頭頂有黑影籠罩她才反應過來，蹙著眉頭抬頭，看清是譚慎衍後，才眉目舒展開，歡喜道：「你回來了？」

她聲音清脆難掩喜悅，剛進屋被她漠視的落寞頓時煙消雲散，譚慎衍道：「嗯，回來了。」

寧櫻放下書，起身抱著他，雙手摟著他脖子。「是不是發生什麼大事了？我讓金桂留意著，金桂說外面沒人傳。」

譚慎衍拿下巴蹭了蹭她光潔的額頭，雙手托著她腰肢。「宮裡死了人，內務府手忙腳亂，皇上讓刑部從中協助，我忙了一宿，聽說王娘子來了，接下來我忙，有人陪著妳說話免得妳無聊，只是妳該多多休息，繪畫傷腦，不可繼續。」

寧櫻點了點頭，聞著他身上的臘梅香，心裡安定，抱了一會兒才把手鬆開，想起譚慎衍這時候回來，約莫沒有吃飯，急著讓金桂去廚房傳膳。

譚慎衍沒有拒絕，掃了眼寧櫻看的書，沒有多說。「我先去洗漱，妳再陪我吃點。」

聽譚慎衍說，寧櫻的確有些餓了，脆聲道：「好。」

飯桌上，菜餚簡單，廚房給譚慎衍熬了湯，譚慎衍喝了一口，剩下的全進了寧櫻肚子。寧櫻邊喝湯邊問道：「宮裡死的人是不是很重要，否則皇上如何會讓刑部和內務府插手？」

掌管內務府的人向來是皇親國戚，家醜不可外揚，內務府的人不太可能將消息傳出去，可皇上讓刑部介入，要麼是事情鬧得大皇上迫於壓力不得不讓刑部插手，抑或是皇上懷疑內務府的人會隱瞞真相，兩相比較，明顯是後者，如果是前者的話，不可能沒有一點風聲。

「順親王府參與奪嫡了嗎？」如果不是這個原因，皇上沒理由不相信內務府。

譚慎衍抿唇，琢磨片刻，告訴她也無妨。「順親王受皇上器重，不管哪位皇子做太子，對順親王府沒有威脅，皇上將刑部牽扯進來，更大的可能是衝著我來。」

皇上衝著他去的？無緣無故，皇上為何會把矛頭對準譚慎衍？譚家引起皇上的忌憚了嗎？

聽到後面，寧櫻瞠目結舌，望著譚慎衍的表情，看他眉宇縈繞著淡淡的戾氣，虧他能將這事說得雲淡風輕。

譚慎衍見寧櫻愣住，眉間戾氣蕩然無存，轉為一抹鎮定。「祖父早些年做下的事，惹得皇上忌憚是理所當然的。他是至高無上的皇帝，其次，才是一位父親。」

五皇子一黨從「劫匪」事件後就沒大的動作，只在朝堂和齊家的人耍嘴皮子，約莫德妃清楚內裡緣由，有恃無恐吧，可皇上的心思，誰又明白呢？

寧櫻咂了咂舌，放下勺子。「你會有危險嗎？」

「危險倒不會，只是會遇到一些麻煩，妳別擔憂，我能應付。」

皇上想要的無非是老國公留下的眼線名單，各邊關的眼線名單他已經燒毀了，至於宮裡的人，薛怡和六皇子成親，老國公當作添妝給了薛怡，如今的譚家已沒有那些眼線，皇上繼續追查會明白的。

寧櫻沈吟，困惑自己許久的事終於有了答案。老國公扶持先皇，從龍之功顯赫，之後又征戰四方，威望甚高，照理說，先皇對自己的恩人，加官進爵是理所當然的事，但賞賜的爵位卻是二等；皇上順利繼位仍然有老國公的功勞，皇上祖護包庇譚富堂、敬重老國公，但青岩侯府仍然是二等侯府，譚家晉升，是譚慎衍抓住達爾除掉韓家才有的，可譚家真正晉升為國公府，卻是在老國公死後，生後名不過是對老國公的祭奠，或者並非皇上本意，不然，為何老國公在世的時候，皇上不追封譚家呢？

皇上很早的時候就提防譚家了，細思恐極，寧櫻顫動著紅唇，哆嗦道：「皇上，會對付譚家嗎？」

譚慎衍堅定地搖頭。「不會。」

只要皇上有用得著他的時候就不會對付譚家，皇上忌憚的是老國公，不是他。

寧櫻有些氣憤。譚慎衍做的事情是為六皇子鋪路，是皇上默許支持的，可皇上卻暗中插刀，得罪了皇上，譚家的將來估計是舉步維艱了。

譚慎衍見她有些嚇著了，輕鬆道：「妳別害怕，皇上不會對付譚家，否則，不會讓薛姊姊嫁給六皇子。」

皇上查清楚他和薛府的關係才為六皇子挑選薛怡做皇子妃，六皇子中意薛怡不假，但皇上的出發點是衝著他來的，朝中局勢，他還分得清利害。

「萬一，皇上過河拆橋……」

難怪說伴君如伴虎，皇上暗地對付譚慎衍，明顯有所圖謀。

寧櫻想起另一件事。「你怎麼發現的？難道早先在國公府行刺我的是皇上的人？」

這件事雖抓到了人，但那些人咬緊牙關不肯說，無論用什麼法子，他們寧死不屈，白鷺和木石死前都露出些許痕跡，只有行刺她的人無跡可尋，福昌帶著人將京城裡裡外外翻了一遍都沒找到可疑的人，很可能那些人來自皇宮，誰有膽子去宮裡找人？

譚慎衍沒料到寧櫻心思如此敏捷，一下子就聯想到那次事情上，還一針見血。

早先他從未懷疑過皇上，直到這件事發生，他才恍然，為何德妃能在後宮與皇后鬥法。他與皇上說過，明妃中毒估計是德妃所為，當年皇上寵幸德妃本來就是為了之後寵幸明妃轉移注意力，槍打出頭鳥，第一個出頭的日子不好過，德妃同樣身為宮女，估計早就查到什麼，一直對明妃懷恨在心，才有接下來的下毒事件。

憑藉皇上對明妃的感情，即使沒有證據也會防備德妃，甚至想法子給德妃難堪，皇上卻沒有動靜，還在德妃寢宮休息了兩晚，可見皇上是想借德妃的手除掉老國公在宮裡的人；德妃混跡後宮多年是知道一些老國公的事，和皇上達成了某種共識，不得不說，皇上這招棋真是高明，借刀殺人，一石二鳥，他差點就上當了。

他如果沈不住氣，和順親王在宮裡暗中留下痕跡提醒那些人小心，皇上順著他留下的痕跡抽絲剝繭，宮裡估計會血流成河。

譚慎衍不知哪些是老國公的人，但譚家很多年不曾和他們往來了，把名單給薛怡是為了讓薛怡自保，那些人罪不致死。

「伴君如伴虎，我沒有比現在有更深的體會了。」譚慎衍喃喃兩句，鬆開寧櫻的手，重新吃飯。

老國公最初留著那些人是為了先皇，後來是皇上，有眼線在，做什麼事都方便，至少不會大禍臨頭還被蒙在鼓裡。譚富堂出事，何嘗不是老國公篤定皇上不會懲罰譚富堂？再如何狂風驟雨，總會從細微的事情看出來。

寧櫻吃不下去了，胃口全無。她不喜皇上的做法，兩面三刀，明顯小人行徑。

譚慎衍吃得差不多了，抬起頭發現寧櫻噘著嘴，眼神忿忿，他笑道：「這時候有人進屋，還以為我吃了妳的東西呢！我與妳說是讓妳心裡有個底，別想多了，我不會出事的。」

寧櫻信他，但樹欲靜而風不止，他們的安危不是他們自己說了算，皇上的做法太讓人寒心了。寧櫻的手輕輕落在肚子上，生孩子是件令人期待的事，如今她心頭卻罩上了一層陰影，她怕死，更怕孩子有個三長兩短。寧櫻腦子裡想了許多，黑亮的眸子閃過殺意，女為母則強，她不能像什麼都沒發生過似的，即使是皇上又如何，誰敢打孩子的主意，她絕不會妥協！

譚慎衍按住她的手，知道她心裡想什麼，輕聲道：「不會出事的。」

他們的孩子，會無憂無慮、平平安安長大，他不想寧櫻繃得太緊，想起進屋時她手裡翻閱的書籍，好奇道：「妳素來不愛看遊記，怎麼今天忽然來了興致？」

寧櫻順著譚慎衍的目光瞧去，看到了錦被上的藍色封皮，剛毅的臉上染了一層暖色，紅唇微微一動，嘴角漾起笑來。「王娘子過幾日準備四處遊玩，三、五年回不來，我記得書房有這類書籍，讓陶路找了出來。」

說起王娘子離京，寧櫻心下生出諸多感慨來。譚慎衍知道一些王家的事，王夫子那人品行不錯，不趨炎附勢，教書育人，堅持己見，這些年來在京城小有名氣，寧伯瑾請王娘子入寧府教導寧櫻，他暗中還使了些勁，不過當事人不知道罷了。

譚慎衍的手緩緩落在寧櫻肚子上，可能感受到他的撫摸，孩子動了兩下。

「等京城時局穩定下來，孩子大些了，我帶妳去蜀州轉轉。蜀州人傑地靈，妳雖長於蜀州，但沒去過的地方多著呢，我在劍庸關的時候去過許多回，到時候領著妳轉轉。」

寧櫻只當譚慎衍哄自己，沒當回事。蜀州的莊子都沒了，他們去總不能住客棧吧！

寧櫻沒拆穿譚慎衍，手輕輕撫摸著肚子，笑得認真。「好啊！」

譚慎衍看出寧櫻不信任自己，他挑眉笑了起來，有的事與她說了又何妨？

「寧府在蜀州的莊子我讓人買下來了，那裡畢竟是妳生活過的地方，我怎麼會讓它落入別人手裡？我和戶部的人有些來往，戶部賣那處宅子時，我就買下來了，地契在書房的抽屜裡，再等兩年吧，那會兒孩子大些了，我們一起去。」

寧櫻不知還有這件事，她眼神一亮，黑白分明的眸子裡閃爍著熠熠星光。「我很開心。」

很開心他懂她，將莊子買下來，如果不是真的對她好，不會看出她的心思。

譚慎衍收起了笑，一本正經道：「讓妻子開心，是做丈夫的榮幸。」

以他的身分，稍微透出消息，把莊子地契送到他手裡的人比比皆是，但他花了錢，以示他對寧櫻的誠意。

莊子的事讓寧櫻忘記了之前的壓抑，那種失而復得的喜悅纏繞她心頭，臨睡前，她向譚慎衍確認去蜀州之事問了三次，譚慎衍沒有絲毫不耐煩，一遍遍回她過兩年會去蜀州，不只是蜀州，其他地方也能去，寧櫻激動了許久，結果就是後半夜了才迷迷糊糊地睡去，抱著譚慎衍手臂，睡著了嘴角都掛著笑。

聽見她呼吸聲均勻了，譚慎衍才略微抽回自己的手，起身下床。月亮躲進雲層，躁熱的氣息陰涼下來，他推開門走了出去，守在門口的翠翠和金桂聽到動靜，立即站起身來。

譚慎衍輕輕拉上門環，叮囑一旁的金桂道：「明日夫人問起來，就說我一早出門去了。」

金桂俯首稱是。

譚慎衍沒有出府，他順著迴廊繞去青山院，羅定站在門口，不知譚慎衍會來，心裡詫異，看向天際的一顆孤星，光影暗淡，他小聲問道：「世子爺可是有事？」

譚慎衍徑直進了屋，羅定緊隨其後，不一會兒，黑漆漆的屋子亮起了燭火，夜風吹得燭火若隱若現，將譚慎衍冷硬俊逸的臉龐映得不甚清晰。

「回屋裡把夜行衣拿出來，你與我進宮一趟。」

羅定身子一顫。這個時辰進宮，還要帶上夜行衣，難不成宮裡出事了？

羅定不敢遲疑，就著手裡火摺子的光進屋，很快抱著兩身夜行衣出來。譚慎衍的意思明顯是要夜闖皇宮，雖不知所為何事，但肯定是不能見光的，不然，譚慎衍不會讓他把夜行衣帶著。

羅定活動活動筋骨，心頭極為興奮。沈寂多日，總算有他出馬的時候，他跟著老國公也算見過些世面，想到的不是皇上和譚家之事，而是那晚刺殺薛墨之事，假傳皇后口諭的宮人死了，死無對證，背後之人不見蹤跡，事情的源頭在宮裡，只有從宮裡開始查起。

兩人沿著走廊往外，步伐從容，譚慎衍交代羅定辦事，羅定連連點頭，聽到最後，心裡又驚又怕，他狐疑地瞥了一眼譚慎衍。譚慎衍是他從小看著長大的，小時候在胡氏手下吃虧的次數多了，性子陰晴不定，在外人跟前更是常年冷著臉，不喜人接近，和他一塊兒長大的薛墨都成了他這副清冷的樣子，羅定知道譚慎衍殺伐決斷，不是瞻前顧後、優柔寡斷之人，今日能冒死做這種事，更是如此。

羅定左右打探一眼，確定周圍無人後，才與譚慎衍道：「德妃在後宮立起來了，知道您在背後暗算她，會不會對您不利？」

「你放手去做就是。」

皇上借德妃殺人，他不能坐視不理，哪怕老國公不在了，他也不會用那些人，但不能眼睜睜看著他們因為譚家喪命。

德妃出面，他便拿皇后壓她，德妃派人候在三皇子前往瓊州的路上，準備活捉三皇子威脅皇后，一旦皇后知道德妃要對三皇子不利，為了三皇子的安危著想，皇后一定不會坐視不理。

後宮執掌鳳印的還是皇后，能在明面上牽制住德妃就夠了，其他勢力，他會想方設法剷除。眼前表明態度追隨五皇子的多是四、五品官員，以德妃的老謀深算，肯定還拉攏了勛貴或者內閣大臣，尤其是內閣首輔紹興，譚慎衍首先想到的人就是他，但紹家有把柄在他手裡，德妃不可能選擇紹家。

穿過穿堂，若隱若現的光線中走來一人，羅定皺眉，側身看向譚慎衍，光線昏暗，看不見譚慎衍臉上的情緒，想了想，他平鋪直敘朝來人道：「薛世子，您身體剛好，別到處跑，上回薛太醫為了救您耗費了一整晚的時間，您再有個好歹，三天三夜估計都救不回來。」

薛墨步履匆匆，走近了，笑咪咪地道：「吃了這麼長時間的補藥，不出去練練手，如何對得起你家主子庫房裡的那些珍貴藥材？」

說完，抬眼看向譚慎衍方向，驚覺兩人穿著不對，身上有亮色的東西晃過，他反應過來，驚詫道：「你們沒穿夜行衣？」

羅定嘴角微抽，進宮必須要經過宮門，穿著夜行衣怎麼混得進去，薛墨常年在宮裡行走，這件事竟然不知？

羅定不由得有些擔憂。「薛世子……」

話未說出口便被薛墨打斷了，薛墨豎著食指放在唇邊，噓了聲，壓低聲音道：「叫薛世子多見外，你家世子夫人都稱呼我為小太醫，府裡許多人都改了稱呼，往後就叫我小太醫吧！不然的話，一會兒小太醫、一會兒世子的，我都要以為自己耳鳴了呢！」

羅定的嘴角再次抽搐了下，拱手道：「是，小太醫。」

「我說慎之，你還沒回答我怎麼不穿夜行衣呢？」薛墨還記著這個問題，又問了一遍。

譚慎衍充耳不聞，掉頭繼續朝外面走，薛墨三步併作兩步追上前，親暱地挽著譚慎衍手臂，語氣帶著兩分調侃。「快與我說說到底怎麼回事，我還是去蜀王府才知宮裡發生了事，姊姊不讓我過問，我卻不能當傻子，不讓爹牽扯進來，只有自己去了。」

薛慶平在太醫院當值，接觸後宮嬪妃的機會多，但他擔心薛慶平露出馬腳，薛慶平本來就不喜歡勾心鬥角之事，如果因此鬧出事情來，他和薛怡會後悔一輩子的。

譚慎衍垂眸，神色不明地掃了薛墨一眼。

昏暗中，他目光陰沈如水，讓薛墨不自覺打了個寒顫。薛墨低頭看著自己，不知譚慎衍的目光所為何事，只聽譚慎衍不緊不慢道：「你想給禁衛軍找事情做，只管這樣去，以你的工夫沒有一、兩炷香時間他們抓不到你；對了，逃跑的時候，記得別往大街上衝，五城兵馬司的指揮使不是泛泛之輩，落在他手裡，哪怕薛叔是華佗，也救不了一個腦袋掉地的人。」

薛墨會意過來。他穿著夜行衣明目張膽地闖皇宮，還沒進城門只怕就被禁衛軍圍住了，而且這個時辰，街上還有巡邏的士兵；不過談到羅淮安，他對此人的印象就是個見錢眼開、欺軟怕硬的軟柿子，真敢對他動手？薛墨表示懷疑，但譚慎衍沒理由拿這種事騙他，難道羅淮安有不為人知的一面，表面是個小人，骨子裡更是小人透頂？

譚慎衍懶得再看薛墨，側過身子，語氣平平道：「你換了衣衫正好，查查內閣幾位官員誰是清白的，六部三品以上的官員也別放過。」

德妃籌劃多年，挑選出來的一定是明面上清清白白、不會落人口實的人家，否則，一旦被政敵抓到把柄，她多年的心血就白費了，她是萬萬不會在那些人還沒被她利用就毫無聲息沒落頹敗下去的，想要把德妃一黨的勢力查出來，查查哪些官員是清白的就夠了。

當然，並非所有清白的官員就是德妃的人，這種法子只能縮小範圍，是與不是，還得往內裡深究。

薛墨拍著胸脯應下，能出分力總是好的，又聽譚慎衍又補充了句。「勛貴、伯爵侯府也不能放過。」

薛墨有點為難了。六部的人好下手，可勛貴世家防守嚴格，尤其在好幾家府門前出了行刺鬧事的事件之後，各個府裡都加強了戒備。

薛墨眉頭一皺，苦著臉，想起福昌，眼神亮了起來。「福昌近日沒什麼事吧？」

譚慎衍充耳不聞，似笑非笑望著他，薛墨訕訕低下頭。要查所有三品以上的官員，他第一回覺得當官的太多了，國庫充盈但也該懂得開源節流、節省開支，不必要的官職都該免了才是，朝廷不養沒用的廢物，有的官職明顯就是擺設，他暗暗碎罵了一通，譚慎衍已經大步往前走了。

薛墨苦著臉，欲哭無淚，不過人多力量大，他是不會浪費任何一個可以利用的人，福昌幾人辦事效率高，這種打探底細的事，交給他們再適合不過。

小徑上，羅定不明白譚慎衍的用意，開口問：「主子怎麼想起讓小太醫查各府私事？他一個人，估計有些難。」

「不能讓他喝了補藥不長腦。」

羅定聽出譚慎衍話裡的意思，心裡為薛墨默哀。不長腦，這是拐著彎罵薛墨沒腦子呢！這麼多年，薛墨就沒贏過。

進了宮門，他們遇到內務府一行人，一行人挨個兒順著宮人住的宮殿走，走著走著羅定便沒了人影，順親王憂心忡忡，沒發現不對勁。

宮殿多，到天亮都沒找到線索，順親王嘆了口氣。宮裡亂糟糟的，再查不出真相，皇上那關估計不好過，順親王和譚慎衍穿的是朝服，兩人簡單整理了下衣衫，準備直接上早朝。

順親王道：「你在刑部多年，知道怎麼追查犯人，宮裡的情形你多多費心才好。」

「食君之祿，忠君之事，都是下官應盡的本分，順親王見外了。」譚慎衍說話滴水不漏，轉過頭，見羅定站在人群最後面，他朝羅定揮手。「你先出宮，我和王爺說說話。」

譚慎衍的語氣一如既往地冷，羅定俯首作揖，畢恭畢敬退了下去。

譚慎衍和順親王到宮殿門口，不一會兒，陸陸續續來了許多官員。

朝堂上，依然是齊老侯爺的門生和五皇子一黨磨嘴皮子。五皇子救了老百姓本應是善事，被人扭轉成是五皇子自己找人扮劫匪，上演了一場救人的戲碼，心思叵測，為人不齒。譚慎衍聽得興致盎然，每天早朝都是在講這樁事，翻來覆去地講，譚慎衍都能將御史彈劾的詞倒背如流了。

皇上沒插手此事，好似喜聞樂見，退朝後留他和順親王下來，說了宮裡死人之事，譚慎衍表現得不熱絡也不冷淡，表情無懈可擊。

查不到真凶，皇上發了一通火，譚慎衍和順親王低下頭，默不作聲。順親王能坐在這個位置上，他約莫早就察覺到宮裡的反常了，宮人的死做得滴水不漏，即使得罪了人，不可能二十多名宮人都遭了殃，擺明上面有人不要宮人活，繼續挖，只怕會挖出陳年秘辛。順親王能多年不被皇上忌憚，自是有自己處理事情的態度，知道什麼時候該出手、什麼時候該收手，他是萬萬不會沾手此事的。

果不其然，走出宮殿的大門，順親王就拜託譚慎衍好好查這件事，還宮人們一個公道。譚慎衍安之若素地應下，去了皇后寢宮，皇后從三皇子走後頹唐過幾日，說起來，還是五皇子出頭才讓皇后找到些許理智。

不到一炷香的工夫，譚慎衍就從皇后寢宮出來了，他哪兒也沒去，徑直回去國公府，羅定跟在他身後，兩人一句話、一個眼神都沒有交流。

直到進了國公府，羅定身子才微微放鬆下來。宮殿眾多，他在裡面摸索了兩個多時辰，消息都送出去了，希望今後不會再有死人的事情發生。

「各處宮殿沒有什麼詭異之處，除了德妃的宮殿，奴才發現，即使是守門的宮女，她們亦身懷武功，奴才擔心暴露，不敢靠太近。」宮裡對宮女習武之事甚是避諱，尤其是後宮，太監和宮女都不准習武，被發現的話，不只是宮人遭殃，他們的主子也討不了好。

宮人習武會威脅到皇上安危，如果有人在宮裡挾持皇上試圖謀反，控制皇上便是控制了局面，皇上怎麼會容忍後宮有習武之人出現？

譚慎衍挑眉，饒有興致道：「這倒是有趣，德妃出身低微，在後宮藏匿多年，白家乃寒門，德妃去哪兒接觸到會習武的宮人？德妃背後果然還有其他人。」

宮女一般是由內務府送進宮的，當然，不排除是禮部教坊司的人被德妃挑中入宮。禮部和內務府，範圍更小了。

他輕抿唇道：「和小太醫說，先查內務府和禮部，禮部的前尚書也好好查查。」

羅定點頭。只要找到德妃和誰往來，接下來的事情就順利多了。

至於宮裡，殺人凶手沒有任何消息，順親王擺明不欲蹚渾水，譚慎衍身為刑部尚書，哪怕皇上給了特權，他也不好越過內務府行事，宮裡的事便這麼擱置下來，只是沒有再傳出死人了。

今年朝堂風雲變幻，所有人皆小心翼翼、提心弔膽，連京城夫人們的宴會都少了許多。

就在這詭異的寧靜中，天漸漸熱了起來，又到了一年最難熬的季節，一道消息如響雷，炸開了鍋。

蜀州等地發生水患，五皇子主動請纓前去賑災安撫百姓，皇后一黨極力反對，各執一詞，誰也不肯退讓半步。

京城上空，烏雲壓城，隨時會下起雨來。

水患日益嚴重，五皇子一黨改變了策略，上奏皇上，指責六皇子身為蜀王不作為，蜀州水患，六皇子理應前往封地安撫百姓才是。

六皇子離京，京裡就只剩下五皇子了。

誰知，皇上欽點了六皇子的命令，卻不是讓他去封地，而是讓他賑災，且讓譚慎衍隨行。

寧櫻收到消息的時候正摸著肚子和孩子說話，母子連心，她的聲音他感受得到。

譚慎衍挑開珠簾，被寧櫻臉上的溫柔閃了一下。因在孕期之中，她膚色越發細膩光滑，若非肚子顯懷，看臉蛋根本不像懷著身孕的人。

金桂站在身旁給寧櫻揮扇，聽見動靜，小心翼翼朝譚慎衍搖了搖頭，譚慎衍會意，輕手輕腳地走上前。

「外面的事，妳聽說了？」

聖心難測，皇上翻臉比翻書快，哪會縱容五皇子坐大，打壓是免不了的，賑災倒是個好契機。

他接過金桂手裡的扇子，揮手示意她退下，給寧櫻搧風道：「妳別擔心，我半個月就回來了，我讓羅定留在府裡，遇到事情妳找他。」

寧櫻瞥了眼譚慎衍。「會有危險嗎？」

譚慎衍一隻手搭在她肚子上，不忍騙她。「有，但危險哪兒都有。」

五皇子不會讓六皇子平安回來的。

寧櫻心知譚慎衍賑災之事已經成了鐵板釘釘的事實，有些難受。

「半個月後你定要平平安安回來。」

「好。」

走之前，譚慎衍拿走寧靜芸送她的盒子，寧櫻沒有深想。蜀州和昆州離得近，寧櫻託人給寧靜芸和吳嬤嬤送了些禮。

浪子回頭金不換，寧靜芸幡然悔悟比什麼都強。

六皇子出行，陪同者還有戶部的人。三日後，皇后忽然生病不起，齊家上奏皇上，懷疑有人毒害皇后，摺子被皇上壓下來了，奇怪的是朝野上下沒什麼事，平靜得不同以往，寧櫻心頭湧上不好的感覺。

果不其然，半個月過去了，京城沒有傳來譚慎衍回京的消息，薛墨來府裡診脈時，寧櫻向他打聽，薛墨笑著勸她別憂心，語氣波瀾不驚。寧櫻以為自己記錯了日子，認真看自己抄寫的佛經，已有十五頁了。譚慎衍離京當日，寧櫻便開始抄寫佛經為他祈福，一天寫一頁，如今都有十五頁了，譚慎衍卻沒有音信，連蹤跡也沒了。

福昌從譚慎衍走後就不住在府裡，福榮他們跟著譚慎衍走了，只剩下羅定，寧櫻問羅定，羅定搖頭說不知。

寧櫻抄寫到二十頁的時候，仍不見譚慎衍人影，倒是傳出六皇子在回京中途遭刺客暗殺受傷之事。皇子被刺殺應該是大事，然而此事在朝堂卻沒掀起一絲波瀾，好似六皇子不過是可有可無的人物，哪怕是皇上，對此事也三緘其口，和平日寵愛六皇子的表現大相徑庭。

寧櫻心中感慨帝王果真是最無情的，她派金桂出門打聽譚慎衍的消息，金桂逛了一圈，回來搖頭，關於六皇子賑災之事，除了六皇子受傷，沒有任何消息傳開。

金桂看寧櫻著急，寬慰道：「夫人別擔心，沒有消息就是好消息，說不定明兒個世子爺就回來了。」

「妳明日回寧府問問三爺，他可聽說了什麼事？」

譚慎衍常常和寧伯瑾討論朝堂之事，寧伯瑾心思敏銳，說不定會察覺到什麼。

寧伯瑾內斂沈穩，和早些年截然不同，與黃氏的關係也好了許多，甚至比兩人成親那會兒更好，如今的寧府，許多事都是寧伯瑾說了算。

第二天，金桂回了寧府，回來時交給寧櫻兩封信，其中一封看字跡是出自寧靜芸之手，是寧靜芸寫給黃氏的信，語氣囂張，和寫給她的差不多，但細看也能看出裡面夾雜複雜的情緒；另一封則是吳嬤嬤託人寫的，不知為何，她卻紅了眼眶。

地震後，她勸寧靜芸把手裡的錢財、首飾捐了，寧靜芸不肯，她雖知她改了，但難免心下嗤之以鼻。可是，吳嬤嬤說，寧靜芸留著錢財是為了找大夫給她治病，每和苟志到一個村落，便會問當地的大夫。

昆州大夫醫術平平，但懂許多邪門歪道，寧靜芸懷疑她中了毒。起初被忽視的細節此時忽然想了起來。寧靜芸給她的就是毒藥和解藥，不過她語氣不善，自己並未當一回事，聞著櫻桃花味也沒細想。

金桂遞上手帕，安慰道：「五小姐記掛著您是好事，三爺和三夫人心地善良，她只是被養歪了。」

寧櫻鼻尖發紅，擦了擦淚水，聲音有些許哽咽，沈默不言，若不是吳嬤嬤提及，寧靜芸估計永遠不會說出真相。她或許寧可自己不曾懂事，依然是那個自私自利、我行我素的寧五小姐吧！

因為寧靜芸的事，寧櫻精神有些恍惚，食不下咽，身子瘦了許多，聞嬤嬤急得沒法子。所幸此時傳來六皇子回京的消息，寧櫻這才心情好了些。

落日餘暉灑落一層金色，樹影斑駁，譚慎衍一身藏青色長袍，挺拔如松地進了屋。近一個月不見，寧櫻肚子大了許多，人卻清瘦不少，下巴尖了，面色有些發白，躺在床上，難掩憔悴之色。

譚慎衍闊步上前，蹙眉道：「怎瘦得這般厲害？」

金桂低頭不言，慢慢退了出去。

寧櫻緩緩睜開眼，見是譚慎衍，眉梢漾起了笑意。「你總算回來了。」
譚慎衍聽得心疼，說了外面的事。「有事耽擱了。」
寧櫻大致知曉所為何事，誰能想到毒害她和黃氏的藥是出自昆州的呢？
「平安回來就好，這些日子，朝堂風平浪靜著呢！」
「我知道。」譚慎衍扶她坐起身，牽著她的手。所有的事情都真相大白了，上輩子殺害他的仇人、對寧櫻下毒的人，都浮出水面了……
順親王妃毒害了一位姨娘後被順親王發現，順親王派人去昆州買了許多毒藥，用來對付明妃。寧櫻見他欲言又止，好似許多話沒有說，問道：「是老夫人嗎？」
譚慎衍點頭，望著她擔憂的眸子，知道她想明白了什麼，說道：「好在她死了，不然寧府上下都要受其連累。」
他讓薛墨查內務府和禮部，整個內務府家世最清白的就是順親王了。順親王掌管內務府，極得皇上信任，德妃和順親王攀上關係，辦事就容易多了，因而德妃對明妃下毒，有內務府做掩飾，神不知、鬼不覺。早先他懷疑明妃的衣物被下毒乃宮人故意而為，如今想來，只怕是順親王從中做了手腳，下毒之人約莫不懂熏衣物的香料會要了明妃的命吧，所以明妃逝世，皇上暗中查明妃中毒的事情才會一無所獲，一個不知自己下毒害死了人，哪怕屈打成招也無法找出緣由。
皇上不會放過任何一個細節，可任憑他是皇上，也不知道香料經過內務府時就染上毒了。德妃和順親王這一招，的確厲害。

「妳祖母為了拉攏順親王，得知順親王府的一些事情後，偷偷贈予順親王妃一些藥，而這些藥，不是為妳和妳娘準備的。順親王妃毒害了一位姨娘後被順親王發現，順親王派人去昆州買了許多，專門對付明妃。」至於老夫人對付黃氏則是後來的事。

寧櫻咬牙。「老夫人怎麼能？」

「六皇子也知曉這件事了，接下來，朝堂會有一番變動，不會牽扯寧府，妳別擔心。」

他冒著危險去蜀州就是奔著這件事去的，六皇子怒不可遏，下令將此類藥封為禁藥，不准再買賣，否則論以砍頭的大罪。

「誰幫德妃下毒的？」

白家的人被譚慎衍控制住了，晉州和福州金礦之事，皇上派人將貪斂的錢財全部充入了國庫，德妃不死心，定是手裡還有人。

譚慎衍小聲說了三個字。「順親王。」

寧櫻心下詫異。德妃是五皇子生母，順親王是王爺，德妃不怕順親王事後翻臉不認人，將五皇子除去，自己坐上那個位置？

寧櫻提出心裡的疑惑，譚慎衍哼了一聲。「德妃心裡怎麼可能不清楚，她與順親王不過互相利用，最後鹿死誰手還未可知呢！」

順親王既然願意幫助德妃，心裡必有自己的野心，德妃心思聰慧，不可能看不出來，既然看出來了還視而不見，繼續與虎謀皮，擺明認為順親王贏不了她。順親王已漸漸老去，可五皇子正是年輕的時候，哪怕他拚死一搏贏了，坐上那個位置最多一、二十載，越往後面拖，他離那個位置就越遠，德妃擺明要和他做持久戰，一邊暗中培養自己的勢力，一邊借他的手除掉異己，等他年華老去，她羽翼豐滿，他哪會是德妃的對手？

譚慎衍和寧櫻分析完其中的事情，寧櫻面露了然。「德妃豈不是被關押起來了？」德妃落網，五皇子去封地勢在必行，京城就只剩下六皇子了，太子之位，除了六皇子還能有誰？

「沒有，我與妳說的事情，皇上還沒收到消息呢，妳心裡明白就是。」他將德妃的勢力查清楚了，可不代表他要立即告訴皇上。皇上既然忌憚譚家，他更不會出這個風頭，反正只要德妃不鬧到譚家來，讓她多活幾日又何妨。

總而言之，發愁的人不是他。

譚慎衍本不是心胸開闊之人，他理解皇上擔憂譚家威脅皇權，暗中派人探查青山院的事情，但皇上不該對寧櫻下手，這點，他無法釋懷。

寧櫻心下困惑。既然德妃已浮出水面又有確鑿的證據，譚慎衍該趁熱打鐵定了德妃的罪還朝堂安寧才是，為何譚慎衍無動於衷？

她細細想了片刻，思忖道：「是不是其中還有什麼事？」

「我出面不適合，剩下的事情交給六皇子吧！」

寧櫻微微一想就明白了他的意思，伴君如伴虎，收斂低調些總是好的。

譚慎衍告假在家，寧櫻又開始安心養胎的日子，隨著寧櫻肚子一天天大起來，她雙腿浮腫，往日的鞋子都穿不下，肚子圓滾滾的，譚慎衍整日提心吊膽，寧櫻做什麼他都陪著，府裡請了兩個產婆，一個是譚慎衍找來的，一個是薛慶平送來的。

產婆住在西廂房，譚慎衍依照產婆的話，睡前給寧櫻按摩腿。寧櫻肚子大了，夜裡會起來如廁，睡在裡面不方便，兩人換了位置，他睡裡，她睡外。

他的手落在寧櫻肚子上，倒數著日子等孩子降臨，心底憂喜參半。

「怎麼了，是不是睡不著？」寧櫻轉頭，詢問道。

譚慎衍笑笑。「想著快有孩子了，心裡不太真實，妳躺著，我給妳揉揉腿。」

譚慎衍坐起身，骨節分明的手按著寧櫻大腿，一下、兩下輕輕揉著，力道拿捏得剛剛好，寧櫻雙腿剛水腫的時候是由產婆替她按摩，他看了幾回，嘗試給她按了一次，產婆在旁邊指點他力道，一次他便記住了，往後給寧櫻按摩之事就被他攬了過來。

寧櫻小腿粗壯了許多，不過產婆說生完孩子就會慢慢恢復，他揉捏著小腿，從下往上，清俊的五官透著溫和暖意。

寧櫻舒服地嚶嚀一聲。她雙腿浮腫，有時候腫得難受夜裡睡不著，按摩才能好點，過了一會兒，察覺差不多了，她讓譚慎衍停下，靠著他，緩緩閉上了眼。

屋裡靜謐，只亮了一盞燈，譚慎衍輕手輕腳下了床，外面傳來福昌壓低的聲音。「主子，五皇子反了，皇上受了傷。」

推開窗戶，夜裡的風透著些許涼意，他沈眉道：「六皇妃呢？」

「在蜀王府好好的，要不要去支援？」

望了眼樹梢上的皎月，譚慎衍挑眉。「去宮裡等著送死嗎？吩咐下去，除非有皇上的虎符，否則一律不動。」

皇上對譚家有所忌憚，今夜若他表現不好，恐會被責難，他不會給皇上這個機會，何況有些事，六皇子更願意親自動手。

弒母之仇，不共戴天，他們湊熱鬧做什麼？

福昌蹙了蹙眉，躬身道：「奴才明白了。」

譚慎衍小肚雞腸，自然會記恨皇上朝寧櫻下手一事。想想也是，虧得他出聲提醒，不然後果不堪設想，皇上的做法太過讓人寒心了。

譚慎衍折身回來，看寧櫻不舒服地蹙著眉，他俯下身，叫寧櫻起床。肚子大了後，她夜裡如廁的次數多，他見她表情就知她要做什麼。

寧櫻迷迷糊糊坐起身，由譚慎衍給她穿鞋，揉著眼和他說話。

譚慎衍瞅著時辰。「子時剛過，妳肚子餓不餓，我讓廚房熬碗粥來？」

「不了。」語聲剛落，只覺得肚子一陣鈍痛，剛開始還能忍著，一會兒後，額頭冒出了密密麻麻的汗。

譚慎衍察覺到了，手有些顫抖。「是不是不舒服？」

「我……好像要生了。」寧櫻手撫摸著肚子，漸漸嚶嚀出聲。

「金桂、金桂，快喊產婆，櫻娘要生了！」譚慎衍聲音急切，第一次慌了神。

接下來，產婆進屋，丫鬟們魚貫而入，整個青湖院燈火通明。

產婆扶著寧櫻，和她又講了一遍生產事宜，順著她後背，示意她放輕鬆，隨後檢查寧櫻的身子，讓她在屋裡轉轉，差不多了才去產房躺下，提醒寧櫻隨著她的手勢吸氣、呼氣，動作有條不紊。

產婆的聲音安穩人心，寧櫻慢慢安靜下來，重重吸氣，緩緩吐出來，鼻尖冒汗，她渾然不覺，她堅信老天待她不薄，定會讓孩子平平安安生下來。

「好了，世子夫人，開始用力。」產婆聲音平穩，安穩人心。

寧櫻順著產婆的話，用盡了全力，起初還能忍著，後來真忍不住了，大喊起來……

聲音尖銳沈痛，床榻邊的譚慎衍回過神來，左右瞅了兩眼，慌張道：「夫人呢，夫人呢？」

在屋裡收拾衣服的翠翠一怔，指了指旁邊產房。「夫人在隔壁生孩子呢！」

譚慎衍一怔，只覺得雙腿發軟，邁不開腳。

福昌進屋便瞧見譚慎衍眉頭緊鎖地愣在那兒，走上前道：「六皇子派人來了，德妃娘娘和五皇子謀反，血濺當場，皇后受了傷昏迷不醒，皇上也受傷了。」

「六皇妃呢？」

「安然無恙。」說到這裡，福昌頓了頓，聲音漸低。「六部的人幾乎都進宮了，您不去的話，會不會落下話柄？」五皇子逼宮篡位這樣的大事，身為京郊大營統領的他卻不聞不問，稍有不慎，會被降罪。

譚慎衍陰冷地扯了扯嘴角，目光幽幽盯著隔壁，好似能穿透牆壁看見裡頭的人。「夫人在裡面生孩子呢！」

福昌若有所思，沒再繼續勸譚慎衍進宮。

伴君如伴虎，君臣間過河拆橋的事比比皆是，如果皇上想趁著混亂除掉譚慎衍怎麼辦？陪產，倒是個好的躲避方法。

寧櫻的叫喊聲衝破天際，一聲比一聲尖銳刺耳。譚慎衍眉頭緊皺，眼神一眨不眨地站著，紋絲不動。

隨著一聲嬰兒的啼哭，寧櫻的聲音低了下去。

同時，傳來產婆洪亮的聲音。「夫人生了一位千金小姐，六斤六兩。」

夜空中，隱隱有灰白的光灑下，天亮了。

國公府迎來了新生兒，血光沖天的皇宮，也漸漸恢復了平靜。

文武百官聚集在皇上寢宮，憂心忡忡。

德妃不過一介宮女出身，手裡的勢力竟能和禁衛軍抗衡，令人何等驚恐？後宮不得干政，德妃卻暗中培養了這麼多勢力，後宮到底是什麼樣的地方？

就在眾人陷入沈思的時候，門緩緩打開，六皇子和薛慶平前後走出來，文武百官忙收斂思緒，彎腰施禮。「六皇子吉祥。」

五皇子謀逆，奪嫡之爭是徹底沒戲了，現在的京裡只剩下六皇子，輸贏已有了定論。

六皇子虛扶了下手。「眾位大人平身吧，父皇傷勢嚴重須休養兩日，什麼事，之後早朝再說。」

六皇子沈穩內斂，臉上無波無瀾，眾人摸不清他的想法，面面相覷幾眼，對著正門磕了三個響頭後回去了。

齊老侯爺走在最後，走了兩、三步，他猶豫不決地倒退回去，六皇子見他有話說，心下明瞭，開口道：「皇后娘娘傷勢不嚴重，老侯爺無須擔憂。」

如果不是皇后反應敏捷攔了對方一下，皇上恐怕會傷得更重。

老侯爺點頭，這才掉頭離去。

直到文武百官的身影消失於層層宮門外，六皇子才收回視線，嘆息道：「慎之，還記著仇呢！」

宮變這麼重要的事，譚慎衍都不肯出面，是料定德妃會失敗，還是擔心皇上忌憚譚家而痛下殺手？

薛慶平平靜地回道：「宮裡部署妥當，你一定能應付，何況他媳婦快生了，以他緊張的性子哪走得開？」

譚慎衍對寧櫻伏首貼耳，有求必應，出了名地護妻，寧櫻生孩子這等大事，估計拿刀架在他脖子上他都不會離開。

六皇子無奈地笑了笑，回眸看向寢宮，眸色漸沈。如今大仇得報，多年的謀劃有了結果，然而他卻沒想像中歡喜，可能是無論他取得怎樣的成功，都換不回最疼愛他的母妃了吧！

「女人生孩子好比在鬼門關蹓躂，你告訴慎之，最近讓他別進宮了。」六皇子丟下這句，緩緩走向皇上的寢宮。

薛慶平臉色煞白，難以置信地看向褐紅色的雕花木門。

皇上，竟然真的對譚慎衍起了殺心。

薛墨把六皇子的話轉達給譚慎衍時，譚慎衍並未流出驚愕，倒是薛墨忿忿不平。「父親與我說的時候，我就不痛快，要不是看他是帝王，我二話不說就拉他出去揍一頓，因為奪嫡死的人還在少數嗎？他連無辜之人都不放過。」

譚慎衍抱著孩子，嫌棄薛墨聲音大了，小聲呵斥道：「很快他就不是了，你最好說到做到。」

薛墨一怔，吞了吞口水，不說話了。

「這事你別和櫻娘說，她坐月子，分不得心。」

薛墨連連點頭，湊過去看了一眼襁褓裡的女嬰，又抬頭看看譚慎衍，實話實說道：「真醜！」

醜字落下，肚子猝不及防挨了一腳，薛墨重心不穩摔倒在地，不知道譚慎衍哪根筋不對，正欲要個說法，被譚慎衍陰沈的目光一瞪，悻悻然低下了頭。

不就說句實話嗎，至於這麼凶？

薛墨嘴巴動了幾下，爬起身繼續湊過去，不過譚慎衍一個側身，把孩子藏到身旁，看不見她的臉了。

薛墨嘴角微抽，小聲道：「幸虧真生了，否則你就有大麻煩了。」

譚慎衍默不作聲，薛墨心知他還計較自己那句話，想了想，繼而說起孩子的好話，馬屁拍得譚慎衍笑逐顏開。

寧櫻專心坐月子，不知曉宮裡發生的事，她只是納悶譚慎衍整日賦閒在家，不怕五皇子和德妃狗急跳牆謀逆嗎？如今她就盼著六皇子贏呢，六皇子贏了，他們全家老小才有活路。

她問譚慎衍，後者總雲淡風輕地轉移話題，次數一多，寧櫻心裡起了疑，尤其譚慎衍說孩子的滿月宴不大辦了，待百日宴一起，寧櫻心裡更疑惑了。

這晚，譚慎衍去書房處理公務，寧櫻守著孩子，左思右想總覺得哪兒不對勁，招來金桂。

「妳把吳琅叫來。」

金桂面露遲疑，低低提醒道：「夫人，您明天才出月子呢！」

坐月子的話，見外男不合規矩。

「妳把他叫來便是。」

金桂蹙了蹙眉，有些為難，寧櫻見她不如往常般點頭應下，心頭湧上一股不好的感覺。

問著話寧櫻就要掀被子下床，金桂面色微變，忙不迭上前攔住她。「夫人，您別為難奴婢了。」

「是不是出什麼事了？」

寧櫻越發肯定裡面有事，用力把被子掀開，彎腰拿出床底的鞋，穿上準備出門。

金桂拉著她手臂，快哭出來的模樣。「夫人。」

「怎麼了？」這時，簾子掀開，譚慎衍身形玉立地站在門口，眼神落在寧櫻的腳上，大步上前，彎腰抱起她。「想去哪兒？」

「你有事瞞著我。」肯定的語氣。

譚慎衍轉頭瞥了眼金桂，後者欲哭無淚地搖頭。「奴婢什麼都沒說。」

一句話，此地無銀三百兩。

寧櫻被他放在床上，目光直直地盯著譚慎衍，狐疑道：「五皇子真造反了？」

譚慎衍一邊替她脫鞋一邊吩咐金桂退下，完了，拉起被子蓋在她身上，溫和道：「有些事想過兩日再告訴妳，妳既然好奇，我和妳說就是了。」
寧櫻明天出月子，現在告訴她也無妨。
德妃和五皇子敗了，皇上心願達成，冊封六皇子為太子，命禮部、工部改造皇陵，將明妃遷入皇陵，以皇后之禮厚葬。
奪嫡之爭明朗，六皇子是將來的儲君，文武百官縱有微詞也不敢公然忤逆皇上，這段時間禮部和工部忙瘋了。
「那和你有什麼關係？」寧櫻不解，心思一轉，思忖道：「是不是接下來，皇上就要對付譚家了？」
畢竟，老國公留下的人對皇上來說是隱患。
譚慎衍沒有否認，摟著她腰肢，篤定道：「他怕是不能如願了。」
皇上要對付他，師出無名，朝野上下不會答應的，太子也不會答應。
寧櫻提著心。「他是皇帝，他要殺你還不是一句話的事，你這些日子被皇上革職了？」
聽她語氣微微打顫，譚慎衍失笑，抬起她的下巴，輕輕落下一吻。「我是他提拔起來的，沒有確鑿的證據怎麼敢定我的罪？這段時間不進宮就不會出事，等六皇子正式監國，情形就好了。」
寧櫻心頭忐忑，轉身看向最裡面睡得香甜的孩子。「我不想把她牽扯進來。」
她的女兒有什麼錯？

「不會出事的，妳別擔心，只是苦了妳和孩子，滿月不能大辦了。」

皇上欲除他而後快，他不能以硬碰硬，凡事更該小心翼翼，否則，就對不起太子的一番苦心了。

寧櫻點了點頭，回抱著他。「我不怕。」

譚慎衍湊到她耳朵邊小聲說了一句，寧櫻忍不住眼眶一紅，越發用力抱緊他。

第二天，譚慎衍全身起了紅疹子，額頭、面頰、手臂皆有，薛太醫說是天花，會傳染人，寧櫻擔心傳給他人，做主關閉房門，禁止國公府的人外出，蔬菜、瓜果由指定的人送到門口即可。

消息傳得快，宮裡也聽到了風聲，皇上聽完後冷哼。

「他倒識趣，朕還沒召見他呢他就染上天花。」說著，抬眼看向書案前批閱公文的太子，問道：「是不是你的意思？」

這些日子，他多次派宮人傳旨宣譚慎衍進宮，都被譚慎衍找藉口擋了回來，不是京郊出現劫匪，就是京城盜賊猖狂，他一刑部尚書，比他皇帝老子都忙。

太子坦然應下。「是兒臣的意思，他忠心耿耿，要不是他提醒兒臣，那天晚上，宮內只怕血流成河。」

「你啊，性子隨你母妃，做人太善良到頭來自己吃虧。他手握兵權，又到處收買人心，假以時日坐大，威脅皇權，你能抗衡？」

太子想也不想，道：「兒臣信他不是那樣的人，從他對妻子的態度就能看出來。」一個真心愛護妻子、疼愛妻子、重情重義的人，怎麼會做出謀逆的事情來？而且很早的時候，譚慎衍就把那份名單給薛怡了，其他的名單在老國公死的時候就燒毀了。疑人不用，用人不疑，這是他的態度。

皇上想說什麼，被他打斷。「兒臣不想因為上上輩的事就讓一個家庭支離破碎，他會是一位好丈夫、好父親……」

好丈夫，好父親，他是在埋怨自己嗎？

皇上有些失神，沈默半晌，緩緩道：「他確實有擔當。」

寧櫻一邊要照顧孩子，一邊要擔心譚慎衍身上的紅疹控制不得當，急得嘴角起了泡，紅紅的，有點腫脹，一碰就疼。

等孩子睡了，她才敢照鏡子，譚慎衍坐在她身旁，忍俊不禁。

「妳啊，瞎操心，墨之控制得好，過些日子就好了。」

寧櫻沒好氣地睨他一眼，被他滿臉紅疹一逗，忍不住笑了起來。「是藥三分毒，萬一傷了身子怎麼辦？」

不待譚慎衍回話，外面傳來薛墨激昂的聲音。「芽芽呢，我乾女兒呢？快出來，乾爹帶妳出去曬太陽。」

床上睡得安穩的芽芽突然放聲大哭，嚎啕不止。

寧櫻下意識起身走向床榻，抱起受驚嚇的芽芽，輕聲哄著。

看譚慎衍推開窗戶，縱身一躍跳了出去，很快院子裡便傳來薛墨的求饒聲。「別打了，我知道錯了還不行嗎？太子要我來國公府，不把你的病治好不准離開，我這不高興得昏了頭嗎？」

太子明目張膽要他過來，代表皇上那關是過去了，譚家保住了。

寧櫻聽到這句，抱著芽芽走向窗邊，見薛墨蹲在櫻桃樹下，捂著頭，連連求饒。

譚慎衍雙手環胸，好整以暇地靠著櫻桃樹，眼眸含笑。

斑駁的日光照在他身上，明暗不一，臉上的紅疹好似暗了許多。

注意到她的目光，譚慎衍抬頭望了過去，四目相對，盡是柳暗花明的喜悅，以及情到深處的愛意。

上一世，他們彼此留下太多的惋惜和遺憾，這一世，他們有過懷疑，有過矛盾，有過吵鬧，有過離別和生死，無論苦甜，都是他們共同的經歷。

何其有幸，重來一世遇見你。

前路漫漫，願我們能攜手偕老，珍惜彼此。

尾聲

烈日當空，綠葉掩映的櫻桃樹下，小女孩四肢並用地趴在棕色樹幹上，髮髻歪歪扭扭地梳在右側。她仰起頭，紅唇張張合合，眼神晶亮地望著頭頂紅豔豔的櫻桃，口水順著下巴直流成河。

「芽芽吃櫻，吃櫻。」

左右看了看，院子裡靜悄悄的，她舉起手，誰知剛鬆手，小腿使不上力，摔倒在地，哇的一聲，小女孩嚎啕大哭。

「芽芽又不午睡跑出來？」

月亮形的門口，一名身著醬紫色對襟直裰的男子身形玉立，無奈地看著眼前這一幕，搖搖頭，大步走了過去。

芽芽聽到聲音，一時止住哭泣，努力地爬起來拍拍手，朝男子歪歪扭扭飛奔而去。「爹爹，吃櫻、吃櫻。」

譚慎衍好笑，蹲下身，一把抱起她，糾正道：「是櫻桃，芽芽說櫻桃？」

被抱著，女孩高了不少，揮舞著手臂，指向最矮的櫻桃。「吃、吃。」

譚慎衍失笑，按下她的手，眼裡盛滿了柔意。「手髒，吃了肚子疼，爹爹抱妳洗了手再來摘。」

聽著兩人的對話，西窗下的寧櫻緩緩睜開了眼，探出半個頭，看著不摘櫻桃不肯回來的芽芽道：「芽芽，又趁著娘不注意偷跑出去呢！」

芽芽興奮地指著頭頂的櫻桃。「娘吃，吃。」

寧櫻哭笑不得，女兒對櫻桃的執著比她還甚，朝摘櫻桃的譚慎衍道：「待會兒讓陶路把櫻桃全摘了，明日讓她安生睡午覺。」

譚慎衍將摘下的櫻桃放進芽芽的嘴裡，芽芽配合地仰著頭，嘴張得大大的。「啊，啊——」

見狀，譚慎衍心融化成水。「不礙事，我明日守著她。」

「你就縱著她吧！」寧櫻抱怨地走向樹下，撩起芽芽的衣袖，手臂上一片通紅，不用說，小腿也是如此。

芽芽咧嘴樂呵笑著，一把奪走譚慎衍手裡的櫻桃，遞到寧櫻嘴邊。「吃，娘吃。」

寧櫻哭笑不得，伴著芽芽「啊啊」的聲音張開了嘴，溫熱的櫻桃入嘴，滿嘴香甜。

「爹爹，櫻、櫻……」芽芽指著頭頂，抓譚慎衍的手，示意他摘。

靜謐的午後，一家三口站在樹下，望著頭頂的櫻桃，是喜悅，也是滿足。

——全書完

2017年6月出版

逆襲成宰相

文創風 528～530

他足智多謀，有不同於常人的傲骨；
她善良聰敏，有不該身處底層的學識，
仰天不會只看得見黑夜，明珠也不會永遠蒙塵……

今朝再起為紅顏，一世璧人終無悔／趙眠眠

趙大玲前世是個能幹的理工女，穿越後卻成了御史府的灑掃丫鬟，
父親老早就過世，母親在外院廚房當廚娘，
弟弟尚小不經事，自家沒靠山也沒銀兩，
前世的滿身才幹無用武之地，還要對其他丫鬟的戲弄忍氣吞聲，
雖日子過得無趣得緊，可為了生存，明哲保身才是正理！
直到一個全身是傷的俊美小廝出現在面前──
他滿腹珠璣，揀菜像在寫毛筆，還寫得一副好對聯，
其他小廝愛在嘴上占她便宜，他卻說男女授受不親，
當他們家被欺負而孤立無援時，是他找來幫手助她一臂之力，
他隱姓埋名，雖為官奴，可一身的氣度風華在在說明了他有秘密……

兩心相悅　琴瑟和鳴／灩灩清泉

2017年7月出版

錦繡榮門

穿成貧戶又怎樣，翻身靠的是實力！
看小小農女如何逆轉命運，帶領家人邁向錦繡錢程——

文創風 541 **1**

因為被勾錯魂而小命休矣，居然還得等待六年才能投胎，
錢亦繡只好晝伏夜出，用阿飄的身分在未來家門附近徘徊兼打探。
但這家的遭遇也太悲慘，人窮被人欺，小孫女竟被村民欺負致死，
既然重活機會是犧牲一條珍貴性命換來的，她絕不能辜負！
誰說小農家沒未來啊，看她帶家人把黑暗農途走成光明錢途～～

文創風 542 **2**

讓家裡吃飽喝足只是起點，她的發家大計才剛開始吶！
但在外闖蕩豈為易事，幸好有出身衛國公府的梁錦昭相助，
雖是不吵不相識，他卻大方地幫她賺銀子，還帶人保護她家店鋪。
眼看家業如願興旺，但失蹤的爹爹被證實陣亡，回不來了！
多年盼望成空，面對喪親之痛，她該怎麼安慰家人、繼續往前呢？

文創風 543 **3**

自從認識梁錦昭後，蒙他照拂，家裡的生意做得風生水起，
他的好，她默默記在心頭，得知他為癲癇所苦，求醫未果，
既然山中有靈藥能治，她當然要冒險去取，以回報他的恩惠。
錦繡行的買賣蒸蒸日上，去京城大展鴻圖的時機來臨，
但她沒想到，這回離家打拚，竟是一連串變化的開端……

文創風 544 **4**

外族進犯，大病初癒的梁錦昭主動請纓，追隨寧王上陣，
好！凌雲之志不可擋，錢亦繡決定用海外生意助他一臂之力。
大乾漂亮完勝，但這結果竟帶來意想不到的衝擊——
原來，和她一起長大的哥哥不是錢家人，乃寧王流落在外的血脈！
寧王決定接回兒子，同甘共苦的家人被迫分離，她該如何是好……

文創風 545 **5**

因撫養皇嗣有功，原本窮得餓肚皮的錢家變成大乾貴族，
但京城豈是好待的地方，寧王大業未成，也遭受各方打壓，
錢亦繡明白，此攸關家裡與哥哥的前程，遂掏出銀子襄助。
不過老天爺似乎嫌狀況不夠多，哥哥與梁錦昭居然先後對她告白 ?!
她幾時變成好媳婦人選的？看著兩人眼中的期待，她完全傻了……

文創風 546 **6** 完

為保大乾平安，錢亦繡決定再冒險一次，與梁錦昭扶持寧王登基，
原以為一切塵埃落定，沒想到今生最大的考驗竟在這裡等著她！
唉，做生意賺銀兩她在行，但要選個良人嫁，就太讓人頭疼了，
梁錦昭與太子哥哥的攻勢猛烈，她招架不住，壓力如山大啊……
如果非挑一個不可，誰才是她幸福的歸宿呢？

多情自古空餘恨　好夢由來最易醒

／玉瓚

2017年6月出版

娶妻這麼難

一切如夢又如幻，她徬徨、茫然，不曉得該怎麼辦，
是該屈從環境，與這時代的女子一樣接受束縛的命運，
還是應要堅守本心，為了自由而努力奮鬥？

文創風 531 1

簡妍從小就知道，母親只是把她當成商品般養著，
目的只有一個，將她送給達官貴人為妾，好幫襯簡家。
為著讓她看起來體態輕盈，這些年母親不給她葷腥吃，
並且，一頓飯還不能超過半碗，因此她每日都覺得餓，
正所謂虎毒不食子，所以這人肯定不是她親娘啊！
事實上也確是如此，因為她根本不是這時代的人，
一場車禍使得她離了原本的世界，再睜眼竟穿來了這兒，
難道她真要如這時代的女子般，一輩子任人擺佈嗎？

文創風 532 2

徐仲宣未曾想過，自己竟會對一個小姑娘動情，
從來都是女子愛慕他、想法子接近他的，他何須主動？
況且以他的身分和地位，要什麼樣的姑娘沒有？
但老天爺偏愛捉弄他，硬是讓簡妍入了眼、上了心，
知道她吃不飽後，他餐餐巧立各種名目餵養她、送她吃食；
撞見她無法收養的小貓，他偷偷讓人帶回京裡養得跟豬一樣肥；
嚐到她可能會喜歡的糕點，他甚至還巴巴地策馬夜奔送過去。
他這般心悅她、喜愛她，為她費盡心思，可她卻求他放了她！
她是心儀他的，因何不肯待在他身邊，成為他的寵妾呢？

文創風 533 3

對這個時代的男人而言，三妻四妾是再正常不過的事，
有哪個男子願意一輩子只守著一個女人過活呢？
然而她簡妍卻是不願與其他女子共享一個男人的，
所以，她早早就決定要捨棄愛情，更遑論當人小妾了，
哪裡曉得，母親已相好目標，一心想讓那徐仲宣納了她！
說起徐家這位大公子，那可是十八歲就三元及第的響叮噹人物，
如今更是未届而立便已坐到了正三品禮部左侍郎的位置，
此人氣場強大，目光幽暗深邃，她壓根兒就看不透他，
這般厲害的角色她真真惹不起，還是有多遠閃多遠的好啊！

文創風 534 4 完

徐仲宣終於明白，簡妍這個人已徹底支配著他的心。
他愛她入骨，欲戒不能，此生只得成為她最忠實的僕；
他愛她勝過自己的命，既如此，還有什麼是不能給的？
她誓不為妾，他便許她正妻之位；
她要唯一的寵愛，他便不再瞧其他女子一眼。
為了護她一世安穩，淪為亂臣賊子他也不懼；
為了保她一生無憂，拋卻功名利祿他亦不悔。
縱然她是從千百年後跑來的一縷芳魂又如何？
既已走入他的生命，便是要逆天而為他也絕不放手！

吾妻不好馴

文創風 526～527

聽聞夫君心中另有所屬？沒關係，她沒打算談情說愛；
老夫人跟大房不待見她？無所謂，她無意當賢良媳婦。
反正她嫁入高門僅是衝著「侯爺夫人」的頭銜，
哪曉得這枕邊人當初指名要娶她，竟是別有隱情……

嬌妻不給憐，纏夫偏要黏／岳微

歐汝知借屍還魂為商賈之女衛茉，
滿心滿眼就是為家族通敵罪狀翻案這等大事，
可從一名習武女將換成這副病秧子皮囊，
猶如虎落平陽，難展拳腳啊……
正當她不知該從何起頭時，
恰逢靖國侯趕著上門提親求娶她，
命運都向她伸出了橄欖枝，
她當然得把握機會，嫁入侯門！
所幸老天爺待她不薄啊，
這丈夫平時總小心翼翼地呵護她，還能替她治療寒毒，
更重要的是，他竟是替歐家翻案的同道中人！
遇上如此義氣相挺的良人，
她再冷傲的心也被捂熱了……

文創風 560

情定悍嬌妻 5 完

國家圖書館出版品預行編目資料

情定悍嬌妻 / 新蟬著. --
初版. -- 臺北市 : 狗屋, 2017.09
冊 ; 公分. --（文創風）
ISBN 978-986-328-773-5（第5冊：平裝）. --

857.7　　106012041

著作者　新蟬
編輯　黃鈺菁
校對　沈毓萍　簡郁珊
發行所　狗屋出版社有限公司
地址　台北市104中山區龍江路71巷15號1樓
電話　02-2776-5889～0
發行字號　局版台業字845號
法律顧問　蕭雄淋律師
總經銷　知遠文化事業有限公司
電話　02-2664-8800
初版　2017年9月
國際書碼　ISBN-13　978-986-328-773-5

本著作物由北京晉江原創網絡科技有限公司授權出版

定價250元
狗屋劃撥帳號：19001626
網址：love.doghouse.com.tw　E-mail：love@doghouse.com.tw